ANDREW GREY

Sauve-moi

ANDREW GREY

Sauve-moi

Publié par
DREAMSPINNER PRESS

8219 Woodville Hwy #1245
Woodville, FL 32362 USA
www.dreamspinnerpress.com

Sauve-moi
Copyright de l'édition française © 2024 Dreamspinner Press.
Titre original : Rescue Me
© 2021 Andrew Grey.
Première édition : juillet 2021
Traduit de l'anglais par Harmonie Rey et Lily Karey.

Illustration de la couverture :
© 2021 L.C. Chase.
http://www.lcchase.com
Conception graphique :
© 2024 L.C. Chase.
http://www.lcchase.com
Les éléments de la couverture ne sont utilisés qu'à des fins d'illustration et toute personne qui y est représentée est un modèle

Édition e-book en français : 9781641087674
Édition imprimée en français : 9781641087681
Première édition française : mars 2024
v 1.0

Pour Dominic. Il sait pourquoi. *sourire*

I

— OK, LES gars, j'arrive, cria Mitchell en ouvrant la porte de ce qui avait été autrefois la grange de la ferme familiale.

Peu de choses le rendaient plus heureux que les aboiements et les cris qui commençaient lorsqu'il ouvrait la porte à la première heure du matin.

— Tout le monde va prendre son petit déjeuner et personne ne sera laissé de côté, je le promets, dit-il pour calmer la populace, mais cela n'eut aucun effet.

Il fit glisser la porte, sourit et ouvrit deux des cages pour que les chiens puissent courir autour de ses jambes pendant qu'il commençait à préparer la nourriture. Ils sautèrent autour de lui, la queue frétillante. *Viens jouer avec nous.* Mitchell leur gratta la tête et se mit au travail, les chiens s'occupant de leurs besoins jusqu'à ce qu'il pose les bols. Ils s'attaquèrent tous à leur nourriture, mangeant et buvant. Des chiens heureux. Et Mitchell les aimait tous les quinze.

Une fois Bowser et Bruno nourris, il laissa les deux jeunes labradors sortir dans une cour et s'occupa de nourrir les autres. Ceux qu'il pouvait, il les mettait avec les labradors pour qu'ils puissent courir et jouer. Les nouveaux arrivants étaient isolés en cas de maladie. Certains, comme Jasper, ne s'entendaient pas bien avec les autres chiens. Il le nourrit à part, mais lui accorda autant d'attention qu'aux autres. Ces garçons et ces filles étaient comme sa famille.

— Toc, toc, dit une voix grave dans l'embrasure de la porte.

— Attention, cria Mitchell à l'étranger. Ne laissez aucun d'entre eux sortir.

Il croyait qu'il fallait laisser les chiens courir et jouer autant que possible. Il attrapa Randi avant qu'elle ne puisse s'enfuir. C'était une petite chihuahua, rapide comme l'éclair, qui adorait s'enfuir. Il l'apaisa avec des caresses tandis que la porte s'ouvrait lentement et qu'un homme d'une quarantaine d'années, vêtu d'un pantalon fauve et d'une chemise bleue et portant un presse-papiers, entrait à l'intérieur. Il referma la porte derrière lui.

— Eh bien… dit-il en regardant autour de lui. Qu'avons-nous ici ?

— Il faut que je finisse de nourrir le chien, dit Mitchell.

1

Il sortit une gamelle pour le dernier chien, puis mit le vieux saint-bernard dans l'un des couloirs pour qu'il puisse faire de l'exercice ou, plus vraisemblablement, une sieste.

— Que puis-je faire pour vous ?

L'homme soupira.

— Il y a eu une plainte au sujet des aboiements.

— Je vois. Laissez-moi deviner – des gens qui ont emménagé là-bas ? demanda-t-il en pointant du doigt la maison jaune qui se trouvait de l'autre côté de la sienne. Ils ont emménagé il y a deux mois et m'ont appelé trois fois à cause des chiens. Ça fait maintenant quatre ans que je gère ce refuge. J'étais là le premier, je ne vais pas m'arrêter.

Il mit les mains sur les hanches.

— Ils ont apparemment un bébé et…

— Ils auraient dû y penser avant d'acheter cette maison, l'interrompit Mitchell. J'ai quinze chiens…

Il s'arrêta.

— Peut-être devriez-vous commencer par me dire qui vous êtes ?

— Clark Fenner. Je travaille à la conformité des codes de l'arrondissement de Carlisle. Nous avons reçu une plainte concernant des aboiements, et ils ont affirmé que les chiens étaient laissés sans surveillance pendant de longues heures, qu'ils n'étaient pas nourris correctement, et que vous aviez des chiens de combat.

— Mitchell Brannigan, et mes chiens sont tous bien soignés. Ils sont nourris et font de l'exercice. Et j'ai quelques *anciens* chiens de combat.

Il emmena Clark vers l'un d'entre eux.

— Voici Bosco. Il a été sauvé il y a plusieurs semaines d'un endroit à Lancaster. Bosco a été gravement blessé lors d'un combat de chiens. La police a fait une descente là-bas et l'un d'entre eux m'a appelé. Je l'ai récupéré et je l'ai amené ici. Bosco est un bon chien quand les gens sont là, mais il est agressif avec les autres chiens. Je l'isole des autres et je travaille avec lui. Il ne sera peut-être jamais à l'aise avec les autres chiens, mais j'espère l'aider à mieux se comporter pour qu'il puisse être adopté. Pour l'instant, je suis proche de la limite de ce que je peux gérer, mais j'ai trois chiens qui sont adoptés aujourd'hui et deux autres couples qui arrivent demain.

Clark plissa les yeux.

— Comment gagnez-vous de l'argent comme ça ? demanda-t-il.

— Je n'en gagne pas. Il s'agit d'une association à but non lucratif.

Mitchell continua à caresser Randi ; elle le calmait. Il avait envisagé de l'adopter. Mais il voulait le faire avec tous les chiens, et il s'était dit depuis longtemps qu'il devait garder une certaine distance, sinon sa maison serait aussi pleine que le refuge.

— Je suis également vétérinaire et mon cabinet se trouve à un kilomètre de là. J'ai des heures de bureau régulières, et pendant ces heures, les chiens sont dans leurs cages. Je sais qu'ils aboient parfois, mais c'est la vie. Ces animaux sont de bons chiens et on s'occupe d'eux. Ils sont tous vaccinés et je n'accepterais jamais qu'un de mes chiens soit maltraité de quelque manière que ce soit, et encore moins qu'il soit utilisé pour se battre.

L'expression de Clark s'adoucit.

— Je vois. Je n'ai pas été informé de ça.

Il jeta un coup d'œil dans certaines cages, puis examina la cour et les aires de jeu des chiens. Il s'arrêta dans l'embrasure de la porte.

— Mince, celui-ci est magnifique.

— Rex… oui, il l'est. Sa famille l'a eu comme chiot et pensait pouvoir s'en occuper. C'est un schnauzer géant qui pèse environ 75 kilos.

Mitchell ouvrit la porte de l'enclos.

— Viens ici, Rex, dit-il doucement, et le grand chien noir s'approcha et se blottit contre lui pour se faire caresser. Il est devenu trop imposant pour eux quand ils ont eu un bébé, alors je l'ai pris.

Clark le caressa.

— Il est merveilleux et incroyablement affectueux. Rex est avec moi depuis presque six mois maintenant.

— Combien de temps les gardez-vous ? demanda Clark.

Mitchell le fixa et se crispa.

— Jusqu'à ce qu'ils soient adoptés. Je ne fais pas piquer les chiens pour d'autres raisons que la maladie. Il n'y a pas de mauvais chien, il n'y a que de mauvais maîtres. Rex restera avec moi jusqu'à ce qu'il trouve un foyer. Ils en trouveront tous un.

Rex s'approcha de Clark et s'assit bientôt à côté de lui, tandis que Clark le caressait et lui parlait doucement.

— J'ai un jardin clôturé en ville et ma femme passe beaucoup de temps seule dans la journée pendant que je travaille. Est-ce que je peux l'emmener plus tard pour rencontrer Rex ?

Il s'agenouilla, et Rex posa pratiquement sa tête sur l'épaule de Clark, s'imprégnant de l'attention.

Mitchell connaissait ce regard, et il se détourna en souriant, car il savait que Rex avait probablement trouvé un foyer. L'étincelle qui se produisait lorsqu'un chien et une personne s'entendaient bien était bien là.

— Tout à fait. Prenez des photos de votre jardin et j'aurai des papiers à vous faire remplir quand vous reviendrez, et je vous expliquerai les frais d'adoption. Je veux m'assurer que vous savez comment vous occuper de lui. Bien sûr, il a reçu tous ses vaccins et j'ai son dossier. Si vous adoptez l'un de mes chiens, je vous fais bénéficier d'une réduction sur tous les soins vétérinaires jusqu'à la fin de sa vie.

Il allait être triste de voir Rex partir, mais si c'était pour le confier à un bon foyer, c'était la meilleure chose à faire.

Clark lui adressa un sourire lumineux.

— Merci.

Il continua à caresser Rex, et Mitchell eut l'impression qu'il était en train de tomber amoureux. Ce genre de chose était beaucoup plus facile avec les chiens qu'avec les gens. Les chiens donnaient de l'amour quoi qu'il arrive, et ils le faisaient sans se soucier de l'apparence, du goût ou du fait que vous ronfliez ou non. Et les chiens avaient certainement un sens de l'humain… quelque chose que Mitchell aurait aimé pouvoir emprunter. Son passé relationnel laissait à désirer, et il préférait de loin la compagnie des animaux à celle des gens. Au moins, il comprenait leurs motivations.

— Je reviendrai avec ma femme. Je suis sûr qu'elle sera aussi séduite par lui que moi.

Clark prit quelques photos et les envoya, et son téléphone sonna quelques secondes plus tard. Clark leva les yeux au ciel et renvoya un message.

— Elle dit qu'elle veut un chien depuis des années et qu'elle attendait que je me décide. Donc, je suppose que si vous voulez bien nous le réserver, nous viendrons le chercher plus tard.

— Merveilleux, dit Mitchell.

Il se rendit au bureau et en sortit les documents nécessaires, ainsi qu'une liste de fournitures qu'il recommandait pour un chien comme Rex.

— Voici les informations dont j'ai besoin, ainsi qu'une liste de fournitures et le type de nourriture qu'il mange. Quand vous reviendrez, je vous parlerai à tous les deux de ses soins.

Pour lui, c'était une journée exceptionnelle.

— Je suppose qu'il n'y a pas de problème avec le refuge.

— Aucun. Je vais adresser la plainte à l'arrondissement et la classer comme étant sans fondement. Je vous suggère de voir si vous pouvez parler à votre voisin. Essayez de le connaître un peu. Peut-être que s'il comprend ce que vous faites, vous pourrez arranger les choses.

Ce que Clark disait était logique. Mitchell devait trouver un moyen d'arranger les choses avec son voisin.

MITCHELL FERMA la clinique et s'arrêta ensuite au refuge pour nourrir tous les chiens et les faire rentrer pour la nuit. Comme d'habitude, il fut accueilli par des jappements, des aboiements et des queues qui s'agitent. Il lança le processus d'alimentation du soir lorsqu'une voiture s'arrêta dans l'allée, suivie d'une autre, puis d'une troisième. Mitchell salua ses visiteurs et passa en revue avec chacun d'entre eux les soins à apporter à leur nouvel animal, avant de leur dire au revoir lorsque trois de ses chiens eurent trouvé un nouveau foyer. Une fois le refuge redevenu calme, il finit de nourrir et de brosser Rex pour qu'il ait fière allure lorsque Clark et sa femme passeraient. Il était vraiment triste de le voir partir, mais la façon dont Rex se redressa en entendant la voix de Clark, puis l'excitation quand sa femme le vit envoyèrent une secousse de joie dans son cœur.

— Il est magnifique.

— N'est-ce pas ? dit Mitchell en menant Rex en laisse.

Il s'approcha et se blottit contre elle, et elle commença à le caresser comme si Rex était un ami perdu depuis longtemps.

— Nous l'emmenons, bien sûr, déclara-t-elle. Clark a fait tous les papiers nécessaires et nous avons les fournitures dans le coffre. Et comme il est très grand, nous lui avons acheté une gamelle d'eau et de nourriture surélevée, ainsi qu'un tas de jouets.

Elle prit la laisse, et Rex se pavana pratiquement tandis qu'elle le promenait dans la cour à l'extérieur du refuge.

— Y a-t-il autre chose à faire ? demanda-t-elle avec enthousiasme.

— Je ne pense pas. Pas pour l'instant. Assurez-vous simplement qu'il ait un lit, sinon il voudra dormir sur le vôtre, et Rex occupera la majeure partie de l'espace.

Il sourit et ils acquiescèrent. Ils lui serrèrent tous les deux la main avant de quitter le refuge. Mitchell les regarda partir et retourna à l'intérieur, ferma l'abri pour la nuit et se dirigea vers la maison.

Il se dit qu'il pourrait manger une fois rentré, il emballa donc les biscuits qu'un de ses patients avait apportés à la clinique, s'inspecta dans le miroir et alla rendre visite à ses voisins en haut de la rue.

Il ne savait pas trop à quoi s'attendre. Il savait qu'il y avait quelqu'un à la maison. Il avait vu un homme dans la cour plusieurs fois, mais la plupart du temps, la maison semblait bien fermée et tranquille. Il se promena tout de même le long de la route, puis remonta l'allée jusqu'à la porte d'entrée, où il frappa doucement. Il entendit du mouvement à l'intérieur et s'apprêtait à sonner quand la porte s'ouvrit et un homme hagard d'une trentaine d'années, le regarda fixement. Un bébé gémissait sur son épaule.

— Je suis désolé, j'ai réveillé le bébé ?

L'homme secoua la tête. Ses cheveux étaient décoiffés, ses yeux bruns à moitié fermés, ses lèvres pincées et sa peau un peu pâle, comme s'il était trop fatigué pour bouger. Pourtant, il était beau sous cette apparence, avec une mâchoire de granit et des pommettes hautes.

— Non, elle a été difficile toute la nuit.

Mitchell tendit l'assiette de biscuits et l'homme poussa la porte.

— Entrez donc. J'espère qu'elle va bientôt s'épuiser.

Il lui tapota le dos, et la petite chose s'agita et renifla.

— Elle est malade ?

— Je ne sais pas. Elle n'a pas de fièvre, mais elle n'arrête pas de relever les jambes et de pleurer comme une folle. Le médecin dit qu'elle perd du poids, alors je la nourris dès qu'elle a faim, mais elle n'a pas d'appétit.

Il était manifestement très inquiet et à bout de nerfs.

— Je m'appelle Beau, au fait. Beau Pfister.

— Mitchell Brannigan. J'ai la propriété à côté de la vôtre.

Il n'allait pas cacher qui il était. Ce n'était pas une façon de débuter des relations avec un voisin.

— Celle avec les chiens ? Combien en avez-vous, d'ailleurs ? Je l'endors, ils aboient et elle se réveille… c'est…

— Pour l'instant, douze. Trois d'entre eux ont été adoptés aujourd'hui. Je gère un refuge dans la vieille grange. Je l'ai isolée et je leur ai trouvé un bon foyer. En gros, je sauve les chiens dont personne ne semble vouloir et je leur trouve un bon foyer. Je suis aussi le vétérinaire du cabinet qui se trouve un peu plus loin.

La petite fille en profita pour gémir une fois de plus et péta, mais elle fit plus que cela.

Beau fit une grimace.

— Excusez-moi, je dois la changer. Je reviens tout de suite. Asseyez-vous si vous voulez.

Il partit en courant.

Mitchell posa les biscuits sur la table et plia automatiquement les couvertures qui jonchaient l'une des extrémités du canapé. Puis il s'assit pour attendre. Au moins, le bébé avait cessé de s'agiter.

— Désolé, dit Beau quand il revint, un bébé tranquille dans les bras.

— Inutile de vous excuser. Je comprends. Le plus dur, c'est qu'elle ne peut pas vous dire ce qui ne va pas.

Mitchell comprenait vraiment. Sa vie professionnelle serait tellement plus facile s'il était le docteur Doolittle.

— Puis-je vous demander ce qu'elle mange?

— Du lait maternisé. Sa mère, Amy, est… *était* ma meilleure amie, et elle m'a nommé tuteur de Jessica au cas où quelque chose arriverait.

Il se pencha en avant, se prenant la tête dans les mains.

— Comment pouvais-je savoir qu'un conducteur ivre la renverserait en rentrant du travail?

— Je suis désolé. Depuis combien de temps avez-vous Jessica?

— Un peu plus de trois semaines, je crois.

Mitchell soupira.

— Pourquoi ne pas me montrer ce que vous lui donnez à manger. Était-elle allaitée avant ça?

Beau se leva de sa chaise.

— Non. Amy ne pouvait pas, alors Jessica a toujours eu du lait maternisé, et je lui achète le même type de lait.

Il ramena deux contenants. L'un était vide et l'autre à moitié plein.

— J'ai gardé celui-ci pour savoir ce que je devais prendre.

Mitchell comprit presque immédiatement le problème.

— C'est ce qu'elle mangeait avant? demanda-t-il, juste pour être sûr, et Beau acquiesça. Alors c'est le lait maternisé. Prenez exactement le même, dans le contenant orange. Il est sans lactose. Je parie que la petite Jessica est sensible au lait et que le lactose perturbe son estomac. Est-ce qu'elle a toujours des couches explosives?

Beau hocha la tête.

— Ça expliquerait tout. Changez son lait maternisé. Je parie que son appétit reviendra quand elle n'aura plus mal au ventre et que les changements de couches ne seront plus aussi salissants.

— Vous êtes sûr ? demanda Beau.

Mitchell haussa les épaules.

— Je ne suis pas médecin, je suis vétérinaire. Mais une grande partie de ce qui entre dans la composition de diverses créatures et personnes fait une énorme différence dans leur vie et leur santé.

Il montra l'étiquette à Beau.

— Celui-ci est sans lactose, et celui que vous utilisez ne l'est pas.

Beau soupira.

— Pour vous dire la vérité, je donnerais n'importe quoi pour qu'elle dorme quelques heures. Peut-être qu'ensuite, je pourrais faire la vaisselle ou simplement une sieste.

Il bâilla et se rassit sur sa chaise. Mitchell craignait que Beau ne s'endorme d'un instant à l'autre.

— Je devrais peut-être partir et vous laisser vous reposer. Je voulais juste passer dire bonjour.

Il ne chercha pas à désamorcer la situation à propos des chiens. Il ne voulait pas en parler.

— Je suis content que vous vous soyez arrêté. Ça m'a fait du bien de parler à quelqu'un qui sait répondre, répondit Beau, en souriant à moitié. Et merci pour les biscuits. Ça fait tellement longtemps que je n'ai pas mangé quelque chose qui ne sortait pas du congélateur ou du micro-ondes que je crois que j'ai oublié le goût de la vraie nourriture.

Il ouvrit la porte et Mitchell se prépara à partir.

— Alors pourquoi ne viendriez-vous pas dîner avec Jessica un de ces jours ? Ma cuisine n'est pas gastronomique, mais la plupart des gens la trouvent comestible, et j'ai appris beaucoup de choses de ma mère. Si vous voulez une cuisine familiale, je peux m'en charger.

Il sourit.

— Vous êtes sûr ? s'étonna Beau. Souvent, Jessica devient difficile et je dois m'occuper d'elle. J'avais beaucoup d'amis, mais la plupart d'entre eux ne savent pas quoi faire de moi avec elle, alors ils m'appellent et tout ça, mais les soirs où nous nous retrouvions se sont transformés en heure du conte, en changements de couches et en biberons. Même ceux qui ont des enfants, les leurs sont plus âgés maintenant et ils ont leur propre vie.

Il haussa les épaules.

— Mais si vous êtes sérieux, je serais ravi de venir dîner.

Mitchell sortit dans l'air de la fin de soirée. Les dernières lueurs de l'été s'estompaient lorsqu'il se dirigea vers la maison.

— Passez demain. Je rentre généralement vers dix-huit heures et je dois nourrir les chiens. Alors vers dix-neuf heures, ça ira.

— À plus tard, dit Beau en refermant la porte.

Mitchell se dirigea vers la maison, se demandant ce qu'il allait faire pour le dîner du lendemain. Au moins, il semblait s'être réconcilié avec son beau voisin.

II

BEAU PROFITA de la sieste de Jessica en fin d'après-midi pour terminer le projet avec lequel il se débattait et l'envoyer à son patron au Dickinson College. Il avait développé un nouveau programme d'enseignement à distance pour aider les étudiants à apprendre à utiliser la bibliothèque de l'université et à effectuer des recherches approfondies. Habituellement, ces informations étaient présentées aux étudiants dans le cadre d'un cours à la bibliothèque, mais ce programme permettrait de libérer le personnel pour d'autres tâches, et les étudiants pourraient apprendre à leur propre rythme. C'était du moins l'idée. Ce projet terminé, il s'assit, sourit et apprécia le calme momentané... jusqu'à ce que les pleurs de Jessica se fassent entendre dans le babyphone.

Il se dépêcha d'aller la chercher avant qu'elle n'ait le temps de souffler. Il la changea et prépara un biberon de son nouveau lait, qu'il lui donna juste au moment où elle inspirait de l'air pour pousser un très gros gémissement.

— Nous allons dîner chez le voisin, lui dit-il. Je veux donc que tu te comportes au mieux. Ça signifie que tu ne dois pas faire exploser tes couches et que tu dois faire une bonne et longue sieste pendant que nous sommes là-bas.

Il contempla ses grands yeux bleus qui le fixaient.

— Nous pourrons peut-être te trouver quelque chose de spécial à porter.

Il la porta hors de la cuisine jusqu'à sa petite chambre et ouvrit le placard, mais avant qu'il puisse choisir une tenue, la sonnette de la porte retentit. Beau était ici depuis deux mois sans la moindre visite, et maintenant deux jours de suite ?

Il ouvrit la porte et lança un regard noir à Gerome.

— Qu'est-ce que tu fais ici ? demanda-t-il le plus doucement possible pour ne pas déranger Jessica, même s'il fulminait intérieurement.

Gerome baissa les yeux vers Jessica, qui venait de terminer son biberon.

— Qu'est-ce que c'est que ça ?

Il contourna Beau et entra dans le salon. Beau ferma la porte.

— Je vois que c'est vrai. Tu as déménagé à la campagne. Comme c'est viril de ta part.

Gerome mit les mains sur les hanches. L'ex-mari de Beau était immense, mais il pouvait jouer les chochottes comme le meilleur d'entre eux.

— J'ai découvert où tu vivais et j'avais une réunion à Harrisburg, alors je me suis dit que j'allais passer pour voir si tu avais repris tes esprits.

Gerome était un type amusant, mais il vivait dans un monde qu'il avait lui-même créé. Cela lui convenait, ainsi qu'à son art. Gerome réalisait d'immenses sculptures en métal. Elles étaient complexes et merveilleusement fluides. Mais cela ne fonctionnait pas pour Beau – surtout quand le *plaisir* et l'*art* signifiaient rentrer à la maison et trouver l'assistant du studio en train de baiser son mari dans le lit conjugal.

— J'ai repris mes esprits, comme tu dis, dès que je t'ai trouvé…

Il trébucha sur le mot qu'il voulait utiliser parce qu'il ne jurait pas devant Jessica.

— … au lit avec quelqu'un d'autre. Tu as déjà déménagé de la maison et du studio ? demanda-t-il en se détournant. C'est surtout à moi, et je veux que tout soit vendu.

Il était peut-être mesquin, mais il n'avait pas l'intention de passer la prochaine partie de sa vie à s'embrouiller financièrement avec Gerome.

— Allez, susurra Gerome, il était doué pour cela. Tu sais que je te manque…

Jessica gémit et Beau la cala sur son épaule pour lui faire faire son rot. Elle gazouilla et reposa sa tête sur son épaule avant de roter assez fort pour rendre un marin fier.

— Ça, c'est ma fille, la félicita-t-il doucement. Quant à toi, j'en ai fini. Le divorce est prononcé, j'ai une nouvelle vie ici et, conformément à l'accord, la propriété doit être vendue.

Gerome se rapprocha de lui, le surplombant.

— Mais je travaille au studio, et tu sais combien il est difficile de trouver des locaux abordables à Philadelphie. J'ai besoin de…

Beau secoua la tête.

— Alors rachète-la-moi selon l'accord que tu as signé lorsque nous avons acheté la propriété et selon ce qui a été convenu lors du divorce. D'après mes estimations, c'est 1,8 million.

Ça faisait du bien. Oui, il était un peu méchant, mais Gerome lui avait vraiment brisé le cœur. Beau avait cru que l'homme talentueux qu'il avait en face de lui était le bon, que lui et Gerome passeraient leur vie ensemble. Il avait investi la majeure partie de l'héritage de ses grands-parents dans la maison et le studio, mais heureusement, il avait pensé à préciser le mode de propriété avant d'épouser Gerome.

— Je n'ai pas autant d'argent, se plaignit Gerome.

— Alors je contacterai un ami agent immobilier demain pour inscrire la propriété sur la liste. Tu dois trouver un autre endroit pour vivre et quitter le studio. Tout dommage sera déduit de ta part des recettes.

Il savait à quel point Gerome pouvait être vindicatif et mesquin. Cette situation avait assez duré.

— Maintenant, pars, s'il te plaît. Je ne reviendrai pas vers toi.

Il désigna la porte tandis que Jessica commençait à s'agiter. Il lui donna le reste de son biberon.

— Qu'est-ce qu'il y a avec le bébé ?

— Amy est morte. Je t'ai envoyé un mot il y a quelques semaines. J'élève Jessica.

Gerome ne prêtait jamais attention à ce qui ne le concernait pas.

— Maintenant, nous sommes attendus quelque part, et tu vas nous mettre en retard.

Il laissa Gerome ouvrir la porte, et dès qu'il fut sorti, Beau la referma d'un coup de pied.

— Je suis désolée, ma chérie. J'étais marié avec lui, mais tu peux être reconnaissante qu'il ne soit pas ton père.

Il ne pensait pas pouvoir gérer deux bébés en même temps.

Jessica était éveillée et enjouée pendant qu'il l'habillait. Il la déposa ensuite sur le sol, sous des jouets suspendus, et prépara le sac à langer. Une fois prêt, il la souleva dans son cosy, ramassa le sac et se rendit chez le voisin. Jessica adorait les promenades et se calmait immédiatement. Beau espérait qu'elle ne s'endormirait pas trop tôt.

Leur arrivée fut saluée par l'appel de la nature. Mitchell sortit de la grange.

— Ça suffit, les gars. Calmez-vous, ordonna-t-il en tirant la porte de la grange à demi fermée.

Puis il se tourna vers eux, son sourire faisant vibrer les entrailles de Beau, chassant les dernières ténèbres que Gerome avait laissées dans son sillage. La bouffée d'énergie et la façon dont Mitchell le regardait firent chauffer ses joues, et il aurait aimé pouvoir se cacher jusqu'à ce que cela disparaisse.

— Viens à l'intérieur. Ils vont se calmer dans quelques minutes, à moins que tu ne veuilles aller les voir. La plupart des membres de la meute seraient ravis d'avoir de la visite.

Beau n'en était pas si sûr, mais il accepta quand même, posa le sac à langer juste derrière la porte et suivit Mitchell jusqu'à la grange.

— Voici tous les chiens que j'ai en ce moment. J'en ai trois de plus qui ont été adoptés aujourd'hui, je n'en ai donc plus que onze.

La joie qui se dégageait de l'expression de Mitchell calma les nerfs de Beau.

— Quinze, c'est à peu près tout ce que je peux gérer.

Tous les chiens semblaient excités. Certains s'étaient penchés, la croupe en l'air et la queue frétillante, dans l'espoir qu'on joue avec eux. D'autres étaient calmes et distants. Des petits chiens, des grands chiens, des chiens de toutes sortes, la plupart remuant la queue si rapidement qu'ils auraient pu provoquer une brise.

— Je ne pense pas avoir jamais vu autant de chiens au même endroit.

Il prit Jessica dans ses bras pour qu'elle puisse voir. Mitchell laissa sortir deux des chiens et en prit un petit.

— Voici Randi et voici Sweetiepie. Parfois, ils viennent nommés, et d'autres fois, c'est moi qui le fais. Randi est vraiment adorable. Je suis surpris qu'elle n'ait pas été adoptée.

Beau tendit lentement la main et lui caressa la tête.

— Qu'est-ce qui lui est arrivé ?

— Tondeuse à gazon. Son propriétaire a été négligent et l'a coupée. Il l'a amenée à la clinique et m'a demandé de l'euthanasier. Je ne pouvais pas. Je l'ai donc prise, je l'ai opéré pour refermer ses blessures, je l'ai soignée et je l'ai amenée ici.

Mitchell la dorlotait tandis que Beau s'était penché pour caresser Sweetiepie, un bouledogue bringé qui était aussi doux que possible.

— Et celui-là ?

Il était évident, à en juger par la myriade de queues qui s'agitaient autour de lui et par l'état de ces chiens, que Mitchell avait un cœur énorme. Il le fallait pour faire ce qu'il faisait. Beau se dit que la plupart des gens auraient été comme l'ancien propriétaire de Randi et auraient éliminé beaucoup de ces chiens. Bon sang, il aurait pu être l'une de ces personnes. Beau aimerait penser que ce n'était pas le cas, mais n'ayant jamais eu d'animal de compagnie, il n'en savait rien. Cependant, pour s'en préoccuper à ce point, il fallait être une personne d'un genre particulier. Dommage qu'elles soient vraiment rares, du moins d'après son expérience.

— Patte cassée qui s'est envenimée. J'ai dû l'amputer, mais elle se débrouille bien sur trois pattes et est aussi douce que possible. Je refuse de laisser l'un d'entre eux sans soins.

Le regard de Mitchell se durcit un instant, puis s'adoucit à nouveau.

— J'ai créé le refuge il y a quelques années pour accompagner la clinique. Je ne pouvais pas supporter d'abattre ou d'envoyer les chiens qui avaient besoin d'aide dans l'un des autres refuges. Après avoir hérité de cette propriété, j'ai loué le terrain au voisin de l'autre côté de chez toi et j'ai transformé l'ancienne grange en refuge. J'ai ajouté des enclos et des espaces extérieurs sécurisés pour eux. Dans la clinique, j'ai des photos des chiens à adopter, et je travaille avec des groupes et les forces de l'ordre pour sauver les chiens en difficulté.

La façon dont il s'exprimait prouvait clairement que Mitchell se sentait vraiment concerné par les chiens dont il s'occupait et qu'il avait un lien avec eux.

Beau continua de caresser la tête de Sweetiepie tandis que Jessica observait les chiens, bavant et mâchant ses doigts.

— C'est assez incroyable. Je n'en avais aucune idée. Je veux dire, on voit ces publicités à la télévision, mais on ne sait jamais si c'est réel ou si c'est juste pour les caméras.

Son regard se porta sur les grands enclos, chacun abritant un chien. Il s'avança et un basset aux yeux doux s'approcha de lui en remuant lentement la queue.

Mitchell tapota Sweetiepie et la remit doucement dans sa cage. Puis il fit de même avec Randi.

— C'est la réalité. Les gens se font des choses terribles les uns aux autres, et parfois ils traitent leurs animaux de la même façon.

Il recula, et Beau le suivit hors du refuge, laissant Mitchell fermer la porte.

— Je ne pense pas que je pourrais me regarder dans une glace si j'ignorais ce que j'ai vu.

Mitchell ouvrit la voie à travers la cour, en restant près de lui, et tint la porte pour que Beau puisse passer devant. Beau ne pouvait s'empêcher de penser à ces chiens, mais son esprit passait plus de temps à tourner ses pensées vers leur sauveteur, et il ne pouvait s'empêcher de jeter un coup d'œil à la façon dont Mitchell remplissait le jean serré qui enserrait ses cuisses et berçait son arrière-train.

Une vague de chaleur monta en lui et il ne sut pas trop quoi en faire. Oh, il savait ce que cela signifiait, ainsi que la façon dont son pouls s'accélérait. Il y avait quelque chose d'attirant chez le vétérinaire qui sauvait les chiens, Beau ne pouvait pas le nier. Mais depuis trois semaines, son attention s'était portée sur Jessica, le travail, et le fait de passer la journée. Il n'avait pas le temps pour autre chose. Pendant des semaines, il s'était dit que la partie sexy de sa vie était terminée, au moins pour les dix-huit prochaines années. Peut-être pour toujours. Une bonne nuit de sommeil lui semblait être le paradis en ce moment, sans parler d'une activité plus intense au lit.

Il ramena ses pensées vagabondes à l'instant présent.

Jessica renifla et s'agita dès qu'il fut à l'intérieur, et Beau sortit un biberon préparé du sac. Il vérifia la température et le lui donna.

— Tu vois une différence ? demanda Mitchell.

— Oui, elle a tout le temps faim, et elle n'est plus aussi nerveuse.

Il s'assit sur le canapé et Mitchell s'assit avec lui.

— Je la change souvent maintenant à cause de tout ce qu'elle boit, mais au moins je n'essaie pas de la faire manger tout le temps, soupira-t-il. Tu veux la prendre dans tes bras ?

Beau récupéra le biberon et transféra Jessica dans le creux du bras de Mitchell. Jessica fixa Mitchell pendant qu'elle buvait, tenant son doigt lorsqu'il le lui proposait.

— Tu es belle, ma petite, oui tu l'es. Et tu as faim aussi.

Mitchell retira le biberon. Beau lui tendit le bavoir tandis qu'il lui tapotait le dos, calée sur son épaule.

— Est-ce qu'elle éructe toujours comme ça ? demanda Mitchell tandis que Beau nettoyait le petit désordre.

Mitchell la repositionna dans ses bras, se balançant légèrement.

— Je pense qu'elle a besoin d'un peu de calme et qu'ensuite elle sera prête à en redemander.

Il agita ses doigts devant elle, et elle les attrapa avant de sourire.

— Bon sang, tu es une beauté.

— Elle tient de sa maman.

Beau battit des paupières, essayant de ne pas s'essuyer les yeux.

— Amy était superbe. Elle aurait pu être mannequin.

— Et le père de Jessica ? demanda Mitchell.

Beau haussa les épaules.

— Il ne fait pas partie du tableau. Je sais qu'il s'appelle Ronald Van der Spoel parce que j'ai les documents qu'elle possédait où il lui a cédé ses droits. Il ne sera pas du tout impliqué.

C'était un grand soulagement. La dernière chose que Beau voulait, c'était que quelqu'un vienne revendiquer sa fille. Il n'avait peut-être Jessica que depuis trois semaines, mais elle était son dernier lien avec Amy, et il l'aimait. Jessica était déjà comme sa propre fille, et l'idée de l'abandonner maintenant, pour quelque raison que ce soit, menaçait son cœur de se briser.

Jessica s'endormit dans les bras de Mitchell, qui sourit en la regardant.

— J'étais fils unique et le plus jeune de tous les cousins, alors je n'ai jamais vraiment passé beaucoup de temps avec des bébés, dit-il en balançant lentement ses bras. Du moins, des bébés humains. J'ai aidé à mettre au monde mon premier cheval quand j'avais neuf ans. Papa a dit que j'avais fait du bon travail et m'a offert le poulain. Je l'ai élevé, j'ai aidé à le dresser et j'ai appris à le monter. Il est maintenant dans les pâturages, à la retraite et heureux. C'est le dernier cheval de la propriété, et il y restera jusqu'à sa mort.

Beau se mit à l'aise.

— Tu as donc côtoyé des animaux toute ta vie ?

Mitchell sourit et acquiesça lentement, sans rompre le rythme de ses mouvements lents.

— Oh oui, j'avais toute la panoplie des animaux de compagnie et des bêtes. Une fois, j'ai même eu un cochon de compagnie. Maman a piqué une crise parce qu'elle l'avait acheté pour l'élever et l'abattre, raconta-t-il avec un sourire. Maman avait des visions de bacon et de jambon, et moi des visions de Wilbur dans *Charlotte's Web*. Dans ce cas, maman a gagné, mais j'ai refusé de manger du porc pendant un an, au cas où il viendrait de Wellington.

Mitchell s'esclaffa.

— J'avais aussi une chèvre, des chiens et des chats. J'ai élevé un bœuf et d'autres animaux. Mais pas de poulets. Je ne les aimais pas.

Jessica bâilla et s'étira avant de s'installer à nouveau dans les bras de Mitchell.

— Tu veux que je la prenne ? demanda Beau à voix basse.

Une partie de lui était reconnaissante de cette pause, et pourtant il se sentait démangé par le fait de ne pas la prendre dans ses bras. C'était bizarre.

16

— J'aime la tenir. C'est différent pour moi, elle est chaude et si mignonne.

Il la berça doucement, tandis que Jessica s'endormait.

— As-tu eu des animaux en grandissant ?

Beau secoua la tête.

— Aucun. Ma mère était allergique à tous les animaux, alors je n'avais ni chien ni chat. Même si j'allais chez un ami qui en avait, je devais changer de vêtements et les mettre dans la machine à laver dès que je rentrais à la maison. C'était assez pénible.

Mitchell le dévisagea.

— Pas d'animaux du tout ?

Beau secoua la tête, le regardant comme s'il était la personne la plus démunie de la planète. C'était comme ça, et il n'avait rien su faire d'autre. Bien sûr, il avait voulu avoir un chien, mais contrairement à la plupart des enfants qui, à force de le demander, finissaient par lasser leurs parents, il n'y avait eu aucune chance que cela se produise. Il avait dû l'accepter.

Mitchell se pencha lentement vers l'avant et lui passa Jessica.

— Je reviens tout de suite.

Il sortit par la porte d'entrée et passa rapidement devant la fenêtre. Beau se demanda où il allait, mais il revint quelques minutes plus tard avec quelque chose dans les bras. Lorsqu'il rentra, Mitchell posa Randi sur le sol. Le petit chien se précipita vers lui et Beau se crispa un peu. C'était une chose d'être près des chiens dans la grange, mais il sentit ses bras se resserrer légèrement autour de Jessica quand Randi sauta sur le canapé et renifla sa couverture.

— Est-ce que ça va aller ? s'inquiéta Beau.

Mitchell s'esclaffa.

— Randi est gentille et n'a rien d'agressif.

La couverture glissa d'un des pieds de Jessica, et avant que Beau ne puisse la recouvrir, Randi le renifla et le lécha, puis s'installa sur le canapé.

— Est-ce qu'elle l'a goûté ? s'étonna Beau, ne sachant pas s'il devait s'en inquiéter.

— Peut-être un peu. Les chiens explorent leur monde différemment de nous. Nous utilisons beaucoup le toucher et la vue. Les chiens voient une gamme de couleurs plus limitée que nous, et bien qu'ils utilisent des indices visuels, ils explorent aussi avec leur truffe et leur langue. C'est tout ce qu'elle faisait, n'est-ce pas, ma fille ?

Mitchell s'assit de l'autre côté de Randi, qui fixait Jessica, la tête posée sur ses pattes. Il la caressa, mais Beau remarqua que son attention restait rivée sur Jessica. Il ne savait pas trop ce qu'il en pensait.

— Laisse-moi vérifier le dîner, annonça Mitchell avant de se lever.

Beau espérait que le chien le suivrait hors de la pièce, mais Randi resta sur le canapé sans bouger. Il lui gratta timidement la tête, et elle se pencha vers le contact, manifestement désireuse d'en avoir plus, mais elle ne s'approcha pas plus, et lorsqu'il s'arrêta, elle se recoucha.

— Ça prendra environ vingt minutes. J'ai fait une recette de poulet hawaïen. Il y a du riz et de l'ananas. Ce n'est pas très chic, mais si tu n'aimes pas ce genre de choses, je peux te trouver autre chose…

Mitchell semblait nerveux, mais l'odeur du poulet parvint au nez de Beau, qui eut soudain très faim. Son estomac gargouilla et il hocha la tête.

— Ça a l'air bon.

Il aimait l'ananas et le poulet était toujours un plat gagnant.

— Ça fait si longtemps que je me contente d'aliments que je peux réchauffer au micro-ondes qu'un repas cuisiné à la maison va me sembler être le paradis. Tu sais que Jessica ne dort et ne mange pas très bien, alors j'étais souvent debout avec elle.

Mitchell gloussa légèrement.

— Puis tu emménages à côté de quinze chiens dont les aboiements la réveillent juste au moment où tu l'as endormie.

Beau se sentit comme un salaud d'avoir appelé les autorités pour Mitchell.

— Je manquais de sommeil et j'étais à bout de nerfs, je suppose. Elle pleurait, pleurait et était tout le temps bouleversée. Je jure que j'ai vécu avec deux ou trois heures de sommeil pendant des jours. La nuit dernière, c'était la première fois qu'elle dormait quatre heures d'affilée depuis que je l'ai, et c'était le paradis. Je l'ai nourrie et changée, et elle s'est rendormie tout de suite. C'était un miracle, soupira-t-il. Tu m'as vraiment sauvé la vie avec cette histoire de lactose. Ça a vraiment fait la différence.

Beau se sentait vraiment sain d'esprit et beaucoup plus normal. C'était comme s'il pouvait voir la lumière du jour pour la première fois depuis des semaines.

— Je commençais à m'inquiéter d'être le pire papa du monde et de ne pas être celui qui devait s'occuper d'elle.

Et s'il s'était trompé et l'avait blessée d'une manière ou d'une autre ? Il y avait encore tant de choses qu'il ne savait pas, et il essayait d'apprendre

18

sur le tas, mais c'était tellement plus intense qu'il n'aurait jamais pu l'imaginer. Ses nerfs et ses doutes reprirent le dessus.

— Bien qu'elle mange comme un soldat maintenant.

— Elle est heureuse et son ventre ne lui fait pas mal, expliqua Mitchell, caressant le chien entre eux. C'est une bonne petite fille, et tu as beaucoup de chance. J'ai toujours voulu un enfant, mais je ne pense pas que ce soit possible. La plupart des hommes avec qui je suis sorti se rongeraient le bras droit avant de décider d'avoir des enfants.

Beau sourit. Il avait soupçonné, d'après les vibrations qu'il avait reçues, que Mitchell pouvait être gay. Il était bon de savoir que son instinct n'avait pas disparu et que son gaydar n'était pas mort.

— Mon ex-mari est passé avant que je vienne. Il m'a demandé si j'avais repris mes esprits. Je sais qu'il veut que je revienne, mais je n'ai pas l'intention de retourner auprès de l'abruti qui me contrôlait.

— Depuis combien de temps es-tu parti ? demanda Mitchell en se penchant plus près.

Son odeur de terre attira le nez de Beau et il ferma les yeux, étouffant un gémissement parce que, bon sang, c'était bon et ça le frappa en plein ventre. Pendant une seconde, il pensa que c'était peut-être la nourriture, mais les aliments ne l'avaient jamais fait bander. En fait, il avait commencé à croire que le fait d'avoir Jessica avait tué toute libido qu'il aurait pu avoir. Il comprenait maintenant assez clairement pourquoi il avait entendu dire que le meilleur moyen de contrôler les naissances était d'avoir des enfants. Il se demandait comment les parents pouvaient avoir l'énergie nécessaire pour faire l'amour. Il n'en avait certainement pas en ce moment.

— Il y a environ un an, j'ai dû quitter ma propre maison. C'était fini avant ça, mais je ne l'avais pas quitté avant et j'aurais dû le faire.

Il déplaça Jessica sur son autre bras pour se reposer.

— Je pense que je suis resté parce que j'espérais que les choses s'amélioreraient. Mais ça a empiré. Si je sortais avec des amis, il m'appelait et m'envoyait des messages tout le temps. Quand je rentrais à la maison, il me posait vingt questions.

Mitchell se pencha en avant.

— Ton mari te frappait ?

La façon dont Mitchell prononça ces mots lui fit froid dans le dos et il se demanda comment Mitchell s'était mis dans cette situation. Beau comprenait ce qui lui était arrivé. La honte le brûlait intérieurement de ne pas avoir vu plus tôt qui était vraiment Gerome. Au lieu de cela, les choses avaient changé lentement au fil du temps, et la jalousie et la possessivité de Gerome étaient devenues de plus en plus fortes, son emprise sur Beau de plus en plus serrée. Il réalisait maintenant à quel point il était tombé bas et ce qu'il avait fallu pour qu'il voie ce que Gerome était vraiment devenu. Son bras gauche lui fit légèrement mal à cette idée.

— Tu as vécu ça aussi ? murmura Beau, et Mitchell acquiesça. Oui, Gerome m'a frappé. C'est là que j'ai su que je devais me tirer. Mais nous étions légalement mariés, alors j'ai divorcé et je suis parti. C'est un artiste, et nous possédions la maison et son studio ensemble. Quand il est arrivé aujourd'hui, je lui ai annoncé qu'il devait vendre, et demain j'appellerai l'avocat pour la mettre sur le marché.

Beau se frotta le bras sans y penser, comme s'il avait besoin d'apaiser les douleurs et les marques qui n'étaient plus là. Il n'avait jamais été aussi reconnaissant des accords prénuptiaux de toute sa vie.

— Il va devoir trouver un autre endroit pour vivre et travailler, mais je m'en fiche. Il a eu assez de temps, et j'ai besoin de reprendre ma vie en main.

Il ferma les yeux, rapprochant Jessica et respirant son parfum léger et sucré.

— Il m'a fallu trois ans pour m'engager avec Gerome, j'aurais dû me rendre compte que quelque chose n'allait pas à ce moment-là. Mais j'ai été idiot. Cette petite tenait mon cœur entre ses mains au bout de deux jours.

Il sourit alors qu'une minuterie retentissait dans la cuisine.

— Ça doit être le dîner. Donne-moi quelques minutes pour tout préparer et rejoins-moi.

Mitchell se hissa hors du canapé, tapotant légèrement l'épaule de Beau au passage.

Celui-ci ferma les yeux. Il voulait prendre la main de Mitchell et la tenir, juste pour maintenir la tendresse. Cela faisait bien trop longtemps que quelqu'un, n'importe qui, ne l'avait pas traité avec douceur. Gerome l'avait fait au début, mais les choses avaient changé avec le temps, au point qu'un simple contact lui faisait ressentir une vague de nostalgie.

III

— LE DÎNER était excellent, merci, s'extasia Beau avec un sourire satisfait.

Il avait installé Jessica dans son couffin et elle avait dormi pendant tout le dîner, le couffin reposant sur une chaise, Randi sur le sol à proximité. Mitchell ne voulait pas l'annoncer à Beau, mais il semblait que le petit chien s'était accroché à Jessica. Quand il était parti finir le dîner, Randi était restée avec Jessica sur le canapé. Ce n'était que lorsque Beau et Jessica étaient entrés dans la cuisine que Randi les avait suivis.

— De rien.

Mitchell débarrassa la table tandis que Jessica bâillait et commençait à faire de petits bruits comme si elle se réveillait. Lorsqu'il eut terminé, Jessica clignait des yeux en les regardant tous les deux et en donnant des coups de pied. Beau joua avec elle et obtint quelques sourires. Mitchell essaya de jouer à « Où est le bébé ? » et en obtint quelques-uns.

— Est-ce qu'elle va rester éveillée longtemps ?

Beau haussa les épaules.

— Elle aura faim dans un petit moment, puis elle dormira à nouveau. Parfois, elle veut se divertir, mais ça ne dure pas très longtemps, le ventre reprend le dessus.

— Je vais rester avec elle si tu veux préparer un biberon, proposa Mitchell, en hissant le couffin sur la table.

Randi le surveilla pendant tout ce temps, s'installant une fois qu'elle se rendit compte que Jessica n'allait nulle part. Chien stupide. Mitchell joua avec Jessica, la laissant tenir son doigt. Au moment où elle commençait à faire des caprices, son papa revint avec un biberon, et elle l'aspira comme si elle était affamée.

— Je vais devoir bientôt la ramener à la maison, mais c'est agréable de passer du temps avec quelqu'un que je n'ai pas à faire roter et à changer, plaisanta Beau avec un clin d'œil.

Mitchell ne voulait pas qu'il parte. C'était agréable d'avoir quelqu'un pour dîner. À part les chiens, il n'avait pas beaucoup de compagnie à la ferme. Après que les choses avaient mal tourné il y a quelques années et qu'il était retourné dans la maison où il avait grandi, il avait découvert qui

21

étaient ses amis et qui avaient été ceux de Luke. Ce n'était pas que cela ait vraiment compté. Luke avait été un vrai con, mais il s'était lamenté auprès de leurs amis en premier, ils avaient donc eu sa version de ce qui s'était passé entre eux. Soudain, leurs amis étaient devenus les amis de Luke, et Mitchell s'était retrouvé en froid avec à peu près tout le monde.

Jessica n'avait même pas fini son biberon qu'elle s'endormit à nouveau. Beau lui fit faire son rot et elle ne se réveilla même pas lorsqu'elle rota, calée sur son épaule.

— Elle aime son papa, remarqua Mitchell à voix basse. Tu sais, si tu veux revenir dans le salon, je pourrais mettre un film ou quelque chose comme ça.

Peut-être que Beau avait besoin de faire quelque chose de plus adulte autant qu'il avait besoin de compagnie.

Il y avait des moments où il avait envie de la compagnie d'autres personnes, et puis tout aussi rapidement, il s'en éloignait à nouveau. Il avait le sentiment persistant qu'il s'agissait d'un dernier cadeau d'adieu de son ex, le connard. Mitchell était déterminé à essayer de surmonter cette impulsion. Beau avait l'air d'un homme sympathique, même s'il était un peu fatigué et amaigri. Il avait aussi un sourire facile et des yeux brillants qui n'avaient pas une once d'obscurité.

C'était vraiment drôle, mais il n'avait pas pensé que Luke se comporterait ainsi avec lui. Il avait toujours eu du tempérament et la volonté d'arriver à ses fins, c'était certain. Mitchell pensait que cela faisait partie du travail de Luke en tant que conseiller financier. Il devait être fort et motivé pour réussir dans ce métier. Mais il ne s'était pas attendu à ce que cette motivation se manifeste d'une manière aussi contrôlante et oppressante dans leur relation. Avec le recul, il pouvait voir la noirceur en lui, la façon dont Luke fermait une partie de lui-même et essayait de la cacher au lieu d'y faire face. La part de Mister Hyde en lui avait toujours été présente. Il avait juste fallu du temps avant qu'elle ne se manifeste, mais ensuite, c'était devenu vraiment moche.

Mitchell ressentit le besoin de retourner auprès de ses chiens. Ils étaient comme sa thérapie relationnelle, ils lui donnaient toujours de l'amour sans faille ni réserve. Peut-être que ce dont il avait vraiment besoin, c'était d'un de ces chiens métamorphes comme dans les livres d'Eli Easton qu'il aimait trop.

— Tant que ce n'est pas trop fort, regarder un film serait bien, répondit Beau, en transférant doucement Jessica dans son couffin.

Elle ne se réveilla pas, et il posa le couffin sur le sol, Randi juste à côté comme un petit chien de garde.

— Qu'est-ce qu'elle a? interrogea Beau.

— Je pense qu'elle veille sur elle, expliqua Mitchell. Elle n'a jamais été agressive, mais quelque chose chez Jessica l'attire. Les chiens sont très intuitifs et ils se lient parfois à la personne qu'ils veulent. Il peut être étrange de savoir qui ils choisissent, parce que ce n'est pas nécessairement la personne qui les nourrit.

Il lui caressa doucement la tête et Randi ferma les yeux, s'installant sur le coussin.

— As-tu déjà ramené l'un des chiens du refuge chez toi? Est-ce que c'est quelque chose que tu fais pour leur offrir une sortie ou quelque chose comme ça? s'enquit Beau, assis sur le côté du canapé le plus proche de Jessica.

— Je ne veux pas donner de faux espoirs aux chiens. Si je le pouvais, je les ramènerais probablement tous à la maison et je les garderais tous. C'est pour ça que je garde les chiens au refuge et que je travaille dur pour leur trouver un foyer.

C'était une partie de son cœur qu'il craignait d'abandonner une fois de plus.

— Eh bien, si je peux me permettre, je pense que quelqu'un s'est frayé un chemin dans ton cœur, répliqua Beau en souriant et il tendit même la main pour caresser légèrement la tête de Randi. Je dirais que c'est un animal à garder.

Il tripota les couvertures.

— Quels sont les films que tu aimes?

Mitchell présenta son application de vidéos à la demande et laissa Beau en choisir un.

— Tu veux quelque chose à boire?

Beau gémit.

— Est-ce que j'ose boire une bière comme un adulte? Ça fait si longtemps.

Mitchell sortit des verres d'une micro-brasserie locale et les posa sur la table.

— C'est une bière ambrée de Molly Pitcher. J'adore ce qu'ils font, expliqua-t-il en prenant place sur le canapé.

— Est-ce que ça te va?

— *Singin' in the Rain*? remarqua Mitchell en souriant.

Il n'aurait jamais imaginé que Beau choisirait ce film.

— J'aime aussi les vieux films, et Debbie Reynolds est si mignonne dans ce film. Quel talent !

Il se pencha vers l'arrière tandis que le film commençait.

— Merci d'être resté.

Il tourna la tête et découvrit Beau qui le regardait fixement. Il ne fut pas sûr de la signification de ce regard pendant une seconde, jusqu'à ce qu'un éclair de désir passe dans les yeux de Beau. Cela ne dura pas longtemps avant qu'il ne se retourne vers Jessica avec un soupir. Puis il leva sa bière et but une bonne partie du verre.

— C'est bon, commenta Beau en reposant le verre sur la table basse. Pendant un certain temps, j'ai cru que ma vie se résumerait à des couches et des biberons. C'est peut-être le cas en ce moment. Mais c'est agréable de pouvoir avoir quelques secondes où tout ne me rappelle pas les lingettes, le caca ou le lait maternisé.

Pour la première fois, Mitchell vit Beau se détendre.

Le film se poursuivit, avec Gene Kelly qui montait dans la voiture de Debbie Reynolds. Beau et Mitchell finirent leurs bières, et Mitchell ramena la bouteille et remplit les verres avant de s'asseoir à nouveau.

— Ma mère adorait ce film, murmura Beau, sa voix remplie d'une solitude que Mitchell comprit.

Il se tourna pour croiser son regard, qui le tiraillait, voulant l'attirer plus près, mais il résista. Non seulement il ne savait pas si Beau pouvait s'intéresser à lui, mais il n'avait pas confiance en son propre jugement lorsqu'il s'agissait d'hommes. Il ne s'y fiait plus.

— La première fois que je l'ai regardé, je devais avoir environ quatorze ans. Papa travaillait tard au bureau, et elle et moi étions assis sur le canapé, regardant ce film en attendant qu'il rentre à la maison un vendredi soir. Il s'est avéré que le seul travail qu'il effectuait concernait l'une des assistantes de l'immeuble. Pendant que nous l'attendions avec du pop-corn et du soda, il prenait sa dose hebdomadaire d'alcool, de cuir et de fouet. Apparemment, papa aimait que les femmes de sa vie se fassent frapper et utiliser une cravache. Maman a divorcé lorsqu'elle a découvert l'existence de Marcy. Apparemment, cela durait depuis des années et elle n'en avait aucune idée.

Les joues de Beau se colorèrent et il secoua la tête.

— Je ne sais pas pourquoi je te raconte tout ça. Peut-être que c'est la brume du bébé et que je suis encore si fatigué que je n'ai aucune idée de ce que je dis.

Il se tourna à nouveau vers la télévision.

— Désolé, je ne voulais pas nous emmener dans un voyage sur la voie des mariages dysfonctionnels avec un arrêt à SM-ville.

Mitchell s'esclaffa.

— C'est assez drôle. Pas ce qui t'est arrivé, mais mon esprit a peint des images de SM-ville, avec des lampadaires en forme de bâillons et des fouets suspendus à des poteaux de flagellation. Mon Dieu, mon esprit fait parfois les voyages les plus bizarres.

Il mit le film en pause, car il semblait qu'ils allaient bavarder pendant un certain temps.

— Je suppose que oui, admit Beau en riant avec lui. C'est bizarre de penser à mon père... tu sais. Je veux dire, j'ai entendu ce qu'il aimait et tout ça parce que ma mère criait, mais maintenant, en tant qu'adulte, je ne veux pas vraiment penser à mon père de cette façon.

— Tu le vois souvent ? demanda Mitchell.

Beau haussa les épaules.

— Rarement. Il s'est remarié et a eu d'autres enfants, alors il a toute une autre famille dans laquelle je n'ai pas ma place. Mais depuis qu'il a appris qu'il était grand-père, il appelle plus souvent. Je ne sais pas si ça signifie qu'il veut faire partie de nos vies ou s'il est simplement fasciné par la nouveauté. Maman est ravie et dit qu'elle va venir nous rendre visite. Elle vit en Arizona dans une communauté de retraités et elle adore ça. Et tes parents ?

Mitchell déglutit.

— Mes parents sont tous les deux décédés. Papa a contracté un cancer du poumon il y a une dizaine d'années et a tenu le coup bien plus longtemps que les médecins ne le pensaient. Maman est décédée il y a quatre ans d'une crise cardiaque. Apparemment, elle avait une anomalie cardiaque que personne ne connaissait.

Il s'essuya les yeux.

— Quand elle est morte, j'ai hérité de la maison et j'ai ouvert la clinique en ville. Mes parents ont été agriculteurs toute leur vie. J'ai environ cinq cents acres au total, dont environ trois acres autour de la maison ici, et le reste est loué à un fermier local. Il cultive du maïs en ce moment, mais l'année prochaine, ce sera de la luzerne. Il y a aussi quelques champs de foin que l'une des fermes équestres récolte. Les loyers ne sont pas énormes, mais ils paient les impôts sur l'ensemble de la propriété et rapportent un peu plus que cela.

Mitchell se sentit soudain timide. Il n'avait jamais partagé autant d'informations avec quelqu'un qu'il venait de rencontrer... probablement jamais. Même pas avec son ex.

— J'en déduis que ton père était fermier... à plein temps.

Mitchell acquiesça.

— Mon père aimait la terre. Elle faisait partie de son âme. Lorsqu'il est tombé malade, il s'est beaucoup inquiété des récoltes et de tout ce qu'il y avait à faire. À l'époque, j'avais mon baccalauréat et je commençais l'école vétérinaire. D'habitude, je travaillais comme assistant vétérinaire pendant l'été, mais cette année-là, je suis rentré à la maison et j'ai travaillé dans les champs. Lorsqu'il se sentait bien, nous travaillions ensemble. Souvent, maman montait sur le tracteur et passait la journée à travailler comme un soldat. Cette terre faisait partie de l'âme de mon père. Après leur décès, je n'ai pas pu l'abandonner. J'y ai pensé. Mais je connais chaque centimètre carré de cette terre. J'ai nagé dans le ruisseau qui en traverse une partie. J'ai construit un fort dans un des arbres. Quand je l'ai découvert, j'étais déterminé à le garder, et j'ai trouvé un moyen d'y parvenir.

Ce n'était peut-être pas ce que son père aurait choisi, mais la terre était bien traitée. Mitchell avait ses animaux et suffisamment de place pour en accueillir d'autres s'il le souhaitait.

Il relança le film parce qu'il avait besoin de quelque chose de moins émotionnel en ce moment. Parler de ses parents lui rappelait toutes sortes de souvenirs, certains formidables et d'autres presque aussi noirs que la nuit. Il allait devoir faire face à ces souvenirs un jour ou l'autre, mais il n'allait pas en parler avec Beau.

— Tu vas bien ? s'inquiéta Beau en se penchant un peu plus près.

Mitchell haussa les épaules.

— Oui. Ce n'est pas en regardant un film avec son voisin pour la première fois qu'il faut ouvrir ces boîtes dans sa tête.

Ils se turent pendant que Gene Kelly, Donald O'Connor et Debbie Reynolds chantaient et dansaient tout au long de la comédie romantique. Ce qui le surprit le plus en regardant le film avec Beau, ce fut à quel point il se sentit à l'aise. Ils restèrent assis sans parler pendant un bon moment, et il n'y eut aucun instant inconfortable, aucun besoin de commenter ou de remplir le temps avec des bavardages. Mais Mitchell s'était surpris à jeter un coup d'œil à Beau, surtout pendant les moments drôles, juste pour le voir sourire et voir le plaisir danser dans ses yeux.

Lors du grand final romantique, Jessica commença à s'agiter et Beau la prit dans ses bras. Elle se calma immédiatement, probablement parce qu'elle avait envie de son papa. Randi bondit du sol et s'installa sur le canapé à côté de lui, observant attentivement Jessica avant de se coucher juste à côté de la jambe de Beau, sa tête sur sa cuisse, les regardant tous les deux. Finalement, Jessica commença à s'agiter.

— Qu'est-ce que tu as, ma petite dame ? roucoula Beau en l'installant dans le couffin. Tu es fatiguée ?

Mitchell prit Randi dans ses bras pendant que Beau se préparait à partir. Après avoir éteint la télévision, il posa Randi et nettoya leurs verres pendant que Beau préparait ses affaires. Mitchell était déçu qu'ils doivent partir si tôt, mais il comprenait que Beau doive suivre dans l'emploi du temps de Jessica et que ses besoins devaient passer en premier. C'était juste agréable d'avoir un peu de compagnie pour un moment. Randi suivait Beau partout où il allait.

— Merci pour ce merveilleux dîner et cette belle soirée.

Beau le serra dans ses bras, le sac à langer rebondissant sur le dos de Mitchell.

Celui-ci ouvrit la porte et Beau sortit dans la nuit. Mitchell s'assura que les lumières extérieures étaient allumées alors que Beau se dirigeait vers l'allée et la maison.

Randi s'élança, mais Mitchell l'attrapa avant qu'elle ne puisse s'enfuir, ses petites pattes s'élançant dans les airs.

— C'est bon, petite fille.

Randi se tortilla furieusement avant de se calmer, et Mitchell la ramena à l'intérieur.

— Je vois que tu les aimes beaucoup.

Il ferma la porte et la déposa à terre. Randi se précipita vers la porte, aboya deux fois, puis bondit sur l'une des chaises, appuyant ses pattes avant sur l'accoudoir pour pouvoir voir à l'extérieur.

— D'accord… j'ai compris. Je compte pour du beurre.

Randi se retourna et le regarda avec de grands yeux. Elle gémit et reporta son attention sur la fenêtre. Mitchell pensa qu'elle avait eu une bonne idée et jeta un coup d'œil à travers les rideaux juste au moment où Beau et Jessica quittaient l'allée pour s'engager sur la route.

27

Mitchell laissa les rideaux retomber en place et regarda Randi, qui lui rendit son regard, comme s'il était censé courir après eux et les ramener.

— Ils reviendront.

Randi recula, posant ses pattes avant sur le coussin de la chaise avant de se rouler en boule. Il pouvait presque lire dans ses pensées lorsqu'elle l'observait.

— Oui, je sais. Et oui, tu peux rester ici avec moi.

Il avait envisagé d'amener Randi dans la maison de façon permanente. Il était surpris qu'elle n'ait pas été adoptée, mais peut-être que cette petite était faite pour lui. Il la laissa dans le salon et alla chercher deux bols, en remplit un d'eau et le posa sur le sol. Il alla ensuite chercher le sac de nourriture supplémentaire dans le garde-manger et en versa dans l'autre bol, qu'il posa à côté de l'eau.

Randi bondit pour explorer les deux. Elle mangea un peu et but avant de remonter sur la chaise.

— Tu penses que c'est à toi maintenant, hein ?

Mitchell récupéra une serviette, souleva Randi et posa la serviette sur le coussin. Elle s'installa à nouveau, et Mitchell se dit qu'il ferait mieux d'aller se coucher. Il allait devoir se lever tôt pour s'occuper des chiens. Après avoir vérifié les portes, il éteignit les lumières et s'arrêta dans la salle de bain pour se laver.

Une fois dans sa chambre, il se déshabilla et se glissa sous les draps qu'il avait changés le matin même. Il ne fallut que cinq minutes pour que Randi saute sur le lit avec lui et se blottisse au bord des couvertures. Il aurait dû savoir que cela allait arriver. Il soupira, envisageant de la remettre sur la chaise et de fermer la porte de sa chambre. Mais c'était bien d'avoir de la compagnie. Les nuits étaient généralement longues, sombres et solitaires. La présence de la petite chienne pourrait éloigner certains des rêves qui le hantaient.

Il soupira à nouveau, et Randi fit de même, se rapprochant, comme si elle ressentait son besoin de réconfort. Peut-être que c'était le cas. Mitchell avait toujours pensé que les chiens étaient des créatures intuitives, et si c'était vrai, alors peut-être que sa venue était sa façon à elle de le réconforter.

Ouais… OK. Pourtant, il sourit et ferma les yeux, souhaitant que les cauchemars restent à leur place. Et ce fut le cas, mais ce ne fut pas Randi qui les tint à distance, ce furent les rêves d'un certain beau voisin.

IV

— Bonjour, ma petite fille, dit Beau le samedi matin suivant. Tu as bien dormi ?

Il prit Jessica et l'emmena directement sur la table à langer, où il enleva sa couche et lava ses petites fesses avant de lui en mettre une autre et de l'habiller pour la journée. Jessica toléra qu'il lui enfile sa grenouillère avant qu'elle n'ouvre sa petite bouche pour pousser un cri de faim aux proportions épiques. Beau fut bien conscient de ce fait et la souleva, attrapant le biberon qu'il avait apporté dans sa chambre avec lui avant qu'elle ne puisse pousser un deuxième cri vraiment fort.

Son téléphone vibra au moment où il l'installait, et Beau essaya de voir comment il pouvait répondre. Les parents avaient certainement besoin de plus de bras, et pour le moment il n'en avait pas, alors il la nourrit et laissa l'appel basculer sur la messagerie vocale.

Il consulta l'écran une fois qu'elle eut mangé et qu'il put l'installer sur une couverture avec une arche de jeux au-dessus de sa tête. Le numéro ne lui fut pas familier, mais il y avait un message.

— C'est Mitchell. J'ai des heures de bureau ce matin, mais je me demandais si toi et Jessica voudriez aller vous promener avec Randi et moi cet après-midi. Il y a de superbes parcs.

Beau le rappela pendant que Jessica battait son jouet favori, le pendu.

— Mitchell, c'est Beau.

Il entendit des aboiements en arrière-plan.

— Tais-toi, petite bête, dit Mitchell. Randi m'a adopté et elle est très excitée en ce moment.

— Elle s'est donc introduite dans la maison après tout ?

— Oui. J'aurais dû savoir que ça finirait par arriver. Mais j'en veux vraiment à ta fille.

— Oh, donc si tu as un chien, c'est la faute d'une enfant de quatre mois, s'amusa Beau.

— Exactement, ironisa Mitchell avant d'éclater de rire. En fait, c'est une excellente compagne. Il faut que je l'emmène se promener cet après-midi.

— Jessica et moi serions ravis de venir, pourvu que le beau temps soit au rendez-vous, accepta Beau en regardant Jessica. Veux-tu voir ton ami le chien, Jessica?

Elle battit des pieds en agitant son éléphant, ce qui lui donna un air joyeux et une bouche ouverte.

— Je prends ça pour un oui.

Il sourit et se concentra à nouveau sur l'appel.

— Tu veux que je vienne te chercher? Comme ça, je n'aurai pas à déplacer le siège auto.

C'était un énorme projet.

— C'est parfait. Si tu veux venir dans une heure ou deux, je peux préparer quelque chose à manger et nous pourrons faire un pique-nique.

— C'est encore mieux. À tout à l'heure alors, le salua Beau, et ils mirent fin à l'appel. On dirait qu'on va sortir se promener aujourd'hui.

Il sourit à Jessica et se demanda ce qu'il devait porter et pourquoi il était si excité. Ce n'était qu'une promenade et un déjeuner dans le parc, mais cela lui mettait le sourire aux lèvres.

Préparer un bébé à partir n'importe où prenait du temps, et aujourd'hui ne faisait pas exception. Beau rassembla tout et installa Jessica dans son siège-auto, mais il se rendit compte qu'il avait oublié la crème solaire et dut retourner à l'intérieur pour aller la chercher. Il monta dans la voiture et parcourut la courte distance qui le séparait de chez Mitchell, où Randi et lui l'attendaient sous le porche.

— Il faut que j'aille la changer à l'intérieur avant qu'on parte, expliqua-t-il en baissant la vitre pour aérer la voiture.

Il en sortit et Mitchell l'escorta à l'intérieur jusqu'à la salle de bain, où Beau la changea, ainsi que ses vêtements, parce que oui, c'était l'une de ces fois. Une fois qu'elle fut propre et habillée, il quitta la salle de bain.

— Merci.

— Tu es prêt? demanda Mitchell en tenant le bout de la laisse de Randi qui sautillait. Elle est comme ça depuis que vous êtes arrivés.

— Bon Dieu.

Beau sourit et porta Jessica jusqu'à la voiture et l'installa dans son siège. Randi sauta à côté d'elle, remuant la queue en regardant tout le processus, puis elle renifla Jessica, lécha sa main une fois, et se coucha sur le siège comme si elle n'avait pas passé les dernières minutes à perdre les pédales.

30

— C'est assez étonnant de voir comment Randi se comporte avec elle.

Mitchell gémit.

— Je jure que mon chien aime ta fille plus que n'importe qui d'autre.

— Elle n'agit pas comme ça tout le temps ? interrogea Beau.

Mitchell secoua la tête.

— Depuis que je l'ai amenée à la maison, la seule chose qui l'excite, c'est le dîner. Je te jure, je rentre à la maison après avoir été absent toute la journée, elle sort et me suit partout. Elle ne jappe pas, ne court pas comme si elle était excitée de me voir. Ta fille arrive, empestant autant qu'une bombe puante, et Randi devient folle. Regarde, maintenant elle monte la garde.

La petite chihuahua était trop mignonne pour être décrite.

— Je ne sais pas quoi dire.

Beau se retourna et partagea un sourire avec Mitchell avant de démarrer le moteur et de sortir de l'allée.

— Où allons-nous ?

— Il y a plusieurs endroits, mais j'ai pensé que nous pourrions aller au sud de la ville. C'est le parc d'État le plus proche, et il y a de superbes sentiers qui sont plats, donc pousser la poussette ne sera pas difficile.

Mitchell se retourna et fit des grimaces à Jessica, qui sembla s'esclaffer. Ce fut un son glorieux pour Beau.

— Tu es une si jolie petite fille.

Randi aboya.

— Oui, toi aussi, petite bête.

Il se retourna et guida Beau vers le parc.

— Tu sors souvent comme ça ? demande Beau.

— Parfois. J'aime bien emmener quelques chiens si je peux, pour qu'ils puissent marcher un peu.

— As-tu conclu d'autres adoptions ?

— Oui. Un couple était intéressé par Sweetiepie, nous avions donc déjà vérifié ses antécédents, mais il a fini par choisir Oscar à la place. C'est peut-être parce que je le veux tellement, mais je continue d'espérer que Sweetiepie trouvera son foyer pour la vie.

Il donna à Beau quelques indications supplémentaires, qui ne furent pas trop compliquées, et ils arrivèrent au parking du parc national.

La journée était chaude, avec une légère brise et heureusement pas trop d'humidité. Beau craignait que Jessica n'ait trop chaud, mais elle semblait heureuse et alerte lorsqu'il sortit la poussette et fixa la nacelle à la base. Beau adorait la conception tout-en-un de la nacelle qui s'insérait directement dans la poussette, de sorte qu'il n'avait pas à sortir Jessica de la poussette, puis à la remettre dedans.

— Dr Brannigan, s'exclama un jeune homme en se précipitant vers eux.

Il semblait avoir une vingtaine d'années, avec un visage couvert de taches de rousseur et une expression sérieuse.

— Bonjour, Ryder. Quelle coïncidence, le salua Mitchell avec un sourire qui provoqua une vague d'obscurité chez Beau.

Son ventre se serra et il eut envie de grogner. Il y avait quelque chose de trop énergique et attentif chez ce jeune homme. Il n'aimait pas la façon dont il regardait Mitchell, comme s'il s'agissait d'un buffet et que Ryder avait son couteau et sa fourchette à la main. Beau s'occupa de Jessica, les mains tâtonnantes, pour essayer de masquer sa jalousie irréaliste.

— Qu'est-ce que tu fais ici ? Est-ce que tous les animaux de la clinique ont été nourris et soignés avant ton départ ?

— J'aime venir ici quand je peux, répondit Ryder, son expression devenue plus sérieuse. Oh, oui. Ils vont bien. Whiskers devrait être prêt à rentrer chez elle, et j'ai appelé son propriétaire pour qu'il vienne la chercher demain. Boxer a été récupéré juste après votre départ.

Il se balança d'avant en arrière sur ses talons, il semblait si excité.

— Avant de rentrer chez moi, je passerai m'assurer qu'ils sont tous installés pour la nuit.

— Et Blue ? interrogea Mitchell. Est-ce qu'il va toujours bien ?

Ryder déglutit.

— Il faisait la sieste quand je suis parti. Il respire beaucoup mieux que lorsqu'il est arrivé et il s'est même levé pendant un moment. Quand j'y retournerai, je vous enverrai un texto pour vous tenir au courant. Mais il avait l'air d'aller bien.

Le nuage qui avait obscurci le visage de Ryder et la façon dont Mitchell triturait sa lèvre inférieure indiquèrent que cet animal avait dû se trouver dans une situation critique.

Mitchell donna une tape sur l'épaule de Ryder.

— Je te remercie. J'irai aussi le voir sur le chemin du retour. Maintenant, va t'amuser.

Il sourit, et Beau eut l'impression, à la façon dont Ryder se penchait en avant, qu'il voulait demander à Mitchell de se joindre à lui, mais il hocha la tête et se détourna, se dirigeant vers les sentiers.

— Il est nouveau à la clinique et très enthousiaste.

Beau acquiesça, pensant que Ryder était impatient d'avoir plus qu'un simple travail à la clinique. Ce jeune homme avait des vues sur un vétérinaire en particulier. Non pas que Beau ait le droit de dire à Mitchell ce qu'il pouvait ou ne pouvait pas faire – ils venaient de se rencontrer – mais la vague de possessivité qui s'abattit sur lui le prit par surprise. Il n'avait jamais ressenti cela à l'égard de Gerome. Bien sûr, Gerome avait été suffisamment possessif pour deux.

Beau ramena ses pensées à Jessica et au présent, observant Mitchell se pencher en avant, étirant son jean sur un cul parfait pendant qu'il tenait Randi en laisse. Bon sang, c'était un bel homme. Cela n'avait pas d'importance, et sa petite crise de jalousie ne servait à rien non plus. Il avait une fille dont il devait s'occuper, et il devait concentrer son attention là où elle devait l'être, et non sur un fantasme de vie amoureuse.

— Vous êtes prêts à partir ? demande Mitchell. Je sais que cette petite bête l'est.

Randi se pavanait autour de la poussette, essayant de temps en temps de sauter dedans.

— Ça, ce n'est pas pour toi, la gronda légèrement Mitchell en attrapant le panier et la glacière dans le coffre, puis ils se dirigèrent vers l'une des tables de pique-nique vertes à l'ombre.

Randi sauta sur l'un des bancs, remuant la queue pendant que Mitchell commençait à préparer le repas. Beau en profita pour nourrir Jessica, qui téta son biberon comme si elle était affamée avant que ses paupières ne s'alourdissent et qu'elle ne s'endorme.

— Je jure que ce chien grimperait dans le porte-bébé avec elle, plaisanta Beau en éloignant Randi pour s'asseoir.

Son estomac gargouilla lorsque Mitchell apporta des sandwichs, des fruits, et même des olives et des cornichons à grignoter. C'était un vrai festin.

Mitchell se pencha sur la table.

— Certainement. Randi est fascinée par ta fille. As-tu déjà rencontré un chien qui était plus intéressé par un bébé que par de la nourriture ?

Il secoua la tête.

— Qu'est-ce que tu racontes ? demanda Beau en attrapant une olive et en la faisant sauter dans sa bouche.

— Cette petite bête aime ta fille plus que tout. Les chiens se lient aux gens, et je pense qu'elle a décidé que Jessica était à elle.

Mitchell sourit et Beau sentit ses yeux s'écarquiller.

— Tu veux dire que tu veux que j'adopte Randi? Je ne pense pas pouvoir m'occuper de qui que ce soit d'autre en ce moment. J'ai du mal à tenir le coup, parfois, juste pour passer les journées avec Jessica.

Tout semblait l'accabler ces derniers temps. Plus d'une fois, il s'était demandé s'il était fait pour être parent. Il aimait Jessica de tout son cœur, mais il se demandait sans cesse s'il n'allait pas faire quelque chose qui l'endommagerait à jamais ou un truc du genre. Son attention devait se porter sur elle et...

Il prit une grande inspiration et la retint, puis la relâcha lentement pour essayer de calmer ses pensées qui s'emballaient.

À sa grande surprise, Mitchell posa sa main sur la sienne.

— Non, je comprends. Mais c'est mon chien qui aime le mieux ta fille.

Il gloussa tandis que Randi se tenait debout, la queue furieusement agitée, les yeux brillants. Elle savait qu'ils parlaient d'elle.

Beau se pencha et caressa la tête de l'énergique petit chien. Elle s'imprégna de l'attention avant de se retourner vers l'endroit où Jessica dormait et de s'installer sur le banc avec un doux soupir. C'était une petite chose très déterminée. Beau rompit un petit morceau de pain et le lui donna.

— Elle est vraiment très mignonne.

— Oui, elle l'est, convint Mitchell avant d'ouvrir une boîte de raisins frais et d'ananas. Finissons-en et nous pourrons aller nous promener avant que Jessica ne se réveille et n'ait besoin d'être nourrie.

Beau s'approcha de Jessica et caressa doucement sa petite main. Elle était adorable et précieuse.

— Cette petite fille a volé mon cœur dès la première fois que je l'ai vue.

Il ne pensait pas que c'était possible après l'histoire avec Gerome, mais Jessica prouvait que son ex n'avait pas tué sa capacité à ressentir. Mais il n'était pas sûr d'être capable d'aimer quelqu'un comme il avait aimé Gerome. Putain, il détestait la façon dont ces pensées continuaient à interrompre sa vie quotidienne. Il devrait être capable de laisser tomber et de passer à autre chose. Beau ramena ses pensées vers Mitchell, essayant de ne pas laisser son passé assombrir ce qui s'avérait être une belle journée.

Mitchell se pencha sur la table, et Beau se raidit pendant une seconde avant de se détendre lorsqu'il réalisa que Mitchell ne faisait que se rapprocher. Il devait cesser de se crisper chaque fois que Mitchell s'approchait de lui. Mitchell n'était pas Gerome et n'allait pas se comporter comme lui.

— Je comprends pourquoi. Elle est vraiment mignonne.

Il lui caressa légèrement la main.

— Je me souviens qu'en grandissant, j'ai scandalisé ma mère en lui disant que je n'allais pas me marier parce que je ne voulais pas vivre avec une fille, mais que j'allais avoir un bébé, raconta-t-il en souriant. J'avais neuf ans et j'étais en pleine phase « les filles, c'est dégoûtant ».

Beau s'esclaffa.

— Qu'est-ce que ta mère a répondu à ça ?

— Elle m'a rappelé que seules les filles pouvaient tomber enceintes, et m'a demandé comment j'allais faire pour avoir un bébé si je ne me mariais pas ?

Il éclata de rire.

— Je lui ai dit que j'irais à l'hôpital quand je serais plus âgé et que j'adopterais l'un des bébés qui s'y trouvent. Ils en avaient beaucoup, et j'étais sûr qu'ils m'en donneraient un si je le leur demandais.

Les joues de Mitchell s'empourprèrent.

— J'étais si bête quand j'étais enfant… et complètement innocent. Nous vivions dans une ferme avec beaucoup d'animaux, alors je savais d'où venaient les bébés, du moins les bébés animaux, et j'avais à peu près tout compris quand notre voisine, Mme Phillips, est tombée enceinte. Je pense que ma mère a été soulagée quand je ne suis pas allé la voir pour lui dire que je savais comment ça s'était passé.

Il haussa les épaules.

Beau fut intrigué.

— Qu'est-ce qui t'a amené à penser pouvoir aller à l'hôpital et demander un bébé ?

C'était plutôt mignon, et Beau put enfin se détendre et ramener ses pensées à l'instant présent.

Mitchell haussa les épaules.

— Les animaux rejettent parfois leurs petits. J'aimerais savoir comment ça se produit, mais c'est le cas. Parfois, c'est l'odeur –, le petit est marqué par un autre et c'est fini. D'autres fois, c'est un mystère total. Une fois, j'ai vu un caneton éclore et prendre l'empreinte d'un mouton, et je me suis dit que ça pouvait fonctionner de la même manière pour les humains.

Ils partagèrent un rire devant cet exemple d'innocence enfantine. Beau aimait le rire de Mitchell. Il était clair et profond, et les lignes du sourire s'étendaient presque jusqu'à ses yeux. Il était joyeux et agréable à vivre.

Beau mangea tout ce qu'il pouvait et aida Mitchell à emballer ce qui restait. Il attacha ensuite le cosy de Jessica à la poussette. Après avoir transporté le panier et la glacière jusqu'à la voiture, ils se dirigèrent vers l'un des sentiers, avec l'ombre relevée pour protéger le bébé du soleil.

Randi insista pour marcher à côté de la poussette, se pavanant à moitié, la queue en l'air, la tête haute.

— C'est un chien qui a de la gueule, observa Beau.

— Elle est heureuse. Quand je l'ai eue, elle était si malheureuse, si blessée et si faible. Elle m'a brisé le cœur. Après l'avoir mise sur la voie de la guérison, elle a continué à chercher son maître, mais il n'est jamais réapparu.

— Tu le vois parfois en ville ? interrogea Beau.

— Non, et j'espère ne jamais le revoir. Je donnerais probablement un coup de poing dans le nez de cet idiot. Les choses que les gens font à leurs animaux de compagnie, s'indigna Mitchell en serrant les poings. Comme elle était blessée, il voulait la faire piquer. La soigner aurait coûté de l'argent, et il était trop radin.

Randi dut comprendre qu'ils parlaient d'elle, car elle sauta autour des jambes de Mitchell, qui la prit dans ses bras. Elle s'installa dans ses bras et continua à regarder Jessica. Peut-être que Mitchell avait raison et qu'elle l'aimait bien.

Ils continuèrent à marcher, et de temps en temps, la main de Mitchell le frôlait. Beau aimait ce contact et aurait aimé lui tenir la main, mais il devait garder une prise ferme sur la poussette. C'était tout de même agréable d'avoir de la compagnie qui ne lui demandait pas beaucoup d'efforts.

— On se balade ? grogna une voix familière.

Beau s'arrêta et se retourna pour fixer Gerome dans les yeux.

— Qu'est-ce que tu fais ici ? Ce n'est pas un de tes lieux habituels.

— Je te demande pardon ? s'offusqua Beau, le sous-entendu lui glaçant le sang. Comment peux-tu savoir où je passe mon temps ? Tu me suis ?

L'idée lui fit froid dans le dos. Randi grogna et aboya vivement, faisant claquer ses mâchoires en direction de Gerome.

— Je te suggère de partir.

— À cause de ça ? ricana Gerome en pointant Randi, qui tenta de s'élancer, et Mitchell faillit la faire tomber.

Gerome retira vivement sa main hors de sa portée, et elle continua à grogner comme si elle était possédée. Soit ça, soit elle n'aimait pas être en présence du diable incarné.

— Laisse-moi tranquille. Tu n'es pas le bienvenu et je ne reviendrai pas vers toi, ni maintenant ni jamais. Je ne veux pas être maltraité et blessé à nouveau.

Il fixa Gerome du mieux qu'il put. Une partie de lui mourait d'envie de reculer, tourner les talons et s'éloigner de lui, mais il devait être fort. Il s'était laissé abuser et écraser, il n'allait pas laisser cela se reproduire.

— Je veux juste discuter…

— Non ! aboya Beau d'un ton sévère. Je n'ai rien à te dire et je ne veux pas te revoir.

— Je pense qu'il est temps de passer à autre chose, intervint Mitchell avec fermeté. Il a dit ce qu'il avait à dire, vous devez partir. Beau ne veut pas vous voir, il a une meilleure vie maintenant.

Pour ponctuer ces paroles, Randi s'emporta à nouveau contre lui.

— Peut-être que je devrais la faire piquer. Je vous assure qu'elle est peut-être petite, mais ses dents sont acérées, et vous la contrariez. Beau et moi le voyons.

Il s'avança, et Gerome recula.

— Bien, mais ce n'est pas fini, grogna-t-il, puis il se détourna vers le chemin.

— Seigneur, c'était ton ex ? interrogea Mitchell en suivant Gerome d'un regard dur. Quel Néandertalien ! C'est un imbécile fini.

— Il est possessif et il ne renonce pas à ce qu'il pense être sien, et apparemment ça signifie que les autres n'ont pas le droit de choisir quoi que ce soit dans leur vie, y compris avec qui il veulent être.

Beau agrippa la poignée de la poussette, essayant de contrôler sa colère et sa frustration.

— Je sais que tu m'aimes bien, dit-il doucement.

Mitchell se rapprocha un peu plus.

— J'aimerais mieux te connaître.

Il posa sa main sur l'épaule de Beau, qui faillit s'éloigner d'un bond. Tout son corps semblait être en mode Gerome.

Il détacha son regard de Jessica.

— Je ne sais pas si je peux le faire. J'ai du mal à faire confiance à quelqu'un… comme ça… désormais.

Il détestait la peur qui le balayait comme le vent d'hiver.

— Et j'ai Jessica maintenant…

La chaleur lui monta aux joues. Bon sang, il savait qu'il essayait de se cacher, mais c'était tout ce qu'il pouvait faire. Il doutait que Mitchell ressemble à Gerome, mais le fait de l'avoir vu avait court-circuité son esprit et la peur avait pris le dessus.

Mitchell s'éloigna lentement.

— Bien sûr. Ça a été difficile pour moi pendant longtemps. Tu crois que c'est facile maintenant ? C'est vrai que mon connard d'ex n'a pas jailli de ces foutus buissons, mais il est toujours avec moi. Je le sens parfois, comme si cet imbécile me regardait et jugeait tout ce que je fais comme il le faisait avant.

Mitchell attendit, et lorsque Beau se tourna vers lui, il le regarda droit dans les yeux.

— Je ressens la peur et l'incertitude autant que toi. J'ai pensé que peut-être tu comprendrais et que nous pourrions essayer de nous aider l'un l'autre.

Il posa Randi par terre et se redressa.

Beau ne savait pas quoi penser, mais la panique et la peur qui l'habitaient commençaient à se dissiper. Combien de temps Gerome allait-il garder la main sur sa vie ?

— Tu as peut-être raison. Nous pouvons apprendre à mieux nous connaître et voir où ça nous mène…

Il s'arma contre le doute et l'anxiété qu'il sentait venir, mais rien ne se matérialisa. Au contraire, il se sentait bien, presque heureux.

Mitchell sourit tandis qu'une brise chaude soufflait à travers les arbres, faisant bruisser les feuilles au-dessus de leur tête, faisant danser la lumière du soleil sur le sol dans une expression de joie pommelée.

— J'aime bien cette idée.

Beau acquiesça.

— Mais il faut y aller doucement.

Il se décala sur le côté alors qu'un groupe de marche sportive les dépassait, puis continuait, les laissant rapidement derrière eux.

— J'ai besoin d'une chance pour comprendre certaines choses.

Mitchell acquiesça lentement.

— Je comprends. Je comprends vraiment.

Ils recommencèrent à avancer.

— Es-tu sorti avec quelqu'un depuis ton ex ?

— Oui. J'ai déjà essayé une fois. Ça n'a pas très bien marché.

Les pas de Mitchell faiblirent pendant une seconde, puis il se reprit.

— C'était un type sympa, je crois qu'il m'aimait bien. Il s'appelait Howard, il était très intelligent et un peu ringard. Ce n'est pas que ça ait de l'importance. Nous sommes sortis ensemble plusieurs fois, mais j'étais tout le temps effrayé et nerveux. Ça n'a pas fonctionné, et je sais que c'est de ma faute. Je n'étais pas vraiment prêt, je suppose.

— As-tu consulté quelqu'un… un professionnel?

Beau se mordilla la lèvre inférieure tandis que Jessica s'étirait et remuait dans la poussette avant de se caler à nouveau. Il ajusta le pare-soleil pour qu'elle reste à l'ombre. Il s'était dit qu'il avait peut-être besoin d'un conseiller, mais il avait résisté. Il avait Jessica dans sa vie, et Gerome était resté à l'écart. Maintenant qu'il s'était montré deux fois récemment, il sentait l'angoisse remonter.

— Oui, pendant un certain temps après m'être libéré de Luke, et nous avons beaucoup parlé pour que je puisse me rendre compte que ce qui s'était passé n'était pas de ma faute. Alors que Luke me reprochait tout ce qui s'était passé, c'était son problème, c'était lui qui avait des problèmes de gestion de la colère et de contrôle.

Mitchell s'interrompit et caressa doucement le bras de Beau. Celui-ci se crispa légèrement, puis se détendit.

— Personne ne devrait être frappé par ceux qu'il aime, un point c'est tout. Et ce qui s'est passé avec Gerome n'était pas de ta faute.

Beau hocha la tête.

— Je le sais. C'est lui qui a un problème.

Il se le répétait encore et encore, comme un mantra. C'était la seule façon de faire passer le message.

— Et tu lui as tenu tête tout à l'heure. Tu n'as pas hésité, tu lui as dit non. C'était très courageux.

Ils s'arrêtèrent tous les deux et Mitchell caressa doucement la joue de Beau.

Ce dernier tressaillit. Il lui fallut une seconde pour comprendre que de la part de Mitchell, c'était un geste attentionné. Beau espérait qu'il ne le remarquerait pas, mais Mitchell baissa à nouveau la main, et ses joues se colorèrent.

— Tu as fait preuve de beaucoup de courage, insista Mitchell, d'une voix tendre et douce, pas du tout la façon dont Gerome se comportait.

— Merci. Je veux juste qu'il sorte de ma vie. Il ne se soucie vraiment pas de moi. Tout ce qu'il veut, c'est que je revienne pour qu'il n'ait pas à déménager et qu'il puisse garder son studio.

Beau sentit sa détermination se raffermir.

— Ça n'arrivera pas. Je vais appeler mon avocat et mettre cette propriété sur le marché. Il peut s'en occuper pour moi, et tant qu'il y est, je m'arrangerai pour faire expulser Gerome.

Il s'était abstenu de prendre ces mesures parce qu'il ne voulait pas de tout ce drame, mais il fallait en finir. Beau accéléra, marchant plus vite à mesure que l'énergie le traversait.

— J'en ai assez que cet idiot dirige ma vie tout le temps.

Il s'arrêta un peu brusquement et se retourna vers Mitchell.

— Je crois que j'aimerais bien sortir. Peut-être que je peux trouver une baby-sitter.

— Ma réceptionniste, Val, fait ce genre de choses à côté, proposa Mitchell dans un grand sourire.

— Parfait. Mets-moi en contact avec elle, et nous pourrons sortir tous les deux un soir. Ça fait trop longtemps que je n'ai pas eu de rendez-vous avec quelqu'un avec qui j'ai envie de passer du temps. On pourrait peut-être essayer le week-end prochain ?

Regardez-le, il faisait des projets et allait de l'avant. Il était vraiment temps pour lui de prendre en main une partie de sa vie qui ne comprenait pas les couches et les biberons. Beau continua leur promenade, espérant que sa résolution ne s'effriterait pas comme le sable sous leurs pieds.

V

LEUR PROMENADE s'était bien passée. Beau lui avait parlé de sa relation passée, mais Mitchell n'avait pas réalisé à quel point les blessures de Beau étaient à vif. Il était un peu déçu et content à la fois. Les siennes ne semblaient pas aussi fraîches que celles de Beau. Ce n'était pas qu'il ne comprenait pas. Il avait connu la même situation que Beau, et il fallait beaucoup de temps et de force pour guérir ces blessures. La culpabilité et le doute pouvaient ronger l'âme même de quelqu'un.

— Comment as-tu surmonté ce qui t'est arrivé ? demanda Beau alors qu'ils retournaient à la ferme après avoir nourri Jessica une fois de plus et avoir tout rangé dans la voiture.

— Je me suis jeté à corps perdu dans le travail. Puis mes parents m'ont légué la propriété et j'ai décidé d'ouvrir la clinique. Soudain, j'ai eu des dizaines d'animaux de compagnie qui avaient besoin de moi chaque jour. J'avais également tous les biens de la ferme, et je savais que je ne voulais pas travailler la terre. Je l'ai louée et le refuge s'est développé à partir de mon cabinet, parce que je ne pouvais pas tourner le dos aux chiens qui avaient le plus besoin de moi.

Il partagea un rapide sourire avec Beau alors qu'ils s'arrêtaient à un panneau.

— Je pense que c'est à partir de là que j'ai trouvé un but. Les chiens avaient besoin de moi, et ils ne me jugeaient pas, ne me considéraient pas comme un animal endommagé ou quoi que ce soit d'autre. J'étais leur soigneur et ils m'aimaient quoi qu'il arrive.

Cela avait été une prise de conscience assez incroyable.

— J'aimerais pouvoir le faire, déclara Beau.

Mitchell s'esclaffa.

— Tu le fais et tu ne le sais même pas.

Beau ne dit rien pendant un moment.

— Tu veux parler de Jessica ?

Mitchell acquiesça tandis que Beau continuait à conduire.

— Elle a besoin de toi et elle t'aime. Jessica t'adorera inconditionnellement, et tu feras de même pour elle. Les hommes dont nous

41

sommes tombés amoureux auraient dû nous aimer inconditionnellement aussi.

— Ouais, eh bien, je n'ai pas eu les meilleurs résultats en matière d'amour inconditionnel.

Beau pinça les lèvres, comme s'il en avait assez dit. Randi passa la tête entre les sièges et sauta en avant. Elle atterrit sur les genoux de Mitchell. Elle s'assit en remuant la queue, observant Beau pendant qu'il conduisait. Le petit chien semblait avoir compris qu'il avait besoin de réconfort et essayait de lui en donner. Mitchell eut envie de demander l'origine de son commentaire, mais Beau s'était tu, et il ne se sentait pas le droit d'insister. Parfois, les personnes qui étaient censées se soucier le plus de vous étaient celles qui finissaient par vous faire le plus de mal. Au lieu de poser des questions, il replaça Randi sur la banquette arrière, et ils roulèrent en silence jusqu'à ce que son téléphone sonne.

— Hé, Red, qu'est-ce qui se passe ?

Red était un officier de police de l'arrondissement, et ses appels mettaient toujours Mitchell sur les nerfs parce qu'il en connaissait généralement la raison.

— Nous avons un vrai problème et nous avons besoin de ton aide. Peux-tu prendre cinq chiens tout de suite ? Nous avons reçu un rapport de maltraitance domestique, et lorsque nous sommes allés enquêter... Disons simplement que c'est moche – vraiment moche – et pas seulement pour les gens.

Red avait l'air plus bouleversé que Mitchell ne l'avait jamais entendu.

— Quel type de chiens et quelle est la situation ? Grands, petits, est-ce que je fais office de gardien ? Qu'est-ce qu'on fait ?

Il songeait déjà au matériel qu'il allait devoir rassembler.

— Il y a deux gros chiens et trois plus petits. Les conditions sont tellement mauvaises qu'il ne fait aucun doute que leur propriétaire est inapte. Si tu peux les prendre et les remettre en bonne santé, je m'occuperai d'obtenir une ordonnance d'éloignement du tribunal pour que tu puisses leur trouver un foyer, expliqua Red, la voix brisée, et Mitchell prit une seconde pour expliquer ce qui arrivait à Beau.

— Dépose-moi à la ferme, proposa-t-il à Beau.

— Tu es fou ?

Beau s'arrêta, vérifia la banquette arrière, puis reprit la route.

— Tu as besoin d'aide, ajouta-t-il alors que Mitchell obtenait plus de détails de Red.

— Je serai là dès que possible, déclara Mitchell avant de mettre fin à l'appel.

Puis il contacta sa réceptionniste chez elle.

— J'ai besoin de ton aide. Je dois aller chercher des chiens. J'ai un ami qui peut m'aider, mais il a besoin de quelqu'un pour surveiller sa fille. Elle a quatre mois…

Val poussa un cri de joie.

— Où veux-tu que je vienne ? J'en serai ravie. Dois-je venir chez toi ?

— Oui. Vas-y. On va tout régler au fur et à mesure.

Son cœur s'emballa lorsque Beau accéléra. Il n'était pas sûr que Beau soit à la hauteur de ce genre de situation. Il avait un peu peur de ce qu'il allait trouver.

— Jessica va dormir un petit moment. Je peux t'aider, proposa Beau en tournant dans l'allée.

Val arriva juste après eux et s'arrêta devant la maison. Elle se précipita vers la voiture et enleva à Beau la petite Jessica, réveillée en sursaut. La grand-mère de trois enfants la berça dans ses bras, roucoulant déjà doucement lorsque Jessica leva les yeux vers elle.

— Qu'est-ce que tu es jolie ! s'exclama-t-elle doucement en prenant le sac à langer. Oui, tu l'es. Et endormie aussi, à ce qu'il semble.

Elle leva la tête Beau.

— Y a-t-il quelque chose de particulier que je dois savoir ? Quand l'avez-vous nourri pour la dernière fois ?

— Elle s'appelle Jessica et je l'ai nourrie il y a une heure. Il y a du lait maternisé et des biberons dans le sac, des couches, des lingettes et des vêtements supplémentaires si vous en avez besoin, répondit-il, l'air bouleversé.

Mitchell imaginait qu'il devait être difficile pour lui d'être séparé de Jessica.

Val sourit doucement.

— Ne vous inquiétez pas. Cette petite et moi nous en sortirons très bien, assura-t-elle en souriant. Jessica et moi irons parfaitement bien pendant quelques heures. Vous, les garçons, allez sauver quelques chiens et, si vous en avez l'occasion, faites payer les propriétaires au prix fort.

Elle se détourna pour rentrer à l'intérieur avec le bébé, Beau la suivant du regard tandis que Randi suivait juste derrière.

Le conflit de Beau se lisait sur son visage.

— Je peux y aller seul, proposa Mitchell avec douceur. Tu vas à l'intérieur et tu fais connaissance avec Val.

Il pouvait voir le doute et l'inquiétude dans les yeux de Beau et la façon dont il se déplaçait.

— Jessica est ta petite fille. Je comprends.

Il ne voulait vraiment pas que Beau se rende compte de ce qui l'attendait.

— Je vais charger les porteurs dans la camionnette et partir, ajouta-t-il en tapotant l'épaule de Beau.

— Mais j'ai dit que j'allais…

Beau semblait si déchiré.

— Tout ira bien. Je l'ai déjà fait. Je comprends que tu veuilles aider, mais tu ne peux pas laisser ta petite fille à une inconnue. Va voir Val et parle-lui. Je reviendrai dès que possible.

Mitchell se dépêcha de partir. Il avait beaucoup à faire.

CE QU'IL espérait être rapide s'était avéré prendre deux heures lorsqu'il revint au refuge, avec Red derrière lui dans sa voiture de police. Le fourgon était plein, et l'un des chiens avait pris place sur le siège arrière de la voiture de Red. Mitchell était épuisé et espérait ne jamais avoir à revoir un tel endroit.

Beau l'attendait dehors.

— Qu'est-ce que tu veux que je fasse ?

Mitchell avait encore les larmes aux yeux après tout ce chagrin, et sa gorge lui faisait mal après avoir avalé de la bile pendant deux heures.

— Aide-moi une minute, s'il te plaît.

Ses pieds étaient de plomb lorsqu'il entra à l'intérieur pour vérifier la zone d'isolement, qui n'était pas assez grande pour le nombre de chiens qu'ils avaient.

— Nettoyons cette zone.

Il commença à déplacer les fournitures vers une zone plus petite, les empilant sur le comptoir de ce qui avait été l'atelier.

— Ces chiens doivent être tenus à l'écart des autres pendant que j'essaie de les aider. Deux d'entre eux étaient définitivement malades ; tous étaient infestés de puces et de Dieu sait quoi d'autre à cause d'une négligence pure et simple.

44

Beau déplaça des sacs de nourriture pour chiens et d'autres fournitures après que Mitchell avait déblayé la zone et nettoyé tous les outils. Ils rangèrent ensuite les fournitures sur les étagères du mieux qu'ils pouvaient avant de retourner dans la nouvelle zone d'isolement.

— Dois-je commencer à faire entrer les chiens ?

— Oui, les grands là-dedans, et les plus petits dans la zone d'isolement normale.

Il allait devoir les promener séparément des chiens qu'il avait déjà jusqu'à ce qu'il soit sûr de pouvoir les intégrer.

Ils firent un défilé intéressant lorsqu'ils amenèrent les chiens. Beau et Red s'efforçaient de les installer, et Mitchell examinait chacun d'entre eux individuellement, leur apportant du réconfort et, dans certains cas, une piqûre d'antibiotique pour les infections des yeux et des oreilles. Ils avaient tous besoin de soins et d'amour. L'un d'entre eux avait une blessure négligée, qu'il soigna. Un petit caniche était tellement malade qu'il était allongé sur le sol de son enclos, respirant bruyamment. Red, l'immense policier, resta avec elle pendant que Mitchell s'occupait des autres.

— Est-ce qu'elle va s'en sortir ? s'inquiéta-t-il.

C'était un homme fort, intimidant, avec des cicatrices sur le visage. Il pouvait avoir l'air méchant, mais il avait un cœur gros comme tout.

— Je peux demander à Terry de venir t'aider si tu en as besoin.

Mitchell secoua la tête.

— J'aimerais le savoir. J'espère qu'on l'a trouvée à temps.

Il essaya de ne pas penser à cette maison et au fait qu'ils avaient trouvé le caniche caché sous un canapé cassé dans le salon, pris au piège et complètement terrifié. Il n'avait aucune idée du temps que la petite chose avait passé là.

Red lui caressa doucement le corps.

— Si elle s'en sort, Terry et moi l'adopterons.

Il s'arrêta dans ses caresses et se détourna. Mitchell continua à travailler, ne voulant pas laisser paraître qu'il avait vu la larme couler sur la joue de Red.

— Je vais l'emmener à la clinique quand j'en aurai fini avec les autres. La plupart ont juste besoin de nourriture, d'eau et de quelques soins.

Le caniche était le plus mal en point. Dans des circonstances idéales, il l'aurait emmenée tout de suite là-bas, mais avec tant d'autres chiens à gérer, il avait commencé à la soigner sans attendre.

— J'ai de l'eau et de la nourriture pour les autres. Mais il y en a un que je ne peux pas approcher. Il s'agite dès qu'il me voit, l'informa Beau.

Mitchell hocha la tête. Il savait de quel chien il s'agissait.

— Je vais rester avec elle, proposa Red.

Mitchell s'approcha de l'enclos du doberman.

— Tout va bien.

Il passa des croquettes à travers les barreaux et le chien les engloutit, alors il en rajouta. Il versa ensuite de l'eau dans le bol situé dans le coin et le chien la lapa. Ce n'était pas l'idéal, mais l'animal était probablement affamé et craquait par pur inconfort. Ces chiens méritaient tellement mieux que la situation dans laquelle ils s'étaient retrouvés. Cela mettait Mitchell en colère et il avait envie de crier. C'était ce qu'il avait ressenti pendant une bonne partie de l'après-midi, mais il n'y avait rien d'autre à faire que de les installer et de faire comprendre à chaque chien qu'ils étaient de bons chiots et qu'ils méritaient d'être aimés.

Mitchell continua à le nourrir, et finalement le chien se coucha, alors Mitchell ouvrit l'enclos. L'animal sortit prudemment et permit à Mitchell de l'examiner. Il ne voulait pas l'endormir, mais il le ferait si nécessaire.

— Bon chien.

Il lui offrit de la nourriture et de l'eau à volonté.

— Tu as eu la vie dure, hein ?

— Je pense que c'est le cas pour eux tous, renchérit Beau, sa voix se fissurant. Comment peux-tu faire ça tout le temps ? Je ne suis pas allé avec toi, je n'ai pas vu où tu les as trouvés, mais j'ai envie de casser la gueule à ces gens-là.

Il resta en retrait pendant que Mitchell laissait sortir le doberman dans l'une des allées.

— C'est le pire que j'ai vu depuis longtemps.

La main de Mitchell trembla et Beau le serra fort dans ses bras. Mitchell soupira et lui rendit son étreinte. Il n'avait aucune idée de combien il avait besoin de ce réconfort, et le fait que Beau le comprenne et le lui donne était la perfection.

— Elle a mangé quelques bouchées de croquettes, cria Red depuis l'autre pièce, puis sa voix se rapprocha. C'est bien, non ?

— Oui, mais ne lui en donne pas trop. Laisse son ventre se réhabituer à la nourriture. Il semble qu'elle ait été sévèrement déshydratée, répondit Mitchell sans s'éloigner de Beau.

46

Bon sang, il était heureux de ne pas être seul. Toute cette situation mettait à l'épreuve sa capacité à garder une certaine distance professionnelle. À l'école, on lui avait appris, tout comme aux médecins, qu'il devait se contrôler et ne pas s'impliquer émotionnellement avec les animaux dont il s'occupait. Sinon, cela l'empêcherait de faire son travail. Mais cette situation mettait à rude épreuve sa capacité à garder ce contrôle.

— Je dois en finir avec les autres chiens et l'emmener ensuite à la clinique, tu peux rester avec elle ? C'est ce qu'elle veut.

Mitchell était heureux que Red ait le temps de la réconforter.

— Bien sûr, accepta Red doucement, puis il les laissa à nouveau seuls.

Mitchell serra Beau contre lui. Il voulait rester comme ça, mais il y avait tellement de choses à faire. Il devait se rappeler qu'il fallait avancer pas à pas.

— Retourne auprès des petits, murmura Beau. Que puis-je faire pour t'aider ?

Il recula et sourit.

— As-tu déjà donné un bain contre les puces ? demanda Mitchell, Beau gloussa et secoua la tête. Alors viens avec moi, je vais te montrer comment faire avant de partir.

— MERCI, RED, dit Mitchell deux heures plus tard, une fois que le dernier chien avait été traité et baigné et que le caniche avait été emmené à la clinique et que son état semblait s'améliorer. Reviens dans quelques jours et tu pourras récupérer ta petite fille.

Il était sale, mouillé et épuisé. Tous les chiens étaient dans leur enclos et avaient été promenés, nourris, abreuvés et avaient reçu un peu d'attention grâce à Ryder et Beau. Mitchell fut content de voir la voiture de Red sortir de l'allée.

— Je crois que je n'ai jamais vu autant de chiens ayant besoin de soins et d'amour de toute ma vie, murmura Beau derrière lui. Ma tante Rhonda, la sœur de mon père, m'a raconté qu'elle avait eu un chien dans son enfance et qu'il détestait les bains. Il se battait bec et ongles contre elle. Elle plaisantait en disant qu'elle finissait toujours trempée jusqu'aux os. Mais ceux-là avaient l'air d'adorer ça et de vouloir l'attention.

Il passa son bras autour de la taille de Mitchell.

— Ça va ?

Mitchell fredonna doucement. Il allait plus que bien. Beau lui tendait la main. Il savait que cela demandait un certain effort de la part de Beau, et c'était exactement le genre de soutien dont il avait besoin. Il ne voulait pas laisser son esprit tirer des conclusions, mais il espérait que cela signifiait que Beau se sentait de plus en plus à l'aise avec lui.

— Plus que bien.

Il s'adossa à Beau, laissant sa propre nervosité s'estomper. Maudits soient leurs ex et l'impact qu'ils avaient laissé sur eux deux. Qu'ils aillent tous les deux au diable.

— Ces bébés étaient tous des animaux errants qui ont été recueillis. Ils pensaient avoir trouvé un foyer pour la vie, mais leur rêve n'était qu'un cauchemar.

Il essaya de retenir la douleur qui montait en lui, et il ferma les yeux, se concentrant sur le toucher de Beau.

— Red m'a dit que le père était mort et qu'il s'agissait de ses chiens. Il a tout laissé à son fils, qui a emménagé dans la maison. Et mon Dieu, cet endroit était un tas d'ordures.

Mitchell avait essayé de ne pas y penser pendant qu'il travaillait, mais maintenant qu'il avait quelques minutes, tout lui revenait en mémoire.

— La maison était toxique, elle empestait les égouts. J'ai porté un masque et j'ai pu faire sortir facilement les premiers chiens. Ils étaient affamés et anxieux, mais ils se sont laissé faire. J'ai dû chercher les autres et les faire sortir de la maison. Ils étaient effrayés, affamés et avaient besoin d'aide.

Il crut qu'il allait pleurer.

— Tu ne sais pas ce que c'est que de regarder sous un lit ou un canapé sale et de voir une paire d'énormes yeux suppliants qui te fixent, un petit corps qui tremble.

Il inspira profondément et Beau l'étreignit un peu plus fort.

— Mais tu les as tous sauvés, ils vont s'en sortir.

La voix de Beau se brisa un peu.

Mitchell ne réagit pas, parce qu'il était tout aussi bouleversé et que les sentiments forts devaient sortir, même quand on souhaitait les refouler. La respiration de Beau se fit plus mesurée et plus régulière. Mitchell savait exactement ce qu'il ressentait. Il n'y avait pas un grand pas à faire entre les animaux blessés et maltraités et la douleur résiduelle de la façon dont ils avaient été traités. Cela avait laissé Mitchell froid, et il s'attendait à ce que Beau travaille sur ses propres sentiments.

Peut-être que lui demander de l'aide n'était pas la meilleure idée. Bon sang, il y avait eu des moments où il avait ses propres émotions qui battaient en brèche ses défenses – il ne pouvait qu'imaginer ce que Beau ressentait en ce moment.

Mitchell acquiesça et prit une inspiration mesurée, espérant que sa voix ne se fissurerait pas et ne trahirait pas le flot de colère et de douleur qui l'habitait.

— Oui, et je vais leur trouver de très bonnes familles dès que je le pourrai. Red est en train de faire signer au juge une ordonnance interdisant la restitution des chiens, et des accusations de négligence et de maltraitance envers les animaux sont en cours. Une fois que ce sera fait, je pourrai trouver de nouveaux foyers à ces bébés.

Il espérait que cela se ferait rapidement afin qu'ils puissent tous aller de l'avant.

— On devrait aller dîner, non ? Je peux passer une commande et me faire livrer, proposa Beau.

— Ce serait bien, accepta Mitchell, et les bras de Beau se détachèrent.

Il ressentit immédiatement la perte et voulut demander à Beau de rester juste un peu plus longtemps, mais il n'en avait pas le droit.

— Rentrons à l'intérieur pour que tu puisses t'asseoir. Il est tard et les chiens sont installés pour la nuit. Ils ont besoin de se reposer, et toi aussi, déclara Beau, avant de fermer la porte de la grange.

Mitchell se dirigea péniblement vers la maison. Cela faisait longtemps qu'il n'avait pas été aussi fatigué et émotionnellement vidé. Il s'attendait à une demi-journée de repos, pourtant il avait travaillé plus dur que la plupart des journées entières à la clinique. Il ne le regrettait pas une seconde.

Beau lui prit la main et Mitchell fut très reconnaissant de ce contact et de ce soutien silencieux. Il se demanda ce qu'ils pourraient commander pour être livrés ici. La pizza était une option.

Mitchell ouvrit la porte et découvrit l'odeur la plus douce et la plus incroyable qui ait jamais chatouillé son nez.

— Val… souffla Mitchell alors que son appétit se réveillait. Mon Dieu, ça sent bon.

— C'est juste une soupe de poulet et de maïs, dit-elle doucement, en tenant une Jessica endormie. Cette petite a été un ange. Je l'ai changée et nourrie il y a une demi-heure, et elle s'est rendormie.

Val était restée assise avec Randi juste à côté d'elle, veillant sur le bébé comme elle le faisait toujours.

— J'ai gardé le feu doux, alors entrez et mangez, tous les deux.

Elle passa doucement Jessica à Beau, qui rayonnait pratiquement en tenant sa fille dans ses bras. Une partie de la tension sur son visage s'estompait tandis qu'il la berçait, se balançant doucement.

— Venez.

Val prit la direction de la cuisine de Mitchell et leur prépara des bols de soupe, ainsi que du pain frais grillé qu'elle avait dû apporter avec elle.

— C'est merveilleux, s'extasia Beau tandis que Jessica s'endormait.

Mitchell supposa que l'une des compétences qu'un parent devait maîtriser était de manger d'une seule main. Il mangea lui aussi, laissant la chaleur et la richesse de la soupe apaiser ses nerfs agités.

— Je suis contente que tu aimes, dit Val.

Mitchell l'aimait plus qu'il ne l'aimait – c'était un bol de paradis.

— Comment ça s'est passé avec les chiens ?

Mitchell frissonna et posa sa cuillère.

— Ils vont tous s'en sortir.

C'était tout ce qu'il était prêt à dire en ce moment. Il en avait assez de cet endroit. Y penser risquait de lui couper l'appétit. Dans quelques jours, il pourrait peut-être lui en dire plus, mais pour l'instant, tout était trop proche de la surface. Il peina à garder les mains stables et ne pas renverser sa nourriture sur la table.

— Celle qui était le plus mal en point mange, et nous avons pu la réhydrater. Red va l'adopter dans quelques jours, une fois qu'elle sera sortie de l'isolement.

C'était le seul point positif de toute cette épreuve.

— Il est tombé amoureux d'elle et est resté avec elle pendant qu'elle était soignée. Je peux les aider à soigner leurs blessures et les remettre en bonne santé, mais certains de ces chiens garderont des cicatrices à l'intérieur pendant longtemps.

— Ils iront bien tant qu'ils recevront l'amour dont ils ont besoin, assura-t-elle en souriant. Tu es un bon médecin, tu te soucies beaucoup des autres. Mais je pense que tu as besoin de plus d'aide. S'occuper de tous ces chiens et faire autant d'heures à la clinique ne te laisse pas beaucoup de temps pour toi.

Mitchell remarqua la façon dont son regard se porta sur Beau.

— Il faut que tu puisses avoir quelque chose et quelqu'un pour toi.

Elle tendit la main à travers la table et tapota doucement le bras de chacun d'entre eux.

— Laissez-moi m'occuper d'elle pendant que vous finissez de manger, puis je rentrerai à la maison.

Val berça Jessica doucement pendant qu'elle passait dans l'autre pièce, Randi sur les talons.

— Je crois que ta fille a deux admirateurs, plaisanta Mitchell en prenant quelques secondes pour observer Beau.

Il pourrait passer des heures à le regarder, à suivre les contours de son cou, l'ondulation de ses cheveux et la façon dont ses lèvres se courbaient aux commissures. Beau était splendide, et Mitchell était sûr de pouvoir se rincer l'œil pendant très longtemps.

— Oui, j'aimerais bien avoir ce genre de facilité à me faire des amis.

Beau termina sa soupe et posa la cuillère, puis prit une bouchée de son pain.

— J'ai toujours eu du mal à me faire des amis quand j'étais jeune. Mon père…

Il prit une autre bouchée de pain grillé.

— Mon père travaillait parfois à des horaires irréguliers, car il acceptait souvent les postes dont les autres employés ne voulaient pas. Papa faisait généralement ce qu'il avait à faire. Il n'était pas idiot, mais toujours à la recherche du bon coup, je suppose, si bien que nous finissions par déménager lorsqu'il devait trouver un nouveau travail. Quand les temps étaient durs, il était le premier à être licencié. J'ai fréquenté plusieurs écoles et j'étais toujours le petit nouveau. Je suppose que je n'avais pas le temps de me faire des amis avant de devoir déménager à nouveau.

Cela avait dû être une vie très solitaire. Mitchell comprenait un peu mieux Beau maintenant, et oui, peut-être que ce passé l'avait ouvert à un gars comme Gerome.

Il serra la main sous la table. Ce qui craignait vraiment, c'était l'omniprésence de leurs ex en ce moment. Parfois, il avait l'impression que Luke était dans la même pièce que lui, regardant par-dessus son épaule. Cette simple idée lui donnait la chair de poule, et il se retourna pour s'en assurer.

— Pourquoi ton père n'a-t-il pas simplement trouvé un nouveau travail au même endroit? demanda Mitchell.

Beau repoussa le bol.

— Parce que papa a toujours pensé qu'il était le plus beau cadeau pour tous les employeurs pour lesquels il travaillait. Quand ils le renvoyaient, il décidait toujours de se venger d'une manière ou d'une autre, et la nouvelle

51

circulait très vite. Une fois, il a essayé de mettre le feu à l'entreprise. Il a dit qu'ils se trompaient et qu'il allait chercher de l'essence pour faire le plein de la voiture, mais…

Il soupira et Mitchell grogna doucement.

— Papa et moi ne nous sommes pas toujours entendus. Il avait ses idées, et moi les miennes. Des trucs d'enfants stupides typiques. J'ai toujours pensé que j'avais de meilleures idées que lui et je me demandais pourquoi il ne m'écoutait jamais. Mais je l'aimais, et il a fait de son mieux pour nous.

Mitchell avait du mal à comprendre le genre d'enfance que Beau avait dû avoir. Son père criait parfois, mais c'était un homme bon dans l'ensemble et il avait offert à Mitchell un endroit sûr où vivre et une bonne enfance. C'était étrange – ils se disputaient parfois, mais maintenant que son père n'était plus là, il lui manquait beaucoup.

— Ton père a-t-il pu te voir en tant que vétérinaire?

— Il est décédé un an après que j'ai obtenu mon diplôme. Je crois que je ne l'avais jamais vu aussi fier.

Il y avait des moments où il aurait donné n'importe quoi pour revoir cette expression… pour revoir son père et sa mère.

— Il me manque.

Beau haussa les épaules.

— J'aimerais pouvoir en dire autant. Le mien vit à des milliers de kilomètres, et c'est trop proche pour moi. Il a une nouvelle famille, mais il essaie toujours d'entrer en contact. La dernière fois qu'il m'a rendu visite, il a passé les trois jours à essayer de me convaincre de mettre de l'argent dans cette entreprise qu'il essayait de lancer. Je ne l'ai pas fait, et il n'en était pas très content, mais il continue d'essayer. Papa et Gerome se sont toujours bien entendus, je pense que ça aurait dû être un indice sur le genre d'âne qu'était mon ex.

Beau se racla la gorge et Mitchell lui prit la main. Il pouvait comprendre sa frustration.

— On dirait que ma vie est remplie de gens qui ne veulent que quelque chose de moi.

— Je suis désolé. Ça a dû être très difficile.

Beau acquiesça.

— Je n'aurais aucune idée de la façon dont un parent est censé agir si mes grands-parents n'avaient pas été là. Ma mère est géniale et a toujours fait de son mieux, mais ses parents étaient merveilleux. Ils m'emmenaient

52

chaque été pendant un mois. Nous nous amusions toujours et je ne voulais jamais rentrer à la maison. Ils avaient de l'argent, et mon père essayait toujours de mettre la main dessus. Il poussait ma mère à leur demander de l'aide tout le temps. Mais ils s'en sont sortis. Quand ils sont morts, ils ont laissé leurs biens en fiducie pour moi. Papa était très en colère, et je pense que maman était déçue. Je crois qu'ils comptaient sur cet argent, mais il était bloqué et ils ne pouvaient pas le toucher.

— Ils ne leur ont rien laissé ? s'étonna Mitchell.

— Quelques milliers de dollars, c'est tout.

Le regard de Beau se durcit.

— C'est pourquoi j'ai besoin de vendre cette propriété que j'ai avec Gerome, afin de récupérer cet argent et de reprendre ma vie en main.

Il retira sa main et se leva pour porter la vaisselle à l'évier. Son dos était droit, ses pas guindés ; la tension se dégageait de lui. Mitchell voulait poser des questions, mais il avait l'impression qu'il avait dit tout ce qu'il avait à dire.

— Je devrais probablement ramener Jessica à la maison. Elle aura bientôt besoin d'être changée et nourrie à nouveau, puis je devrais la préparer pour aller au lit.

Mitchell débarrassa le reste de la vaisselle avant de rejoindre Beau et Val dans l'autre pièce.

— Merci de l'avoir surveillée, dit Beau en préparant le sac à langer.

Val lui passa le bébé, Beau la cala sur son épaule et sortit son portefeuille pour la payer.

— Quand vous voulez, jeune homme.

Elle prit les billets et contempla le bébé.

— Cette petite est tout simplement la plus mignonne…

Elle sourit au bébé endormi avant de récupérer son sac à main.

— Je te verrai au bureau.

— Merci, dit Mitchell alors qu'elle quittait la maison.

Il aida Beau à ramasser ses affaires et le suivit à l'extérieur. Randi essaya de l'accompagner, mais Mitchell la retint à l'intérieur.

— Je suis désolé que les choses n'aient pas fonctionné comme nous l'avions prévu.

Beau installa Jessica dans le siège-auto et ferma la portière arrière.

— C'était une bonne journée.

Il se tourna vers la porte d'entrée et Mitchell se pencha en avant et l'embrassa légèrement. Il avait voulu faire cela toute la journée et, à sa grande joie, Beau lui rendit son doux baiser. Cela lui procura une sensation de plaisir qui le traversa de part en part.

Mitchell s'écarta lorsqu'ils mirent fin au baiser, essoufflé et un peu étourdi. Il s'était attendu à ce que le baiser soit agréable, mais il n'avait pas prévu le goût terreux de Beau et la façon dont il lui faisait tourner la tête.

VI

— BONNE NUIT, murmura Beau.

Il s'arrêta pour regarder Jessica dormir pendant quelques secondes avant de refermer partiellement la porte.

Il s'éloigna discrètement de sa chambre et, une fois dans le salon, il vérifia que le babyphone fonctionnait. Il le plaça à côté de son ordinateur et se mit au travail. Il avait des heures de tâches à accomplir, et le meilleur moment était quand Jessica était au lit.

Il vida ses quelques courriels et s'attela à ses tâches, mais son esprit refusait de s'apaiser. Toute la soirée, il avait pensé au baiser de Mitchell, se demandant ce qu'il signifiait. Ils avaient été proches, et il avait réconforté Mitchell après son retour avec les chiens. Ce n'était pas comme s'il n'avait pas aimé le baiser – il l'avait aimé. Il avait été merveilleux. C'était là le problème. Le bilan de Beau en matière de relations amoureuses était carrément merdique, et il était encore en train de gérer les retombées de sa dernière relation.

Beau fixa l'écran et se concentra sur les tâches à accomplir. Il n'avait que peu de temps, il devait se concentrer. Mais en repensant au baiser dans la voiture, ses lèvres tressaillirent à nouveau et, sans y penser, il les effleura du doigt.

D'accord, il était ridicule. Oui, Mitchell l'avait embrassé, et il avait aimé ça, beaucoup, mais ça ne voulait rien dire. Mitchell avait eu un après-midi et une soirée vraiment difficiles avec les chiens, et il était probablement juste soulagé que ce soit fini et reconnaissant de son aide.

Beau déglutit difficilement tandis que ses doigts planaient sur le clavier.

— Allez, remets ta tête à l'endroit, s'admonesta-t-il à voix haute, puis il fit de son mieux pour se mettre au travail.

Cela prit un certain temps, mais il parvint à terminer son travail pour la soirée. Il était plus de vingt-trois heures lorsqu'il repoussa sa chaise du bureau et s'étira le dos. Il s'apprêtait à fermer son ordinateur lorsqu'un courriel apparut dans sa boîte de réception. Il plissa légèrement le regard.

« Je vois que tu es toujours debout », pouvait-on lire dans l'objet du message, le corps étant vide. Beau vérifia l'adresse de l'expéditeur, mais ne la reconnut pas. C'était une adresse Gmail qui ne signifiait rien de particulier.

Beau ferma le message et éteignit son ordinateur avant de jeter un coup d'œil aux fenêtres. Quelqu'un l'observait et cela lui donnait froid dans le dos. Il pensa à envoyer un message à Gerome pour lui dire de le laisser tranquille. Cela devait faire partie de sa campagne de pression pour le faire reculer sur la vente de la propriété. Mais il n'avait pas l'intention de le faire.

Beau vérifia que toutes les portes étaient verrouillées et éteignit les lumières, puis il parcourut une dernière fois la maison obscure, vérifiant une fois de plus les fenêtres. Il ne vit personne rôder près de la route ou sur la propriété ; aucune silhouette sombre ne se déplaçait dans l'obscurité. Mais il avait toujours l'impression que Gerome était là, quelque part. Il pouvait pratiquement sentir les yeux de son ex sur lui. Pourtant, il n'avait pas l'intention de laisser Gerome gagner, alors il monta à l'étage, fit sa toilette et se prépara à aller au lit. Il vérifia que Jessica allait bien et retourna dans sa chambre.

Il se mit au lit et resta tranquillement allongé, à l'écoute des bruits de la maison. Il n'y avait rien. Il songea à se lever pour aller voir dehors une fois de plus, mais il resta là où il était. Si Gerome lui envoyait des notes, alors il devenait désespéré. Il resta là, à écouter et à s'inquiéter, jusqu'à ce qu'il s'assoupisse. Il se réveilla en sursaut lorsqu'il entendit Jessica s'agiter à travers le babyphone.

— C'est bon, ma chérie, l'apaisa-t-il quand il arriva près d'elle.

Il était si fatigué qu'il avait du mal à garder les yeux ouverts, mais il la changea, la porta dans la maison et lui fit chauffer un biberon. Il la nourrit en la ramenant à l'étage, où il s'assit dans le fauteuil à bascule de sa chambre, l'apaisant pendant qu'elle tétait son biberon.

Beau aimerait pouvoir s'apaiser aussi facilement.

Une fois qu'elle fut endormie, il la plaça dans le berceau, la couvrit et s'assit dans le fauteuil. Il ne voulait pas être seul. Il se drapa d'une couverture et se berça lentement jusqu'à ce qu'il s'endorme à nouveau.

La lumière filtrait autour des rideaux de la chambre de Jessica lorsqu'il se réveilla à nouveau. Sa fille dormait encore et il profita de la tranquillité pour se faire un café. Il venait à peine de descendre que les petits gémissements de Jessica se firent entendre à travers le babyphone.

— J'arrive, ma chérie, dit-il, se précipitant à l'étage.

Ses pleurs cessèrent dès qu'elle le vit.

Beau sourit et la souleva en parlant doucement. Il avait appris que ce n'était pas ce qu'il disait qui importait, mais le ton qu'il employait et auquel elle réagissait.

— On va te changer, et après on pourra manger.

Il s'estimait chanceux qu'elle ne se soit réveillée qu'une fois dans la nuit.

— J'ai fait de beaux rêves cette nuit.

Il lui sourit en détachant son pyjama et en l'enlevant. La couche suivit, tandis qu'elle faisait des bulles et se mordillait la main.

— C'était à propos de Mitchell, et c'était un très beau rêve.

Il souffla sur son petit ventre et obtint en retour un petit rire de bébé. Il lui enfila ensuite une nouvelle couche, puis une grenouillère, un pantalon léger et un tee-shirt.

— De quoi as-tu rêvé? D'un flot ininterrompu de biberons? Je n'en doute pas.

Il la porta au rez-de-chaussée et prépara un biberon au moment où elle recommençait à s'agiter.

Un coup frappé à la porte l'interrompit et il se crispa. Il donna le biberon à Jessica et la porta pour aller ouvrir la porte. Il s'attendait à ce que ce soit Gerome qui le harcèle à nouveau, mais Mitchell se tenait sur le perron avec un sourire, portant une petite boîte.

— Bonjour, le salua ce dernier dès qu'il eut ouvert la porte. Comment va la plus jolie petite fille de la ville?

— Elle va bien, et son papa aussi. En fait, j'ai dormi presque toute la nuit, même si c'était un peu dur, répondit Beau, avant de reculer d'un pas. Qu'est-ce que tu fais ici?

Il était surpris et content. Beau avait passé une bonne partie de la nuit à penser à ces chiens ainsi qu'à Mitchell et à la fragilité dont il avait parfois fait preuve. Il détestait le laisser tout seul, mais avec Jessica, il n'avait pas eu le choix.

— J'ai fini avec tous les chiens et Randi voulait faire un peu d'exercice, alors j'ai pensé à te préparer un petit déjeuner pour te remercier de ton aide d'hier. J'espère qu'il n'est pas trop tôt. Si je suis trop pressant, dis-le-moi.

Il marqua une pause, mais semblait plein d'énergie, à en juger par la façon dont il se déplaçait d'un pied à l'autre. Beau se demanda combien de cafés il avait déjà bus.

— Je me suis dit que tu ne devais pas souvent avoir l'occasion de cuisiner pour toi-même.

Le regard de Mitchell se posa sur lui et Beau se souvint qu'il ne portait qu'un caleçon et un tee-shirt.

— Je suis désolé. Je crois que je me suis mis en tête de te remercier, j'aurais dû t'appeler.

Les joues de Mitchell devinrent aussi rouges qu'une betterave.

— Je devrais y aller et te laisser te réveiller et...

Il déglutit.

— ... peut-être t'habiller.

Il se tourna pour partir.

Le ventre de Beau gronda et il recula.

— Ce n'est pas grave. J'apprécie l'idée, et un petit déjeuner fait maison serait charmant.

Une partie de lui voulait laisser partir Mitchell, mais l'autre était flattée et ravie qu'il soit là. La nuit avait été quelque peu agitée après l'envoi du courriel de Gerome. Probablement que son subconscient avait fait le lien entre lui et les chiens que Mitchell avait sauvés.

— Entre donc. Je dois me changer. La cuisine est juste là.

Il montra du doigt Jessica et l'entraîna loin de la porte.

— Randi peut-elle entrer ? demanda Mitchell.

— Bien sûr, assura-t-il tandis qu'il se dirigeait déjà vers sa chambre. Nous revenons tout de suite.

Mitchell ricana derrière lui.

— Ne te change pas à cause de moi... je t'en prie.

Beau se retourna tandis que Mitchell souriait.

— Quoi ? La vue est spectaculaire.

Mitchell se dirigea vers la cuisine avec sa boîte, et Beau se précipita dans sa chambre avec Randi.

S'habiller en tenant un bébé n'était pas facile. Il finit par s'asseoir sur le lit jusqu'à ce que Jessica ait fini son biberon. Puis il s'habilla et retourna à la cuisine. Randi bondissait autour de ses jambes, sautant en l'air avec un plaisir frénétique. La fête était agréable jusqu'à ce qu'il se souvienne que c'était probablement pour Jessica. Il l'installa dans sa balancelle avec quelques jouets, et elle rebondit et rit tandis que la cuisine se remplissait de l'odeur du bacon et des œufs – un petit déjeuner simple qui lui mit l'eau à la bouche.

— Comment vont tous les chiens ?

Beau s'assit sur l'une des chaises, son attention alternant entre Jessica et Mitchell. Bon sang, Mitchell était beau, et plus d'une fois le regard de

Beau s'arrêta sur ses fesses couvertes de jean, ce qui provoqua une bouffée de chaleur en lui. Il fut heureux que cette partie de lui ne soit pas morte, mais il n'était pas sûr d'être prêt pour une relation physique. Du moins, pas tout de suite. Maudit Gerome et ses poings.

— Mieux que je ne l'aurais pensé. Ils sont en pleine forme. Les bains contre les puces là où nous le pouvions et les traitements de Frontline ont fait beaucoup, je pense. Les pauvres bêtes étaient en mauvais état et si mal soignées, mais elles s'en sortiront toutes. Red va appeler aujourd'hui, une fois que les formalités administratives seront terminées. Je me sentirai tellement mieux quand je saurai qu'ils ne retourneront jamais à la personne qui leur a fait du mal.

Mitchell fouilla les placards jusqu'à ce qu'il trouve des assiettes, puis les prépara et apporta la nourriture à la table.

Beau sortit du jus de fruits et des verres et se rassit, le ventre gargouillant.

— Tu n'étais pas obligé de faire ça, mais je suis content que tu l'aies fait. Il semble que je n'aie le temps que de réchauffer des choses en ce moment, plaisanta-t-il en se tournant vers Jessica. Elle me prend beaucoup de temps, et quand elle fait la sieste, j'essaie de travailler un peu.

Mitchell prit une bouchée d'œufs.

— Je comprends. Je dois changer de sujet.

Son sourire s'effaça de ses lèvres.

— As-tu vu quelqu'un traîner dans les parages ? Je te jure que quand je marchais jusqu'ici, j'avais l'impression qu'on m'observait. Je n'ai vu personne. Randi s'est arrêtée plusieurs fois pour regarder autour d'elle, mais j'ai l'impression que…

Sa voix s'interrompit.

— Peut-être que je suis stupide. J'ai beaucoup pensé à Luke ces derniers temps, puis j'ai l'impression qu'on m'observe. Ça m'a un peu troublé, mais c'est peut-être mon imagination.

Beau déglutit et se leva d'un bond. Il revint avec son ordinateur portable.

— J'ai reçu cet e-mail hier soir. Je ne sais pas de qui il vient parce que je ne reconnais pas l'adresse de retour.

— Donc quelqu'un nous observe ? déduisit Mitchell en levant les yeux de l'écran. Et il semble qu'il te surveille.

Il pinça les lèvres et ses yeux devinrent orageux pendant une seconde.

Beau détestait cette idée.

— C'est arrivé sur mon adresse mail professionnelle alors que j'étais dans le salon juste avant minuit. C'est donc quelqu'un qui me connaît, je pense.

— Ton ex ? demanda Mitchell.

Beau soupira et se força à reprendre une bouchée. Son appétit s'était envolé, mais il ne voulait pas être impoli après que Mitchell s'était donné tout ce mal.

— C'est ce que je pensais. Nous l'avons vu au parc. Il vit à Philadelphie, donc on peut supposer qu'il me suit ou qu'il reste dans les parages pour observer. Tout ça me fait peur. Quel genre de personne fait une chose pareille ?

Il frissonna.

Mitchell se leva et l'entoura de ses bras par-derrière.

— Je sais que Gerome veut rester dans son studio, mais ce n'est pas en se montrant effrayant et harceleur qu'il y parviendra.

Mitchell se pencha en avant.

— Tu sais, tout ça pourrait être le fruit de notre imagination. Je sais que le mail est arrivé à minuit et tout ça, mais c'est peut-être juste une blague. As-tu vu quelqu'un dans les parages ?

Ils haussèrent les épaules en même temps. Beau trouva cela mignon.

— Nous avons parlé de notre passé. Peut-être que notre imagination s'est emballée. Comme tu l'as dit, si Gerome voulait quelque chose, ce n'est pas la façon de s'y prendre. Il doit le savoir.

Beau soupira et finit de manger.

— Tu as raison. Je pourrais faire toute une histoire à partir d'un simple sentiment. Mais je vais garder l'œil ouvert.

Une partie de l'anxiété se dissipa.

— Moi aussi.

Jessica rit, et ils se tournèrent tous les deux vers Randi qui léchait les orteils de Jessica.

— Chien stupide, se moqua Mitchell en claquant des doigts.

Randi se tourna vers le son et s'allongea sur le sol près du bébé, l'observant.

Le téléphone de Mitchell vibra avec un message et il le ramassa sur la table.

— Oh mon Dieu.

— Qu'est-ce qu'il y a ?

— Ça vient d'une cliente. Son chien a été renversé par une voiture, expliqua-t-il en se levant. Je dois me rendre à la clinique pour les y retrouver.

Il tapa sa réponse.

— Je suis désolé de mettre le bazar dans ta cuisine et de m'enfuir.

Il prit Randi et se dirigea vers la porte.

— Tu as des projets pour plus tard ?

— Non. J'allais passer la journée ici avec Jessica.

Mitchell se dépêcha de revenir et se pencha.

— Je peux t'appeler quand j'aurai fini ?

Beau acquiesça et Mitchell l'embrassa doucement.

— Je te parlerai à ce moment-là. Et n'hésite pas à m'appeler s'il se passe quelque chose.

Puis il partit, emmenant Randi avec lui.

Jessica se mit à pleurer et Beau la souleva de la balancelle. Il vérifia sa couche et la prit dans ses bras en la berçant légèrement. Elle se calma et s'endormit sur son épaule. Se disant qu'il ferait la vaisselle plus tard, Beau s'installa sur le canapé pour passer un moment tranquille avec sa fille. Mais son esprit évoquait des images d'un petit moment en tête-à-tête avec Mitchell. Devrait-il avoir ce genre de pensées alors qu'il tenait sa fille dans ses bras ?

Son téléphone sonna, et il se tortilla pour l'attraper sans déranger Jessica. Il ne reconnut pas le numéro, mais il décrocha, au cas où ce serait important.

— M. Pfister ? demanda timidement une voix féminine.

— Oui.

D'après la tonalité, il s'attendait à un télévendeur, mais il n'en était pas sûr, donc il ne raccrocha pas.

La femme soupira.

— Je m'appelle Helen Van der Spoel et je suis à la recherche d'un certain Beauregard Pfister. Il m'a fallu une semaine pour trouver la bonne personne, j'espère que c'est vous.

Elle semblait soulagée et excitée.

— Ça va vous paraître un peu étrange, mais est-ce que vous vous occupez de l'enfant d'Amy Weigl ?

Il fut immédiatement sur ses gardes.

— Madame, je ne sais pas de quoi il s'agit, mais... vous m'avez espionné ?

Les derniers jours et la note lui revinrent en mémoire, et un frisson le parcourut.

— Bien sûr que non. J'ai essayé de vous retrouver parce que vous avez notre petite-fille.

Soudain, elle prit un air très prétentieux.

— Mon mari et moi sommes les parents de Ronald Van der Spoel, le père de la petite. Nous sommes donc ses grands-parents. Nous savons que la mère est décédée, Ronald a finalement accepté de nous donner les informations de base pour que nous puissions localiser *notre* petite-fille.

Le ton qu'elle employait mit Beau sur les nerfs. Allaient-ils essayer de lui enlever Jessica ? Tout ce qui concernait la garde et le placement était parfaitement légal. Le testament d'Amy était très précis.

— Ronald a renoncé à ses droits parentaux avant la naissance de Jessica. J'ai des copies des documents.

Il voulait la faire raccrocher.

— Oui, nous comprenons cela. Mais nous sommes toujours ses grands-parents et nous aimerions la voir si c'est possible. Vous voyez, c'est notre seule petite-fille, nous aimerions la connaître et l'avoir dans notre vie.

Cette conversation mettait Beau sur les nerfs.

— Madame, je ne vous connais pas, et bien que je comprenne que Jessica soit biologiquement liée à vous, c'est ma fille, on m'a confié sa garde.

Il avait l'intention de faire connaître sa position.

— Elle est toujours liée à nous par le sang.

Mince, elle était devenue plus brusque tout d'un coup.

— C'est possible. Il faut que j'y réfléchisse. Pour l'instant, les choses évoluent et j'essaie de m'occuper de Jessica et de nous installer dans une nouvelle maison.

Et construire une toute nouvelle vie sans le mari avec lequel je pensais passer le reste de ma vie, merci beaucoup.

— J'ai votre numéro. On peut peut-être arranger quelque chose.

Il voulait juste se débarrasser de cette conversation. Il avait eu assez de bouleversements – il n'avait pas besoin de l'apparition soudaine de grands-parents qui étaient de parfaits étrangers, surtout quand il n'avait aucune idée de leurs motivations.

— Laissez-moi y réfléchir, s'il vous plaît.

— Nous aimerions vraiment la voir, insista-t-elle. Après tout, c'est notre petite-fille. Je sais que notre fils a renoncé à ses droits, mais nous n'avons rien fait de tel.

L'arrogance fut presque trop forte pour qu'il puisse la supporter.

— Comme je l'ai dit, mon mari et moi aimerions beaucoup voir Jessica.

Cette femme se comportait comme s'il lui devait quelque chose, ce qui l'irritait terriblement. En ce qui le concernait, elle et son mari n'avaient aucun droit, hormis les privilèges qu'il pouvait choisir de leur accorder. Jessica était sa fille maintenant.

— Il semble que vous ayez clarifié votre position, je vais donc faire de même. Jessica est ma fille, j'ai promis de m'occuper d'elle au mieux de mes capacités lorsque ma meilleure amie, Amy, celle que votre fils a abandonnée et dont il ne voulait plus rien savoir, est décédée. Elle savait que je prendrais soin de sa fille et que je l'aimerais… et c'est le cas. Je fais partie de la vie de Jessica depuis sa naissance… ce dont votre fils s'est détourné.

Il avait l'impression de devoir brosser un tableau très clair de la situation.

— Vous pouvez demander à voir Jessica, mais vous ne pouvez rien exiger. Maintenant, je dois m'occuper d'elle et je n'ai pas plus de temps pour parler. Tout ce que je peux vous dire, c'est que je vais réfléchir à la question de savoir si vous pouvez la voir et que je vous le ferai savoir.

Il respira profondément. Mme Van der Spoel reprit la parole, mais Beau lui coupa la parole.

— Merci d'avoir appelé. J'ai votre numéro, Mme Van der Spoel.

Beau mit fin à l'appel et tenta de calmer son cœur qui battait la chamade et qui menaçait de sortir de sa poitrine. C'était tout à fait inattendu. Il se surprit à souhaiter que Mitchell soit là pour qu'il puisse lui demander s'il avait bien agi.

Son téléphone le réveilla, et ses nerfs s'emballèrent jusqu'à ce qu'il vérifie l'écran. Jessica dormait sur son torse. Il répondit au téléphone.

— Bonjour, Mitchell. Comment ça s'est passé?

L'autre bout du fil resta silencieux pendant quelques secondes.

— Pas très bien. J'ai dû endormir le chien, répondit-il à voix basse. Je déteste ce genre de choses. C'est toujours si difficile.

Il respira profondément.

— La pauvre bête était sourde et ne voyait pas très bien non plus. Le mari de la propriétaire a fait marche arrière et ne l'a pas vue.

Il marqua une pause.

— Je suis…

— Tu veux venir chez moi ?

Beau se dit qu'il allait proposer au cas où Mitchell ne voudrait pas être seul. Il n'était pas sûr de savoir comment il gérait ce genre de choses.

— Si tu préfères rester seul, je comprends.

Mais il avait aussi besoin de voir Mitchell.

— Je dois aller voir les chiens et les laisser sortir. Je passerai dans un petit moment.

Il mit fin à l'appel, et Beau souleva lentement Jessica de lui pour qu'il puisse bouger. Elle se réveilla dès qu'il essaya de la recoucher. Elle n'était pas contente, et il lui fallut du temps pour la calmer et lui faire prendre un biberon. À ce moment-là, il était presque à l'heure du déjeuner. Heureusement, il put l'attacher dans sa balancelle pour pouvoir préparer des sandwichs au fromage grillé et faire la vaisselle du petit déjeuner.

Il était difficile de ne pas penser à Mitchell pendant qu'il faisait des choses banales. Son esprit avait quelques minutes pour ruminer, et Mitchell était son sujet favori. Les mains dans l'eau chaude, il ferma les yeux en pensant à lui, le savon coulant entre ses doigts. Bon sang, qu'est-ce qu'il ne donnerait pas pour avoir Mitchell sous ses mains savonneuses, l'eau ruisselant sur eux alors qu'il presserait ses hanches contre les fesses fermes de Mitchell.

Un coup le tira de sa rêverie, et il arracha ses mains de l'évier, éclaboussant son front d'eau savonneuse. Il jura et Jessica s'agita pendant qu'il essayait de s'essuyer les mains et de se nettoyer.

— Je reviens tout de suite, petite fille, dit-il pour essayer de la calmer, puis il se précipita vers la porte.

Randi se rua à l'intérieur, Mitchell derrière elle. Il la laissa en laisse et Randi se dirigea vers Jessica.

Les yeux de Mitchell s'échauffèrent et il sourit.

— Qu'est-ce qui t'est arrivé ? Ce n'est pas que je n'apprécie pas le concours impromptu de tee-shirts mouillés.

— Incident de vaisselle.

Il espérait que ses joues ne s'empourpreraient pas en se rappelant ce à quoi il avait pensé.

— Bref, j'ai des sandwichs prêts à être grillés. J'ai juste besoin de finir le nettoyage et d'enlever ce tee-shirt trempé.

Il reconduisit Mitchell à la cuisine. Randi avait posé ses pattes sur la balancelle et remuait la queue en regardant le bébé.

— Tu es une bonne baby-sitter, hein ? la félicita Mitchell.

Randi explora la pièce, reniflant tout autour, probablement à la recherche de morceaux de nourriture égarés.

— Est-ce que je peux faire quelque chose ?

— Non, j'ai presque fini, répondit Beau, tandis qu'il rinçait les derniers plats et les mettait dans l'égouttoir, puis laissait couler l'eau et rinçait l'évier. Laisse-moi enlever ce tee-shirt mouillé et je vais nous préparer un déjeuner.

Il se dépêcha de se changer aussi vite qu'il le put. Pour une raison ou une autre, il ne voulait pas laisser Mitchell seul.

— Tu veux en parler ?

Il ouvrit le garde-manger et en sortit une boîte de soupe à la tomate.

— Ça ira ? Je la fais à partir de rien, mais je la prépare un peu.

Mitchell semblait préoccupé.

— Bien sûr. Il n'y a pas grand-chose à dire. La chienne était encore en vie quand ils l'ont amenée, mais je n'ai rien pu faire. Elle avait tellement de côtes cassées et ses poumons étaient endommagés. Je n'avais d'autre choix que de mettre fin à ses souffrances.

Il posa les mains sur la table.

— Quelles que soient les circonstances, je repense sans cesse à ce que j'aurais pu faire de plus. Ally était une de mes patientes depuis que j'ai ouvert la clinique, et je déteste la voir partir.

— Je sais que tu as fait de ton mieux. Et tu as dit qu'elle souffrait.

Beau ajouta du lait et quelques herbes séchées à la soupe pour en relever le goût. Puis il mit la casserole sur le feu pour la faire chauffer.

— Il y a des choses que l'on ne peut pas contrôler.

Mon Dieu, il savait que c'était vrai. Tant de choses dans sa vie lui avaient semblé hors de portée depuis bien trop longtemps.

— Je sais, et c'était l'un de ces moments pour moi, soupira Mitchell en croisant les mains sur la table. Je crois que ce qui me dérange le plus, c'est la culpabilité. Pas la mienne, mais celle du mari de Georgia. Il va entendre ce cri et voir les blessures d'Ally pendant très longtemps. Ce n'était pas sa faute. Parfois, des choses horribles arrivent. Ce n'est pas le premier chien que je dois envoyer traverser l'arc-en-ciel, et ce ne sera pas le dernier.

65

Il déglutit.

— À l'école, on nous dit que ça fait partie du cercle de la vie et qu'il ne faut pas se laisser abattre. Mais c'est parfois difficile.

Jessica commença à s'agiter, Beau la souleva de la balancelle et la tendit à Mitchell.

— D'après mon expérience, et elle est assez limitée, les bébés sont incroyablement thérapeutiques lorsqu'on se sent déprimés.

Il sourit lorsque Jessica s'installa tout de suite, et il retourna à la préparation de leur déjeuner. Il avait constaté que c'était vrai après l'appel téléphonique de la grand-mère de Jessica. Pendant qu'il travaillait, il raconta à Mitchell l'appel de Mme Van der Spoel, plutôt insistante.

— Que vas-tu faire ? demanda Mitchell avec douceur.

On aurait dit qu'ils étaient tous les deux à bout de nerfs.

— Je ne sais pas. Il faut que j'y réfléchisse. Mais ma première réaction est de lui dire d'aller se faire voir ailleurs. Elle s'est montrée insistante. Pourtant, ce sont les grands-parents de Jessica. Peut-être qu'ils devraient la voir. Je ne sais pas, mais je lui ai dit que j'y réfléchirais.

Une partie de lui pensait qu'il devait être gentil au cas où ils causeraient des problèmes. Mais il n'en était pas sûr.

Le fromage grillé et la soupe à la tomate semblaient plutôt banals, mais en grandissant, c'était un plat réconfortant, dont Beau avait besoin. Mitchell sembla l'apprécier, même avec Jessica sur ses genoux.

— Elle va probablement bientôt vouloir un biberon, dit doucement Mitchell en regardant la fille de Beau dans les yeux. Tu es adorable, hein ?

Il prit une bouchée de son sandwich et sourit. Cela faisait du bien de voir la morosité s'éloigner de ses traits pour un petit moment.

— Parfois, j'ai besoin de me rappeler que je dois voir le bon côté de mon travail.

Beau en avait également besoin. Jessica était certainement le remède à de nombreux moments difficiles de la vie. Il hocha la tête en sirotant sa soupe.

— Tu aides les animaux tous les jours, je ne doute pas que tu aies fait de ton mieux. Il n'y a pas de quoi se sentir coupable.

— Exactement. Je le sais dans ma tête, mais le reste de mon corps met un peu plus de temps à l'intégrer.

Il mangea lentement sa soupe, jouant un peu avec Jessica, et peu à peu l'ambiance dans la pièce changea.

— J'envisage de prendre un chien, dit Beau. Je ne sais pas quel genre de chien, et j'en veux un qui soit gentil avec Jessica. Mais je passe beaucoup de temps seul ici avec elle, et je crois que j'aimerais avoir de la compagnie.

Il regarda Randi et sourit.

— Alors pourquoi ne pas la garder? suggéra Mitchell. Randi aime Jessica et semble aimer être près d'elle. Je pense que vous feriez bon ménage toutes les trois.

— Mais c'est ta chienne, s'écria Beau.

Mitchell secoua la tête.

— Je pense que Randi est déjà celle de Jessica. Elle s'est liée à elle, et tant qu'elle sera aimée, ce que je sais, Randi devrait rester ici avec toi. Enfin, si tu veux d'elle.

Beau sourit.

— Bien sûr que oui.

Il tendit la main vers le bas, et Randi s'approcha pour qu'il puisse la soulever.

— Tu veux rester ici avec Jessica et moi?

Il sourit quand Randi lui lécha le visage.

— Des baisers, hein?

— Oui. Elle a sa place ici. Randi m'aime bien, mais je crois qu'elle est conquise par vous deux.

Mitchell prit une grande inspiration.

— Je lui apporterai ses affaires plus tard dans la journée.

L'affaire sembla entendue, mais Beau était sérieux –, il ne voulait pas prendre le chien de Mitchell.

— Tu es sûr? Je veux dire qu'elle est...

— Je l'ai recueillie parce que je l'aimais bien et qu'elle était spéciale. Randi est adorable, mais elle vous apprécie vraiment, toi et Jessica, et je crois que les chiens choisissent les personnes avec lesquelles ils se lient. Randi a manifestement des affinités avec ta fille, expliqua Mitchell en souriant. Elle sera heureuse ici, c'est tout ce que je veux pour mes chiens. Alors, s'il te plaît, n'hésite pas une seconde.

— Tu es vraiment sûr? insista Beau, ravi.

Il aimait bien la petite peste, et il savait que Randi serait bien avec Jessica. C'était une victoire pour eux, mais il était toujours inquiet pour Mitchell.

— Tu peux la voir quand tu veux.

Il prit le chien dans ses bras et le caressa.

— Tu seras heureuse ici, je le sais. Il va falloir qu'on te trouve un endroit où dormir. Je vais sortir de l'eau et de la nourriture pour toi.

Il était ravi.

— Et tu pourras me tenir compagnie quand je travaillerai tard.

C'était parfait.

— Merci.

— De rien. Tant qu'elle est heureuse, c'est tout ce qui compte, assura Mitchell avant de se diriger vers la porte. Laisse-moi aller chercher ses affaires pour qu'elle soit à l'aise. C'est mieux s'il y a des choses qui lui sont familières pour qu'il y ait une continuité.

Il quitta la maison, et Beau se prépara à coucher Jessica pour une sieste. Il se dit qu'il pouvait aussi bien la laisser dormir aussi longtemps qu'elle le souhaitait.

Il se dirigea vers la chambre de Jessica et la coucha dans son berceau. Jessica dormait dans sa gigoteuse, Randi entra et sauta dans le fauteuil à bascule, se mettant à l'aise. Beau se doutait bien que Randi allait essayer de dormir ici avec sa fille.

MITCHELL REVINT avec les affaires de Randi et Beau le rejoignit dans le salon.

— Où est-elle?

— Avec Jessica, s'esclaffa Beau. Elles sont toutes les deux des amies très proches.

Il posa les gamelles que Mitchell avait apportées dans un coin de la cuisine. Il installa également le lit de Randi dans un coin du salon.

— Viens t'asseoir. Je te sers quelque chose à boire?

Mitchell secoua la tête.

Il était vraiment d'une générosité incroyable, et Beau se rapprocha de lui. Leurs regards se croisèrent et la maison devint silencieuse. Beau ne savait pas combien de temps cela durerait, mais il voulait remercier Mitchell pour sa gentillesse. Avant même de s'en rendre compte, il se tenait juste devant lui. Mitchell le prit dans ses bras.

— Est-ce que ça va? chuchota-t-il.

Beau acquiesça.

— Ça fait un bon moment que je n'ai pas été enlacé.

Mitchell s'immobilisa. Son murmure fut empreint de surprise :

— Gerome ne faisait jamais ça?

Beau haussa les épaules.

— Il n'était pas du genre tendre et touchant. Il était plutôt du genre à baiser jusqu'à ce qu'il s'endorme. Il pouvait y passer des heures, puis c'était fini, il dormait toute la nuit, de son côté du lit, et il se plaignait si je me réveillais collé à lui parce que j'avais froid. Il disait qu'il avait chaud, mais peut-être qu'il était tout simplement rachitique ou quelque chose comme ça.

Il n'était certainement pas stable émotionnellement, comme Beau l'avait découvert lorsque la main de Gerome avait heurté son visage.

— Après l'avoir quitté, j'ai trouvé un nouveau travail et j'ai déménagé ici. Je pensais que je serais assez loin de lui.

Il s'appuya contre Mitchell, fermant les yeux.

— Je suis désolé.

— Pour quoi? lui souffla Mitchell à l'oreille.

— Pour avoir parlé de… lui… dans un moment comme celui-ci.

Beau avait voulu oublier cette histoire avec Gerome, mais elle lui revenait toujours à l'esprit au pire moment.

Mitchell l'embrassa à nouveau et Beau se sentit en feu. Il jeta un coup d'œil en direction de sa chambre et se demanda s'il pouvait manœuvrer Mitchell de cette façon.

— Je sais ce que tu penses, murmura Mitchell en s'éloignant légèrement, les sourcils froncés. Et il est trop tôt pour ça. Il faut y aller doucement.

Beau acquiesça et la réalité l'envahit comme une chape de plomb. Il n'était même pas sûr d'être prêt pour une relation. Oui, son corps était plus qu'intéressé par Mitchell, et le sexe serait merveilleux. Mais il voulait plus que cela… n'est-ce pas? Les questions et les avertissements se bousculaient dans son esprit à la vitesse de la lumière. Il avait une fille maintenant, elle devait passer en premier. Il devait s'occuper d'elle et s'assurer qu'elle vivait dans un environnement sûr et stimulant. Et si Jessica se rapprochait de Mitchell et qu'il se passait quelque chose entre eux? Ce n'était pas comme s'il pouvait expliquer une rupture à un bébé. Mitchell et lui ne se connaissaient pas depuis longtemps, et Mitchell avait raison – ils devaient y aller doucement. Mais c'était dur aussi… jeu de mots voulu… alors que son cœur battait à tout rompre et que son esprit était inondé d'endorphines.

Beau espérait que sa voix ne craquerait pas :

— Je sais que tu as raison.

Mitchell ne bougea pas et Beau cligna des yeux plusieurs fois. Il était difficile de faire le vide dans son esprit avec Mitchell en face de lui. Il y avait quelque chose en lui, quelque chose de doux et d'attentionné, qui l'attirait. Il savait que Mitchell ne ferait jamais les choses que Gerome avait faites.

— Mais je ne veux pas y aller doucement.

Mitchell plaça ses mains sur les joues de Beau, entourant son visage d'un geste doux avant de l'attirer plus près, leurs lèvres se touchant doucement une fois de plus. Mitchell avait le goût de la nature, frais et léger, avec un soupçon de masculinité et d'épices qui le traversait de part en part, jusqu'à ses orteils. Beau était attiré, il en voulait plus, il en avait besoin. Il se stabilisa contre les épaules fermes de Mitchell. Les mains de Mitchell glissèrent de ses joues à ses épaules tandis qu'ils se rapprochaient, leur baiser s'intensifiant tandis que Mitchell le tenait fermement.

Un gémissement se fit entendre dans le moniteur bébé, et Beau s'immobilisa, tendant l'oreille. Il avait espéré qu'elle dormirait plus longtemps.

— Peut-être qu'elle va se rendormir, supposa Mitchell en s'éloignant.

— Parfois, elle le fait, mais pas très longtemps.

Beau détestait partir, mais il connaissait sa fille. Elle pourrait se reposer encore un quart d'heure, mais…

Les cris émis par le moniteur lui indiquèrent que ce ne serait pas le cas cette fois-ci. Randi aboya et Jessica cria plus fort. Il semblait qu'elles avaient toutes les deux l'intention de faire tomber la maison.

Mitchell le regarda fixement et se mit à rire.

— Ding…

Il continua à rire.

— Tu veux que j'aille la chercher ?

Mais Beau était déjà en route.

— Il y a un biberon préparé dans le réfrigérateur. Tu peux le réchauffer dans de l'eau chaude et je vais chercher Son Altesse ?

Il rejoignit sa fille, qui cessa de pleurer, mais renifla lorsqu'il la prit dans ses bras.

— Personne ne t'a oubliée, la rassura Beau, avant de la poser sur la table à langer.

Pas étonnant qu'elle se soit réveillée. Sa petite couche était pleine. Il la nettoya et la changea, puis prit la direction de la cuisine avec Randi juste derrière. Il semblait vraiment que Jessica allait avoir une petite ombre de chiot.

— Voilà le biberon. Il n'est pas trop chaud, indiqua Mitchell en le lui tendant.

Beau vérifia par habitude avant de le secouer et de le placer dans sa bouche. Jessica aspira tout de suite, buvant à pleines gorgées, les yeux écarquillés et le regardant. Beau aimait cette attention sans partage, comme s'il était la personne la plus importante au monde. Et c'était peut-être le cas. Il était son seul moyen de subsistance et de survie.

— Je crois que je devrais te laisser faire ce que tu as à faire, marmonna Mitchell, qui déplaçait son poids d'un pied à l'autre. Tu as assez sur les bras sans que je traîne toute la journée. Il y a de la nourriture et de l'eau pour Randi. Elle a juste besoin d'une demi-tasse deux fois par jour et d'une friandise occasionnelle. Si tu lui en donnes plus, elle mangera trop et deviendra obèse.

— Tu n'es pas obligé d'y aller, contredit Beau, qui n'avait pas vraiment envie d'être seul. Je sais que je ne suis pas toujours de très bonne compagnie.

Il ne savait pas quoi dire. Un homme avec un bébé devait être un peu décevant pour un type actif comme Mitchell. Beau était plutôt du genre à rester à la maison. L'université l'avait autorisé à travailler à domicile à cause de sa fille et parce qu'il était très bon dans son travail. Ils voulaient que l'apprentissage à distance soit actif et solide, et ils étaient prêts à travailler avec lui pour y parvenir. Il avait également un bébé, ce qui signifiait qu'il devait rester avec elle presque tout le temps. Leur pique-nique et leur randonnée dans le parc avaient été une sortie spéciale et quelque chose de plutôt rare pour lui. Les choses n'avaient pas toujours été ainsi, mais Jessica avait apporté un certain nombre de changements dans sa vie.

— Tu es d'excellente compagnie, le rassura Mitchell en se rapprochant. Mais je vais devoir m'occuper des chiens et m'assurer qu'ils sont tous nourris et promenés. Ça peut prendre un certain temps.

Il sourit et se pencha sur lui.

Beau réduisit la distance qui les séparait pour réclamer un baiser. Puis Mitchell partit, et dès que la porte fut refermée et que le silence de la maison l'entoura, Beau soupira et reporta son attention sur Jessica pour éloigner la menace de la solitude.

VII

— Dr Brannigan? appela son assistante, Bonnie, tandis qu'il rendait un chat énervé à sa propriétaire.

Clyde détestait les piqûres. Mitchell avait eu de la chance d'échapper à sa colère, cette fois-ci.

— Ça va aller, dit-il, rassurant la propriétaire, qui sembla immédiatement apaisée.

Clyde fusilla Mitchell de ses yeux bridés, comme s'il était le diable aux chats en personne.

— Merci, dit Clare avant de quitter le bureau avec Clyde.

Mitchell était toujours heureux de voir le dos de ce chat particulier.

— Oui, Bonnie?

Il se lava les mains en attendant qu'elle parle.

— Il y a un homme devant la porte avec un bébé et un chihuahua. Il n'a pas de rendez-vous, mais il dit que son chien vomit beaucoup. On dirait que le pauvre homme va voler en éclats d'une seconde à l'autre.

Mitchell hocha la tête.

— J'arrive tout de suite.

Il suivit Bonnie dans la salle de réception, où Beau était assis avec Jessica sur ses genoux et Randi dans une caisse de transport.

— Qu'est-ce qui se passe?

— Je ne sais pas. Elle allait bien, puis elle a commencé à vomir et à être vraiment malade.

Beau avait l'air pâle et sur le point d'être malade lui-même.

— Je suis désolé si je l'ai blessée. J'ai fait attention, je l'ai nourrie comme tu me l'avais dit. Ça ne fait que trois jours et j'ai déjà merdé.

Il semblait tremblant, sur le point de perdre complètement la tête.

Mitchell souleva la caisse et jeta un coup d'œil à l'intérieur.

— Laisse-moi l'examiner.

Il les conduisit dans la salle d'examen et posa la caisse sur la table. Il l'ouvrit et en sortit doucement Randi. Il la souleva et les petites pattes de Randi tremblèrent.

— Qu'a-t-elle mangé?

Il prit sa température et examina sa bouche et ses pattes à la recherche de blessures ou d'infections, mais il ne vit rien.

— Je lui ai donné une demi-tasse de la nourriture que tu as laissée deux fois par jour. Je n'ai pas partagé les restes de table et je n'ai rien dans la maison qui puisse lui faire du mal. L'endroit est déjà protégé pour les bébés, et les armoires contenant les savons et autres sont fermées à clé.

Beau semblait pâle et à moitié effrayé. Jessica était capricieuse et n'arrêtait pas de se tortiller et de pleurnicher. Elle savait que quelque chose n'allait pas.

— A-t-elle été dehors quand tu n'étais pas là? demanda Mitchell alors que Randi toussait et vomissait un peu plus de ce qu'elle avait dans le ventre.

Mitchell le ramassa et l'examina attentivement.

Bonnie entra dans la pièce.

— Que puis-je faire pour vous aider?

Cette femme savait toujours quand on avait besoin d'elle. Mitchell jurait qu'elle avait un sixième sens.

— Il faut poser une perfusion. Elle a besoin de fluides. Je pense qu'elle a mangé quelque chose qu'elle n'aurait pas dû.

Randi cracha à nouveau, mais rien ne sortit cette fois-ci. Mitchell espérait que son ventre était vide maintenant et que ce qui lui faisait mal était sorti. Bonnie prépara les fluides et Mitchell apaisa Randi pour qu'elle reste calme. Puis il lui rasa un point sur la patte et prépara la perfusion. La pauvre petite avait l'air si impuissante.

— Qu'est-ce que j'ai fait? geignit Beau, la voix brisée.

Mitchell caressa Randi qui releva faiblement la tête.

— Je ne pense pas que tu aies fait quoi que ce soit. Je ne suis pas encore sûr de ce qui s'est passé.

Bonnie resta avec elle et la garda tranquille pendant que Mitchell quittait la pièce. Il devait examiner ce que Randi avait régurgité. Ce n'était pas ce qu'il préférait, mais il fallait parfois suivre les indices. Et il n'avait rien pour travailler… jusqu'à ce qu'il aperçoive quelques petits grains. Il les sépara et les inspecta de plus près. Mitchell soupira en découvrant ce qu'il craignait. Il retourna à l'endroit où Randi était allongée sur le comptoir. Bonnie l'avait couverte et elle ne tremblait plus.

— Qu'est-ce que c'est?

Mitchell déglutit difficilement.

— Je pense qu'elle a mangé quelque chose de toxique. J'ai trouvé des granules dans ce qu'elle avait dans le ventre, et elle agit exactement comme je m'y attendais. On dirait un appât à souris ou quelque chose comme ça.

73

La bouche de Beau s'ouvrit et il haleta.

— Tu penses que quelqu'un a fait ça exprès ?

Il fit les cent pas dans la petite pièce, Jessica contre son épaule.

— Je jure que je vais les tuer.

Il serra les dents.

— Je ne pense pas qu'elle ait beaucoup souffert. J'espère que tu l'as amenée ici à temps et que les défenses de son corps ont pris le dessus. Elle est malade parce qu'elle a besoin d'expulser ce qui lui fait mal.

Randi avait cessé de se débattre et restait tranquillement allongée pendant que les fluides s'écoulaient lentement en elle.

— Que peux-tu faire ? Y a-t-il un antidote ? s'inquiéta Beau, visiblement bouleversé.

Mitchell avait très envie de le réconforter, mais c'était son lieu de travail, il se devait d'être professionnel.

— Vous voulez que je reste avec elle pour l'instant ? demanda Bonnie.

Mitchell acquiesça.

— S'il vous plaît.

Puis il se tourna à nouveau vers Beau.

— Je veux la garder ici pendant un certain temps pour que nous puissions la surveiller et j'espère que nous pourrons éliminer les toxines de son système. Bonnie va l'installer dans une salle de réveil tranquille et rester avec elle. Randi ne sera pas seule. Emmène Jessica à la maison et je passerai te tenir au courant de ce qui se passe sur le chemin du retour.

L'idée que quelqu'un puisse faire du mal à ce gentil chien lui faisait bouillir le sang, mais il devait garder son calme pour lui et Beau. Intérieurement, il voulait trouver celui qui avait fait ça et lui arracher les couilles. Avec un peu de chance, son petit organisme fonctionnerait suffisamment pour qu'il puisse éliminer les toxines sans qu'elles ne fassent trop de dégâts. Malheureusement, il ne pouvait pas faire grand-chose d'autre que de la maintenir à l'aise et d'espérer.

— Tu devrais aller voir dans les environs où Randi a pu se rendre pour voir si tu peux trouver quelque chose. Une fois qu'elle sera rétablie, il ne faudra pas qu'elle retrouve à nouveau du poison. Si tu trouves quelque chose, appelle-nous pour que nous en sachions plus sur ce à quoi nous avons affaire.

Il était presque sûr que quelqu'un avait mis des boulettes de mort aux rats près de la maison. Randi n'en avait peut-être pas mangé directement, mais en avait mis sur son pelage ou ses pattes et les avait léchés.

— Je ferai de mon mieux, promit Beau.

Mitchell se rapprocha.

— Je sais que tu le feras, et je passerai chez toi dans quelques heures pour t'aider à chercher.

Il avait envie de l'embrasser. La tristesse dans les yeux de Beau et la façon dont ses épaules étaient affaissées lui donnaient envie de le réconforter et d'essayer de faire disparaître la douleur. Certes, il savait qu'il ne pouvait pas le faire à ce moment-là.

Beau acquiesça.

— Je ferais mieux d'y aller. Appelle-moi juste pour me dire comment elle va.

Il déglutit difficilement et Mitchell eut le souffle coupé. Puis Beau ouvrit la porte et quitta la pièce.

— Doc… appela Bonnie, sa tête apparaissant dans l'embrasure de la porte arrière. Vous l'avez vu? C'est un beau gosse, c'est sûr. Si j'avais dix ans de moins et lui dix ans de plus, je fonderais sur lui comme un aigle sur sa proie.

Mitchell ne put s'empêcher de sourire, parce que, oui, Beau était magnifique. Il releva son regard lorsque le sourire s'estompa.

— Je ne sais pas si je peux le faire.

Bonnie connaissait son passé. Elle était la seule dans le bureau à être au courant. Elle était avec lui depuis l'ouverture, il lui confiait ses secrets. La bouche de Bonnie était comme un coffre-fort, et il aimait cela chez elle.

— J'en ai envie. Ça fait longtemps. Mais parfois, quand je suis avec lui, c'est comme si Luke était dans la pièce avec nous.

Bonnie recula jusqu'à Randi.

— Beau n'est pas Luke.

Sa voix dériva de l'endroit où elle était assise avec Randi. Mitchell jeta un coup d'œil dans la pièce. Randi était allongée sur le comptoir, l'intraveineuse toujours en place. Elle avait les yeux à moitié fermés, mais quand elle le vit, elle remua la queue et essaya de se lever.

— Reste là, ma chérie, dit-il doucement, et Bonnie lui caressa le flanc.

— Luke était un con et tu le sais, renchérit-elle en levant les yeux au ciel. Il n'aimait même pas les chiens, pour l'amour de Dieu!

Elle le regarda comme si ce trait de caractère faisait de lui l'engeance de Satan. Peut-être que c'était le cas. Mitchell aurait certainement dû savoir qu'il y avait quelque chose qui n'allait pas chez lui.

— Et tu as vu Beau quand il a amené cette petite fille. Il avait le cœur brisé qu'elle soit malade et qu'elle souffre, il avait peur de lui avoir fait quelque chose. C'est ça l'amour des chiens, et un homme qui peut aimer un chien comme ça vaut certainement la peine qu'on lui consacre du temps.

Mitchell tapota nerveusement le cadre de la porte.

— Il a eu quelqu'un comme Luke dans sa vie.

Bonnie sursauta.

— Cet adorable père avait quelqu'un qui... ?

Ses lèvres se pincèrent et ses yeux se durcirent jusqu'à devenir de la pierre.

— Le salaud... ils l'étaient tous les deux.

Elle baissa le regard vers Randi.

— Ces hommes qui vous ont fait du mal vous ont enlevé quelque chose. Votre sécurité, votre confiance, et la capacité de croire que quelqu'un d'autre ne vous traitera pas de la même façon. Ce sont des voleurs, ils volent la vie des autres.

Mitchell acquiesça lentement.

— Comment es-tu devenue si intelligente ?

Bonnie hésita et Mitchell eut l'impression qu'elle était en train de débattre de quelque chose. Son expression ne révélait rien, ce qui lui disait qu'il se passait un truc. Bonnie était habituellement très expressive.

— Tu ne penses pas que Beau et toi êtes les seuls ? Mon premier mari était très doué avec ses mains... jusqu'à ce qu'il ne le soit plus. Puis les choses se sont gâtées. J'ai divorcé, mais il a laissé des cicatrices que personne ne pouvait voir. Et je pense que c'est comme ça entre toi et Beau. Il y a peut-être des marques physiques, mais elles guérissent. Les autres restent en vous plus longtemps.

Elle laissa sa main droite reposer sur le flanc de Randi, comme si elle avait besoin d'un lien avec sa douceur.

— Ce que tu dois décider, et c'est la partie vraiment difficile, ou du moins ça l'a été pour moi...

Elle marqua une pause et cligna des yeux, s'essuyant avec un mouchoir en papier.

— Je n'ai pas l'habitude de parler de cette partie de ma vie parce qu'elle me fait encore mal. Mais c'est le but, je suppose. J'ai décidé que je voulais Marty plus que la peur. Qu'il était assez important pour moi pour ne pas laisser la douleur prendre le dessus. Ça a pris du temps, et si la blessure de Beau est encore fraîche, tu devras lui donner ce temps.

Elle se détourna, et Mitchell pensa que son épisode de l'heure du conte était terminé.

— Je sais que tu as raison. Mais j'ai encore peur pour moi, pour lui. Et si Beau n'était pas prêt ? Il essaie toujours de se séparer de son ex. Ils ont divorcé, mais ils ont encore des biens ensemble qu'ils doivent vendre, et ce type est une vraie bête de somme.

— Tu as peur qu'il retourne avec lui ? demanda Bonnie.

Mitchell secoua la tête. C'était le cadet de ses soucis.

— J'ai quitté Luke il y a un moment et j'ai eu des années pour essayer de comprendre ce qu'il m'a fait. Pourtant, je suis toujours inquiet et hésitant. Et si Beau… ? Il n'est pas au même endroit.

— Alors peut-être que tu dois l'aider à y arriver. Prends ton temps.

Elle leva les yeux au ciel.

— Vous, les jeunes, vous aimez vous précipiter sur tout. Vous vous sautez dessus et vous vous retrouvez directement au lit. Il y a quelque chose de plaisant à être courtisé, à ce que quelqu'un prenne le temps de vous connaître… et peut-être même de tomber amoureux avant de sauter dans un lit. J'ai couru après mon premier mari et regarde ce qui s'est passé. C'était rapide et plein d'émotions. Mais ça n'a pas duré et il a fait de ma vie un véritable enfer. L'amour profond, celui qui s'étend sur des décennies, prend du temps. C'est du moins mon avis.

Elle lui tapota l'épaule tandis que Randi remuait la queue.

— Je crois que cette petite se sent mieux.

Mitchell était d'accord, mais seul le temps allait permettre d'en être sûr.

— Tu as un autre rendez-vous dans cinq minutes. Je vais l'installer et m'assurer qu'elle ne retire pas la perfusion.

— Merci. Je pourrais l'endormir, mais je ne veux pas ralentir son organisme. Randi semble s'être débarrassée des mauvaises substances en grande partie par elle-même, plus vite son petit corps évacuera le reste, mieux ce sera.

Il devait se remettre au travail, et Bonnie lui avait donné beaucoup de matière à réflexion. Il devait juste trouver ce qu'il voulait et espérer que Beau souhaiterait la même chose.

À LA fin de la journée, Mitchell ferma la clinique. Randi était en voie de guérison, mais il pensait qu'il valait mieux la garder pour la nuit. Bonnie devait passer voir leurs patients, il avait donc la soirée de libre, mais il se dit qu'il irait aussi voir la petite chienne plus tard. Il se dépêcha de rentrer juste au moment où Jeremy refermait la porte de la grange.

— Je les ai tous promenés et nourris, en utilisant la feuille que tu as laissée, dit-il en souriant.

Jeremy était le fils du voisin et il adorait les animaux. Il avait quinze ans, mais était très consciencieux, et il venait trois jours par semaine pour aider à promener et nourrir les chiens.

— Je n'ai pas promené celui dont tu as dit qu'il ne fallait pas s'approcher. Mais je l'ai nourri.

— Super.

Il ne voulait pas que Jeremy essaie de faire marcher le pitbull. Il avait tendance à être têtu, et il tirerait Jeremy là où il voulait aller et pourrait le blesser.

— Merci.

Jeremy se balança sur ses talons.

— Maman dit que maintenant que j'ai un travail, je peux avoir un chien à moi.

Cela faisait des mois qu'il se battait pour ça. Apparemment, la mère de Jeremy n'était pas convaincue que son fils s'occuperait de son propre animal, mais il semblait que le fait de s'occuper de quinze bêtes l'avait convaincue.

— Tu parles à ta mère du chien que tu veux et tu lui demandes de m'appeler. Nous pourrons faire en sorte que ça se produise.

Jeremy lui rappelait tellement l'image qu'il avait de lui-même lorsqu'il avait son âge. Jeremy disait qu'il voulait devenir vétérinaire comme lui et lui avait posé un million de questions au fil des mois. Mitchell avait fait de son mieux pour l'encourager et lui avait indiqué le type de cours qu'il devait suivre à l'école pour se préparer.

— Je le ferai. Je sais exactement lequel je veux. Le terrier, Scamper. Il est super et pas trop grand. Je pense qu'un gros chien ferait peur à maman, mais il n'est pas trop vieux et il m'aime bien.

Jeremy sautillait pratiquement sur place, tellement il était excité.

— Je vais le dire à maman et lui demander d'appeler.

— D'accord.

Mitchell lui tapota l'épaule et Jeremy sauta sur son vieux vélo rouge et pédala dans l'allée jusqu'au bord de la route.

Mitchell attendit qu'il soit parti pour ouvrir la porte de la grange. Il entra et les chiens l'accueillirent avec des jappements, des aboiements et en remuant la queue.

— Je sais, Jeremy était là et vous êtes tous excités.

Quand il se mit au travail, ils se calmèrent.

Il plaça certains des plus gros chiens dans les enclos, y compris le pitbull, dont l'attitude et le comportement avaient un peu changé. Il savait qu'il serait difficile de trouver un foyer pour ce chien musclé au caractère bien trempé, mais il était déterminé à essayer. Après avoir pris des nouvelles de tout le monde, il quitta le refuge et traversa la cour.

À mi-chemin de la porte, il s'arrêta, les poils de sa nuque se hérissant. Il regarda autour de lui, mais ne vit personne. Pourtant, il n'arriva pas à se débarrasser du sentiment d'être observé. Il se précipita vers la maison et entra directement à l'intérieur. La présence de Randi lui manquait. Mais le petit chien serait plus heureux avec Beau et Jessica. En parlant de la petite peste, il appela la clinique et laissa un message à Bonnie pour qu'elle lui dise comment elle allait quand elle viendrait ce soir-là. Il avait déjà envoyé un message à Beau pour lui annoncer qu'elle allait mieux lorsqu'il avait quitté la clinique, mais qu'elle ne serait pas vraiment tirée d'affaire avant demain matin. D'ici là, il espérait qu'elle retrouverait l'appétit.

Il se rendit à la cuisine et prépara un sandwich pour le dîner. Il terminait à peine lorsque le téléphone sonna. C'était la clinique. Il eut le souffle coupé en décrochant.

— Mitchell.

— Docteur, c'est Bonnie. Je viens d'arriver, et Randi…

Il se figea, s'attendant à de mauvaises nouvelles.

— Elle est sur pied, je lui ai donné un peu d'eau, s'exclama Bonnie, l'air heureuse. C'est bon signe, n'est-ce pas ?

Mitchell respira profondément.

— Oui, c'est vraiment super. L'intraveineuse est terminée ?

— Oui. J'étais sur le point de la lui retirer et de l'installer pour la nuit.

Il sourit.

— C'est très bien. Retire-lui la perfusion, donne-lui de l'eau et nous lui donnerons à manger dans la matinée. Il faut laisser à son ventre le temps de se calmer, mais c'est une très bonne nouvelle. Garde-la calme et repose-la du mieux que tu peux. C'est ce qu'il y a de mieux pour elle.

Il mit fin à l'appel et en passa un à Beau.

— Comment va Randi ? demanda Beau sans autre forme de procès.

— Beaucoup mieux. Elle est debout et boit. Nous allons la faire se reposer, et tu pourras venir la chercher demain matin. As-tu trouvé ce qu'elle a pu se mettre sous la dent ?

Il se demanda si Beau voulait qu'il vienne, mais il n'avait pas envie de poser la question. Peut-être que Beau avait besoin d'un peu d'espace. Il ne voulait pas l'encombrer.

— C'est possible. Mais je n'en suis pas sûr, répondit Beau, semblant si hésitant. Peux-tu venir voir ?

— J'arrive tout de suite.

Il raccrocha et quitta la maison, regardant à nouveau autour de lui lorsqu'il monta dans la voiture, essayant de se débarrasser de ce sentiment que quelqu'un était là. Il songea à appeler la police, mais qu'allait-il dire ? Qu'il avait ce sentiment ? C'était stupide quand il se l'imaginait, encore plus s'il le disait à voix haute.

Le trajet jusqu'à chez Beau ne prit que quelques minutes, et ce dernier le rejoignit à l'extérieur, Jessica endormie sur son épaule.

— Qu'est-ce que tu as trouvé ? chuchota-t-il.

— On dirait que quelque chose a été éparpillé ici, à côté de la porte de derrière. Mais c'est difficile à dire.

Beau pointa du doigt, et Mitchell se pencha pour regarder de plus près. En effet, il semblait que quelque chose qui était probablement de la mort aux rats avait été répandu sur la terre.

Il leva les yeux vers Beau.

— Qu'est-ce que c'est que ce bordel ? Tu n'avais rien de tel dans ta poubelle, n'est-ce pas ?

Mitchell ramassa quelques granulés égarés.

— Non. Bien sûr que non, s'emporta Beau. Comment peux-tu demander ça ? Je n'empoisonnerais jamais Randi.

Mitchell se redressa.

— Ce n'est pas ce que je voulais dire. Bien sûr que non.

Beau était contrarié, mais Mitchell n'avait pas voulu l'accuser de quoi que ce soit.

— Je voulais juste m'assurer que tu n'avais pas jeté quelque chose dans la poubelle qui aurait pu se retrouver sur le sol.

Beau secoua vivement la tête.

— Je n'en ai même pas à la maison.

Ses yeux s'agrandirent et il haleta doucement. La colère l'envahit et il serra le poing.

— Alors d'où ça vient ? Tu ne penses pas que… ?

Mitchell aurait aimé avoir des réponses.

— Je ne sais pas. Ce serait vraiment cruel d'essayer de faire du mal à Randi. Est-ce que Gerome ferait ça, à ton avis ? En serait-il capable ? Y a-t-il quelqu'un d'autre qui pourrait vouloir te faire du mal ?

Il se rapprocha, s'époussetant les mains.

— Je ne sais pas. Je n'aurais pas pensé que Gerome ferait la moitié des choses qu'il a faites, mais essayer de faire du mal à un chien ? C'est assez tordu.

Il se mit à trembler et Jessica gémit.

— Rentre et occupe-toi d'elle. Tu as une pelle ? Je peux déblayer tout ça et laver la zone pour que Randi n'y touche plus.

— Dans la cabane, là-bas, répondit Beau, encore secoué. Merci.

Il entra et Mitchell alla chercher la pelle.

La cabane était petite et remplie d'objets qui avaient probablement été laissés par les anciens propriétaires. Mitchell n'avait pas vu Beau amener toute cette merde avec lui lorsqu'il avait déménagé. La plupart étaient à moitié à l'état de déchets, avec des seaux de cinq gallons contenant ce qui semblait être des pièces de lampes et des morceaux de métal. Il les contourna pour atteindre la pelle, en veillant à ne pas heurter le vieil établi contre le mur latéral. Il réussit tout de même à renverser une vieille chaise pliante avant d'atteindre la pelle au fond. Il la saisit et se tourna pour partir, mais il fit tomber un sac en papier de l'établi. Il s'éclata sur le sol, les granulés se répandant sur le bois.

Mitchell s'arrêta et se pencha pour regarder de plus près. Il ramassa quelques granulés et les passa entre ses doigts.

— Merde…

L'air se refroidit instantanément autour de lui tandis que ses pensées se bousculaient à mille à l'heure. Il se demanda depuis combien de temps il était là. Le sac lui-même semblait frais et pas trop vieux. Il n'était pas froissé de partout et était encore d'un brun profond. Il se demanda si quelqu'un l'avait apporté ou s'il était là depuis longtemps. Quoi qu'il en soit, quelqu'un l'avait amené ou trouvé dans la remise et en avait répandu un peu sur le côté de la maison. Il espérait que ses soupçons étaient erronés, mais il semblait que quelqu'un avait effectivement répandu le poison pour que Randi le trouve. C'était le comble de la cruauté. Le ventre de Mitchell se serra tandis que de vieux souvenirs qu'il pensait avoir enfouis remontaient à la surface.

Repoussant la blessure, il prit la pelle et sortit de l'abri, puis ferma et verrouilla la porte. Il nettoya la zone près de la maison, enlevant tous les granulés qu'il pouvait voir, puis il prit le tuyau d'arrosage et lava bien la zone. Il s'assura qu'il ne voyait plus rien avant de tremper à nouveau l'endroit. Il espérait que cela nettoierait le désordre. Il ramena ensuite la pelle dans la remise et balaya le poison répandu. Il ramena le sac avec lui.

Il était nerveux à l'idée de dire à Beau ce qu'il avait trouvé, mais il savait qu'il devait le faire. C'était bouleversant pour lui, et il pouvait imaginer ce que Beau allait ressentir. Il se reprochait déjà ce qui était arrivé à Randi, mais Mitchell était de plus en plus convaincu que quelqu'un d'autre était derrière ce qui s'était passé.

— Tout est nettoyé, annonça-t-il en entrant par la porte de derrière.

Beau arriva sans Jessica, et Mitchell l'entendit dans sa balancelle. Elle adorait ce truc.

— Merci. Qu'est-ce que c'est?

— Je l'ai trouvé dans la remise.

Il montre le sac à Beau, qui pâlit.

— Je n'ai jamais vu ça avant.

— Je te crois. Le sac était sur l'établi.

Beau lui tendit plusieurs sacs en plastique et Mitchell l'enveloppa doublement, plaça le poison au fond de la poubelle, puis ferma le placard à clé sous l'évier.

— Je prendrai le tout avec moi quand je partirai et je le mettrai dans le conteneur de déchets médicaux de la clinique.

— Mais comment est-ce arrivé là? demanda Beau.

Mitchell se doutait que Beau connaissait déjà la réponse à cette question.

— Mon Dieu.

Il tira l'une des chaises de cuisine en bois éraflées et s'y affala.

— Je ne veux pas croire que Gerome…

— Je pense que quelqu'un a utilisé ta cabane pour te surveiller. Ça expliquerait le courrier électronique et le sentiment d'être observé.

Mais cela n'expliquait pas le fait que Mitchell ait ressenti la même chose chez lui. Peut-être devait-il chercher une cachette sur sa propriété. Si quelqu'un voulait empoisonner des chiens, Mitchell en avait beaucoup. Quelqu'un pouvait faire beaucoup de mal s'il le voulait.

— Seigneur…

Beau se balança légèrement et Mitchell s'assit sur la chaise la plus proche, lui prenant la main.

82

— Tu n'as rien à voir avec ce qui est arrivé à Randi. Quelqu'un a fait exprès de mettre ces trucs ici. Ça n'a pas pu arriver tout seul depuis la cabane, et je ne pense pas que ce soit là depuis longtemps.

Il caressa doucement le dos des mains de Beau avec ses pouces.

— Elle va s'en sortir, et elle sera très heureuse de rentrer à la maison. Pour l'instant, je te suggère de rester avec elle pendant qu'elle est dehors, si tu le peux. J'ai nettoyé la zone, et s'il y en a encore, une bonne pluie devrait en venir à bout. Mais d'ici là…

— D'accord, je comprends, répondit Beau distraitement, comme s'il était en état de choc. Je n'arrive pas à croire que quelque chose comme ça arrive.

Il se gratta la tête, puis baissa les mains sur la table, les tordant lentement.

— Je veux dire… j'espère toujours que c'est un accident, mais je ne sais pas comment c'est possible.

Il releva la tête, les yeux remplis de douleur.

— Je crois que je devrais appeler la police… mais qu'est-ce que je vais leur dire ? Que nous avons déjà nettoyé et détruit toutes les preuves que nous pouvions avoir ?

— Merde, jura Mitchell. J'aurais dû y penser.

Il avait pensé à essayer de protéger Randi pour qu'elle ne soit pas à nouveau empoisonnée, mais au lieu de cela, il avait peut-être gâché la recherche de la personne qui était derrière tout ça.

— Je crois que je vais quand même appeler Red. Qu'il sache au moins ce qui se passe et ce que nous soupçonnons.

Il n'y avait certainement pas de mal à cela.

— Oui, je pense que je me sentirais mieux, convint Beau, et Mitchell passa l'appel et expliqua ce qui s'était passé et ce qu'ils avaient trouvé.

— Je sais que nous avons probablement déjà contaminé la zone lorsque nous avons essayé de la nettoyer. Mais nous ne pouvions pas prendre de risques.

— D'accord, dit Red d'un ton apaisant. Et tu es sûr que Beau n'avait rien de tel dans la maison ?

Mitchell se tourna vers Beau pour lui poser la question. Celui-ci secoua la tête.

— J'ai apporté le moins de choses dangereuses possible à cause de Jessica. Je n'ai jamais eu de mort aux rats ou d'appât à souris. Pour autant que je sache, je n'en ai pas eu besoin.

— Tu l'as entendu? demanda Mitchell à Red, ses nerfs s'agitant de plus en plus.

Il fallait qu'il se calme et qu'il se remette les idées en place. Il n'allait pas pouvoir aider qui que ce soit s'il était dans un état second.

— Il y a plusieurs possibilités auxquelles je peux penser. La première est qu'il s'agisse d'une sorte d'accident. Je ne pense pas que ce soit probable, étant donné ce que tu as décrit. Je doute que je puisse obtenir beaucoup de preuves du sol ou du sac, puisqu'ils ont été dérangés. Mon meilleur conseil est de garder les yeux ouverts et de surveiller toute chose ou personne suspecte.

— D'accord. On peut le faire.

C'était déjà le cas de toute façon.

— L'un d'entre vous connaît-il quelqu'un qui aurait pu faire ça? demanda Red.

Mitchell expliqua qui était l'ex-mari de Beau et ce qu'il attendait de Beau. Red fut d'accord pour dire qu'il fallait s'intéresser à lui.

— La colère et la souffrance sont des motivations fortes et parfois irrationnelles.

Cela correspondait à ce que pensait Mitchell.

— Malheureusement, je n'ai rien de concret à vous dire, si ce n'est de rester à l'affût et de m'appeler ou d'appeler le bureau du shérif immédiatement s'il se passe quelque chose. N'oubliez pas d'expliquer que vous avez été en contact avec moi, de cette façon, je pourrai être amené à essayer d'aider.

— Merci, dit Mitchell.

Il ne s'était pas attendu à ce que Red puisse leur en dire beaucoup plus, mais il lui était reconnaissant de ses conseils. Au moins, Red ne s'était pas mis en colère contre eux pour ce qu'ils avaient déjà fait.

— J'apprécie l'aide.

— Quand tu veux.

Red raccrocha et Mitchell rangea son téléphone dans sa poche.

— J'aurais aimé y réfléchir avant de tout gâcher.

— Ce n'est rien.

Beau soupira, et Mitchell sut qu'il se sentait plutôt mal. Il l'était aussi, et pour couronner le tout, leur rayon de soleil énergique n'était pas là.

— Est-ce qu'on peut au moins voir si elle va bien? s'enquit Beau.

Mitchell acquiesça.

— Bien sûr. Si tu veux préparer Jessica, nous pouvons aller à la clinique.

Peut-être que le fait de voir que Randi allait mieux les aiderait tous les deux. Mitchell se sentait mal d'avoir fait le ménage et de ne pas avoir pensé à appeler la police avant. Mais il savait que Beau se sentait encore plus mal à l'idée que Randi soit malade.

Il fallut un certain temps pour préparer Jessica et la faire monter dans la voiture. Beau se rendit à la clinique et se gara devant. Le parking était vide, Bonnie devait être partie pour la nuit. Mitchell sortit, déverrouilla la porte et attendit Beau et Jessica. Une fois à l'intérieur, il les laissa à la réception et entra discrètement à l'arrière.

Parfois, l'effet des poisons était retardé et les animaux allaient mieux dans un premier temps, puis leur état empirait. Il ne pensait pas que c'était le cas de Randi et fut soulagé de trouver la petite bête debout dans sa cage, remuant la queue, lorsqu'il entra. Une partie de sa patte était nue, car il avait dû la raser pour l'intraveineuse, mais pour le reste, elle semblait en bonne forme.

— Chérie, roucoula-t-il doucement, et il ouvrit la porte.

Il la souleva et la porta jusqu'à l'endroit où Beau était assis et faisait rebondir sa jambe.

Randi aboya joyeusement lorsqu'elle aperçut Jessica. Mitchell la déposa, elle se précipita et se promena autour des jambes de Beau jusqu'à ce qu'il se penche pour la caresser.

— Est-ce qu'elle va vraiment s'en sortir ?

— Oui, elle devrait aller bien.

Mitchell sourit tandis que Beau la soulevait et la serrait doucement dans ses bras. Lorsqu'elle lui lécha la joue, il ferma les yeux.

— Je vais faire plus attention, je le promets, dit-il doucement. Mais tu m'as fait une peur bleue, ma petite.

Randi s'imprégna de l'attention, et lorsque Beau la posa sur ses genoux, elle s'y installa, se roulant en boule. Les épaules de Beau se relâchèrent et il sourit.

— Je suis vraiment désolé.

— Ce n'était pas ta faute, lui répéta Mitchell.

Il était convaincu que quelqu'un avait répandu la mort aux rats volontairement, et il était déterminé à découvrir qui et pourquoi. Il avait senti que quelqu'un l'observait, et Beau avait dit la même chose. Pour lui, il était évident que la cabane avait servi de poste de surveillance. Il fallait qu'il vérifie si la même chose se produisait sur sa propriété. Mais ce qui le déconcertait, c'était la raison pour laquelle ils avaient tous les deux hérité d'un harceleur au même moment. Beau et lui ne se connaissaient pas depuis longtemps et, à part quelques sorties, ils n'avaient pas passé beaucoup de temps ensemble en dehors de leur maison.

— Je n'arrête pas de penser que c'est le cas. J'aurais dû être plus prudent et plus attentif. Avoir un chien est une vraie responsabilité, et je l'ai laissée tomber.

Randi donna un coup de museau dans la main de Beau quand il cessa de la caresser.

— Je pense que tu es pardonné, assura-t-il doucement, et ils partagèrent un sourire.

Mitchell s'approcha et s'agenouilla près de Beau et Randi. Il prit doucement les joues de Beau en coupe, attendant de voir s'il s'éloignait. Ce ne fut pas le cas et Mitchell réduisit la distance entre eux. Le baiser commença doucement, puis Beau se rapprocha, les lèvres fermes et chaudes. Mitchell recula, ne voulant pas insister au cas où Beau ne serait pas prêt à aller plus loin.

— C'était bien ?

Beau acquiesça lentement.

— C'était bien plus que bien.

Il posa ses mains sur les bras de Mitchell et les y laissa.

— Je suis si peu sûr de moi quand il s'agissait de toi et d'être à nouveau avec quelqu'un.

— Je sais et je comprends. Il m'a fallu beaucoup de temps avant de pouvoir être proche de quelqu'un.

Mitchell ferma les yeux quelques secondes pour être seul avec ses propres pensées, puis se força à les rouvrir.

— Il est temps pour moi d'essayer à nouveau. Je sais qu'il peut être difficile de faire confiance après avoir été blessé.

Il éloigna ses mains des joues de Beau.

— Mais je veux que tu saches que je ne ferai pas exprès de te blesser.

Il déglutit difficilement tandis que son cœur s'emballait. Beau était magnifique, même lorsqu'il se mordait la lèvre inférieure un peu nerveusement, et Mitchell inspira profondément, le parfum de Beau lui mettant la tête à l'envers. Quelque chose chez Beau faisait tourner son moteur. Il était sexy, c'était certain, mais il y avait quelque chose d'autre, quelque chose de plus viscéral. Peut-être était-ce parce que Beau était un homme merveilleux, incroyablement attentionné. Les chiens savaient reconnaître un cœur bon, et Beau en avait certainement un. Mais il savait aussi et comprenait ce que Mitchell avait vécu, et lui comprenait un peu ce que Beau ressentait. Non pas que tout le monde soit pareil et gère la douleur de la même manière, mais Mitchell comprenait la boule qui pouvait se former dans le ventre d'une personne juste à cause de l'odeur de quelque chose ou d'un son en arrière-plan qui lui rappelait un souvenir auquel il n'avait pas vraiment prêté attention jusqu'à ce que quelque chose se déclenche. Il comprenait même la quasi-panique qui pouvait surgir de nulle part à cause d'une parole prononcée lors d'une fête ou d'un autre événement.

À la surprise de Mitchell, ce fut Beau qui prit l'initiative du baiser suivant. Mitchell était vraiment à fond, surtout la façon dont Beau lui suçait la lèvre supérieure.

— Je suis désolée, balbutia Bonnie.

Essayant de reculer, Mitchell s'emmêla les pieds et se retrouva par terre, sur le dos. Il fixa le plafond tandis que Bonnie ricanait.

— J'ai oublié quelque chose quand je suis venue tout à l'heure.

Elle se précipita vers le comptoir tandis que Mitchell faisait de son mieux pour se lever sans avoir l'air d'un parfait idiot. Bon sang, il était trop tard pour ça.

— Je m'en vais, vous pouvez retourner à ce que vous faisiez, plaisanta-t-elle en se précipitant vers la porte d'entrée. Bien que je pense que vous pourriez trouver un meilleur endroit pour ça.

La porte d'entrée se referma derrière elle et Mitchell souhaita qu'un trou s'ouvre sous lui et l'aspire.

— Elle est différente, remarqua Beau alors que Mitchell réussissait enfin à se lever du sol.

Randi le regarda depuis les genoux de Beau comme s'il était fou. Vous saviez que c'était mauvais quand un chien vous prenait pour un fou.

— Tu vas bien ?

Mitchell retrouva son équilibre.

— Oui. Je ne m'attendais pas à ce que quelqu'un entre, et je ne l'ai pas entendue.

Peut-être qu'il avait découvert une faille dans son esprit ou quelque chose comme ça. Quand il embrassait, ses oreilles se fermaient. C'était ridicule.

— Mais je devrais probablement prendre une douche. C'est le sol d'un cabinet vétérinaire, et nous savons tous ce qui finit là-dessus.

Les accidents faisaient partie du travail, même s'ils étaient toujours nettoyés et désinfectés après coup. Pourtant, ce n'était pas comme s'il devait se rouler par terre.

— On peut prendre Randi ? demanda Beau en la caressant doucement.

— Si tu veux. Mais je me sentirais mieux si je pouvais la surveiller toute la nuit.

Peut-être était-il trop prudent, mais il n'aimerait pas qu'il arrive quoi que ce soit à la petite.

Beau soupira assez bruyamment.

— D'accord. Écoute, tu vas probablement penser que je suis fou, mais je n'ai pas envie d'être seul. Si quelqu'un a essayé d'empoisonner mon chien et s'il m'a surveillé, alors je ne pense pas que ce soit une bonne idée d'être seul. Et si quelqu'un essayait de faire du mal à Jessica ?

Le visage de Beau se vida de ses couleurs.

— Vous pouvez venir à la maison si tu veux. J'ai une chambre d'amis et Randi pourra rester avec nous. Je pourrai la surveiller et vérifier le fonctionnement du refuge avant de me coucher. Il y a aussi une chambre pour Jessica.

Il ne voulait pas appuyer sur le bouton de panique, mais il ne voulait pas non plus être seul. Avec eux tous dans la maison, au moins, Beau et lui pourraient veiller l'un sur l'autre jusqu'à ce qu'ils comprennent ce qui se passait.

— Nous devrons nous arrêter chez toi pour que tu puisses prendre quelques affaires, ensuite tu pourras passer la nuit chez moi.

Cela semblait être le meilleur arrangement, et cela lui donnerait aussi l'occasion de vérifier sa propriété.

BEAU ET Jessica mirent un certain temps à préparer leurs affaires et à partir de chez eux. Mitchell n'avait aucune idée de la quantité de trucs qu'il fallait pour qu'un bébé passe la nuit. Il y avait un berceau portatif et de quoi la nourrir, des jouets et assez de couches pour une armée. Bien qu'il ait découvert que c'était une exagération, étant donné l'imprévisibilité, il valait mieux être préparé.

— J'ai pensé que nous pourrions installer Jessica dans la chambre d'amis. Comme ça, tu pourras être près d'elle.

Mitchell posa la caisse de transport de Randi et l'ouvrit. Elle en sortit et commença à explorer. Elle se comportait vraiment comme le petit chien que Mitchell connaissait.

— Ce serait bien.

Beau posa la brassée d'affaires qu'il avait apportée et retourna chercher Jessica, qui s'était endormie dans son berceau. Mitchell emmena le berceau dans la chambre et l'installa au pied du lit. Il n'essaya pas de l'installer. Beau devrait s'en charger.

Lorsque Beau ramena la Belle au bois dormant, il plaça son cosy sur le sol à côté du canapé et finit d'organiser les choses. Randi prit place à côté de Jessica, l'observant, remuant la queue pendant quelques minutes avant de s'installer à côté d'elle.

— Tu as besoin d'aide ? chuchota Mitchell.

— J'ai presque fini, répondit Beau depuis la chambre d'amis.

— D'accord. Je vais aller voir ce qu'il en est de la meute. J'ai mis la télécommande de la télévision sur la table basse si tu veux regarder quelque chose. Je veux laisser sortir quelques chiens et les installer avant de tout fermer pour la nuit.

Il avait également l'intention de fouiner dans sa propriété, mais il ne voulait pas inquiéter Beau.

— Je serai de retour dans une heure.

— D'accord. Je peux commander un dîner. Le bar à bière livre. C'est le moins que je puisse faire. J'aurais bien besoin d'une bière en ce moment.

Beau avait l'air stressé et était un peu maigre. Mitchell le remercia et ferma la porte en se dirigeant vers la grange.

Les chiens semblaient plus frénétiques que d'habitude. Il en mit autant qu'il le put dans les enclos et les laissa faire de l'exercice pendant un petit moment. L'heure du repas était toujours un peu une danse, car il s'assurait que chaque chien recevait sa part et que ceux qui avaient besoin de médicaments les prenaient vraiment. Une fois que tout le monde fut nourri, il les laissa dans les enclos pour qu'ils se dégourdissent les pattes et sortit. Il connaissait chaque bâtiment de la propriété et s'en approcha avec précaution, espérant ne pas effrayer un quelconque visiteur indésirable. Le vieux grenier à maïs était silencieux, tout comme le silo désormais vide. Il vérifia les sols et les alentours pour voir s'il y avait des signes de perturbation avant de continuer. Il ne trouva rien et s'approcha du hangar à matériel.

La porte était fermée, mais pas verrouillée. Mitchell essaya de se rappeler comment il l'avait laissée la dernière fois qu'il était venu. Cela faisait longtemps. Du temps de son père, c'était dans cette remise qu'il gardait les tracteurs et s'occupait de leur entretien. Aujourd'hui, il n'y avait plus que les tondeuses à gazon et le matériel de jardinage. Mitchell avait gardé un petit tracteur utilitaire pour les gros travaux sur la propriété, mais il avait vendu la plupart des équipements lorsqu'il avait décidé de louer les terres plutôt que de les cultiver lui-même. Il avait utilisé cet argent pour créer le refuge. La plupart du temps, le bâtiment était vide.

Mitchell s'avança lentement, prudemment. Il ouvrit la porte et se tint à l'écart au cas où quelque chose se produirait. Aucun type en noir ne surgit, aucune rafale de balles ne siffla à ses oreilles. Il jeta un coup d'œil autour de l'ouverture et à l'intérieur. Rien ne semblait sortir de l'ordinaire. Les tondeuses à gazon et le tracteur étaient à leur place.

Mitchell entra et parcourut la zone. Il n'y avait rien qui ne devrait pas être là. Les outils étaient à leur place, tous sur les crochets contre le mur, comme son père l'avait toujours fait. Il passa devant le tracteur et vérifia derrière lui. Il n'y avait que du sol et de la poussière.

Une échelle était tombée par terre, Mitchell la ramassa et la remit à sa place avant de quitter le hangar et de verrouiller la porte. Ce petit exercice n'avait pas donné grand-chose. Si quelqu'un l'observait de quelque part sur la propriété, il n'était pas sûr de savoir d'où.

Mitchell retourna au refuge et fit rentrer tous les chiens à l'intérieur et dans leurs enclos. Les adoptions n'avaient pas été nombreuses ces derniers jours, et il se demandait comment il allait faire passer le message à d'autres personnes que les clients de la clinique et ses voisins. Une fois qu'il eut terminé, il ferma les portes et retourna chez lui, où il trouva Beau sur le canapé en train de donner le biberon à Jessica.

— Tu as l'air confus.

— J'essaie juste de trouver un moyen de faire connaître le refuge. J'ai fait adopter beaucoup de chiens au fil des ans, mais j'ai presque atteint ma capacité d'accueil et je dois trouver des foyers pour certains des chiens qui sont avec moi depuis un certain temps.

— As-tu un site web ? demanda Beau alors qu'on frappait à la porte.

Leur conversation s'interrompit pendant que Mitchell payait le repas, puis elle reprit pendant qu'ils mangeaient à la table basse.

— Oui, et les photos et les détails de tous les chiens y figurent. Je reçois pas mal de parents d'animaux par l'intermédiaire du site. Mais je dois faire mieux.

— Les médias sociaux, suggéra Beau. Crée une page Facebook ou un groupe afin d'élargir ton champ d'action.

Il sourit et déplaça Jessica sur son épaule pour lui faire faire son rot.

— Je sais aussi qu'il y a un festival des récoltes en ville. As-tu pensé à tenir un stand et à amener quelques chiens à adopter ? Il y a beaucoup de monde qui vient, je parie que beaucoup de gens adopteront. Et si tu le souhaites, je peux regarder ton site web pour voir si nous pouvons l'améliorer.

Jessica laissa échapper un de ses classiques rots à « réveiller les morts », puis il la ramena sur ses genoux et lui donna le reste de son lait.

— Ce serait génial. J'ai un Facebook personnel, mais je suppose que je devrais aussi en faire un pour le refuge. Ce serait beaucoup plus productif que de poster des informations sur ma journée et de dire aux gens ce que j'ai mangé au dîner.

Il détestait admettre qu'il faisait cela certains jours parce qu'il ne trouvait rien d'autre à poster, et il semblait de très mauvais goût de parler des types de procédures qu'il avait effectuées ce jour-là.

— Ma vie est tellement ennuyeuse la plupart du temps que le fait de raconter ma journée endormirait les gens.

— Alors poste des photos des chiens. Les gens adorent les photos de chiens et de chats, ça te permettrait de te faire connaître un peu plus.

Beau écarta le biberon de Jessica, qui resta endormie dans ses bras. Mitchell se déplaça et s'assit à côté de lui, Beau s'appuyant sur son épaule.

— Tu pourrais poster des détails sur chaque chien et ce à quoi ils ressemblent, et inclure un moyen de contacter le refuge. Ils pourraient t'envoyer un message via Facebook.

— Ce serait génial.

Il savait cependant qu'il devrait fournir plus d'efforts pour contrôler les propriétaires potentiels. En effet, la plupart des personnes qui adoptaient ses chiens étaient des clients ou des amis d'amis. Il voulait s'assurer que chacun de ses chiens trouverait un bon foyer et serait bien soigné.

— Je pourrais aussi leur parler des chiens.

— Je peux t'aider à tout mettre en place, nous pourrons utiliser les photos du site Web pour commencer. On peut aussi prendre de courtes vidéos des chiens à l'extérieur que tu pourras poster et peut-être ajouter au site web.

Beau reposa lentement Jessica dans son cosy.

— J'aime vraiment ce que tu fais. Je n'aurais jamais imaginé à quel point les gens pouvaient maltraiter les animaux, et je veux essayer d'aider. Tous ces chiens ont beaucoup de chance. Tu t'occupes d'eux et tu consacres beaucoup de ton temps et de ton argent à les nourrir, à les maintenir en bonne santé et à leur trouver de bons foyers. C'est vraiment merveilleux et complètement désintéressé.

Beau lui prit la main.

— Je ne crois pas me souvenir de la dernière fois où j'ai rencontré une personne vraiment désintéressée.

Mitchell s'esclaffa.

— Je ne le suis pas, loin s'en faut.

Il jeta un coup d'œil à Jessica.

— Tu vois, là, je me dis que j'aimerais que le papa de Jessica la mette au lit, puis peut-être qu'il pourrait me rejoindre ici, sur le canapé, et que nous pourrions tous les deux avoir un peu de calme, un peu de temps entre adultes.

Il déglutit difficilement.

Beau sursauta et s'éventa le visage avec sa main.

— C'est pour ça que tu nous as proposé de rester ici ? Pour que je sois seul et à ta merci ?

Il hoqueta à nouveau.

— Je ne suis pas ce genre de type.

Ses yeux s'écarquillèrent de façon spectaculaire, puis il éclata de rire.

— Laisse-moi la préparer pour le lit.

Il quitta la pièce en souriant.

Mitchell récupéra des vêtements propres dans sa chambre, alla dans la salle de bain et ouvrit la douche. Il se déshabilla et entra dans l'eau, avec l'intention de se laver rapidement, mais l'eau chaude et son esprit firent dérailler cette idée. Les dernières fois qu'il s'était douché, des images de Beau lui étaient venues à l'esprit, et cette fois-ci ne fit pas exception. Dès que l'eau eut apaisé son esprit, il changea de direction et Mitchell se demanda ce que ce serait si Beau se calait derrière lui. Il étouffa un gémissement lorsque son imagination évoqua les bras de Beau glissant autour de sa taille, sa poitrine chaude et lisse se pressant contre son dos. Il devint dur en quelques secondes et ferma les yeux, souhaitant que son fantasme se poursuive.

— Ouais, murmura-t-il en refermant sa main autour de sa longueur, glissant lentement d'avant en arrière, son fantasme devenant vraiment bon lorsque Beau le retourna, s'agenouillant juste en face de lui.

Mitchell ferma les yeux et suivit les images qu'il avait en tête. C'était si bon et cela apaisait ses nerfs autrement en lambeaux. Resserrant sa prise, il se masturba tandis que le Beau imaginaire le prenait entre ses lèvres parfaites et...

Un bruit sourd à l'extérieur le fit légèrement sursauter, le ramenant au présent. Il soupira et termina rapidement sa douche, se demandant si Beau aurait besoin d'aide. Il se rinça, son sexe ramollissant lorsqu'il réalisa que l'action était terminée. Après s'être séché et habillé, il constata que Beau était toujours avec Jessica. Il se rendit dans le salon et alluma la télévision, gardant le volume bas. Il n'avait pas vraiment idée du temps nécessaire pour mettre un bébé au lit, mais il fut surpris de voir que Beau n'était pas revenu au bout d'une heure. Il s'approcha doucement de la chambre d'amis, ne voulant pas les déranger.

La voix grave de Beau l'enveloppa doucement tandis qu'il chantait pour sa fille. Mitchell essaya de penser à quelque chose d'aussi touchant, mais n'y parvint pas. Il jeta un coup d'œil dans la chambre où Beau était assis sur le bord du lit avec Jessica dans ses bras, se balançant lentement en chantant pour elle. C'était une image magnifique et Mitchell ne pouvait pas détourner le regard. Il avait été tellement blessé dans sa vie qu'il avait parfois pensé que son cœur était irrécupérable. Pourtant, le fait que Beau chante pour sa fille le touchait d'une manière à laquelle il ne s'était pas attendu.

Il savait que Beau était un homme bon et doux –, il l'avait vu dans la façon dont il traitait Randi et Jessica – mais là, il atteignait un nouveau niveau. C'était de l'amour profond. Mitchell avait compris, après la façon dont Luke l'avait traité, que les grandes choses et les grands gestes pouvaient tous être simulés. C'étaient les petites choses, les petites attentions et les gestes discrets qui étaient réels. Ils venaient du plus profond de soi et étaient un véritable reflet du cœur.

Randi s'allongea sur le lit à côté de Beau, posant sa tête sur sa jambe. Elle la souleva, le regardant, puis s'installa à nouveau. Mitchell recula et retourna au salon, où il fixa la télévision jusqu'à ce que Beau le rejoigne.

— Elle dort profondément et Randi dort au pied du lit. J'ai dû déplacer un peu le berceau parce que je jure que Randi sauterait dedans si elle le pouvait.

Beau s'assit à côté de lui et Mitchell se crispa instantanément. Il savait qu'il s'agissait d'une réaction résiduelle de Luke, et il se détendit. Beau n'était pas lui et ne jouait pas à ce genre de jeux.

— Qu'est-ce que tu regardes ?

Mitchell lui tendit la télécommande.

— Tu peux choisir quelque chose. J'ai Netflix si tu veux essayer de trouver un film ou un truc comme ça.

Il essaya de réfléchir à ce qu'il voulait faire. Il avait déjà embrassé Beau, et son pouls s'accélérait à l'idée de l'avoir si près de lui, mais il hésitait encore. Il ne voulait pas insister, mais Beau avait bien accueilli ses avances jusqu'à présent et avait même pris l'initiative une fois. C'était cool. Mitchell souhaitait pouvoir arrêter la roue du doute qui tournait parfois dans sa tête. Il se tourna pour jeter un coup d'œil à Beau et découvrit qu'il le fixait.

Beau se pencha plus près, et Mitchell déglutit lorsqu'il s'approcha, puis s'arrêta et s'éloigna.

— Tu vas bien ? souffla-t-il. Je suis désolé si j'ai mal interprété les choses. Les choses vont-elles trop vite ?

Mitchell s'esclaffa.

— J'allais te demander la même chose. Je sais que ça ne fait pas si longtemps que ça, et je me suis dit que j'allais peut-être trop vite.

Beau gloussa à nouveau, cette fois avec un sourire radieux.

— Je crois qu'on pense la même chose.

Il se rapprocha de lui et s'appuya contre lui.

— Je sais que tu n'es pas Gerome et que tous les hommes n'agissent pas comme lui. C'est stupide de ma part de mettre tout le monde dans le même sac.

Mitchell acquiesça et soupira. Il passa un bras autour de Beau.

— Ça n'empêche pas de s'inquiéter et de se poser des questions. Je n'arrête pas de penser qu'il y a quelque chose qui ne va pas chez moi et que je n'ai pas confiance en mon propre jugement. Peut-être que j'ai mauvais goût ou quelque chose comme ça.

— C'est ce que tu crois ? demanda Beau en se tournant vers lui. Suis-je le résultat de ton mauvais goût ?

Mitchell savait que Beau plaisantait… mais pas complètement. Les doutes pouvaient s'exprimer librement, même s'ils n'étaient pas fondés sur des faits.

— Non, vraiment pas.

Beau se rapprocha.

Leurs lèvres se touchèrent d'abord doucement, puis Beau glissa ses mains à l'arrière de sa tête, approfondissant le baiser. Mitchell se rapprocha,

94

éliminant l'écart entre eux, la chaleur de Beau l'entourant, son parfum s'intensifiant à mesure que la pièce devenait plus petite et l'air lourd de désir. Les lèvres de Beau étaient fermes et juste assez humides pour être parfaites. Il avait un goût riche avec un soupçon de douceur qui attirait Mitchell comme de l'ambroisie. Il ne voulait pas s'arrêter. Il se rapprocha, les poussant tous les deux vers les coussins.

Mitchell s'arrêta et recula avant qu'ils ne se retrouvent par terre. Il inspira profondément, essayant de calmer son cœur qui battait la chamade. Cela avait toujours été son problème. Une fois qu'il arrivait à ce stade avec un homme, il se disait toujours que c'était la vitesse maximale, et c'était là que tout partait en vrille. Luke et lui avaient évolué très rapidement au début, et avant même qu'il ne s'en rende compte, Mitchell avait cédé son cœur, emménagé et laissé Luke devenir le centre de sa vie. Mais ce n'était pas Luke, et Beau était un homme complètement différent. Il déglutit alors qu'un goût amer envahissait sa gorge.

— Je…

Beau lui caressa la joue.

— Qu'est-ce qu'il y a ? Tu penses que je suis comme lui ?

— Non, bien sûr que non. Mais si je ferme les yeux, parfois je l'imagine avec moi, regardant par-dessus mon épaule ou quelque chose comme ça.

C'était presque comme si son fantôme était de la partie.

— Je sais ce que tu veux dire. J'avais l'impression que Gerome était toujours avec moi jusqu'à ce que je lui tienne tête et que je lui dise de me laisser tranquille. Jusqu'à cet instant, j'avais toujours eu l'impression que c'était lui qui contrôlait ma vie.

Merde… La tête de Mitchell tourna lorsque la réalité de ce que Beau venait de dire sonna juste. Mitchell s'était éloigné de Luke, mais même après toutes ces années, il ne lui avait pas tenu tête. Il avait essayé d'avancer dans sa vie, mais il n'avait pas tourné la page. Il était là, à s'inquiéter de la façon dont les choses se passeraient pour Beau, alors que c'était lui qui avait des problèmes non résolus. Peut-être qu'il y avait vraiment quelque chose qui n'allait pas chez lui. Cela faisait des années qu'il s'était éloigné de Luke et qu'il avait construit sa propre vie. Ce n'était pas comme si Luke était constamment présent dans son esprit. Il pensait rarement à lui. Mais c'était avant qu'il ne rencontre Beau. Maintenant, Luke était redevenu une présence constante dans sa tête, et il détestait ça. Ce type devrait être parti ! Mitchell serra le poing contre le coussin.

— Tu as de la chance, murmura-t-il. Mais je sais aussi que tu n'es pas Luke et que tu ne me traiteras pas comme il l'a fait.

Il ravala la boule qui menaçait de l'empêcher de parler.

— Je pensais que j'avais accepté tout ça.

— Tu crois que je l'ai fait? Qui sait? Je pense qu'il y aura des moments où Gerome réapparaîtra, surtout quand je penserai enfin qu'il est parti pour de bon.

— Exactement. Les salauds de notre vie font régulièrement leur apparition, surtout lorsque nous y sommes le moins préparés. Je pensais que le mien était parti, alors naturellement il refait surface dans mon esprit, soupira-t-il en se tournant vers Beau. Je ne veux pas qu'il gâche les choses avec toi.

Il prit la main de Beau et entrelaça leurs doigts.

— Je veux essayer de voir où vont les choses. Pour nous donner une chance.

Beau acquiesça.

— Je le veux aussi.

Mitchell se pencha en avant et l'embrassa. Qui savait ce qui allait se passer ensuite, mais au moins il avait fait un pas de plus qu'il ne l'avait fait avant Luke.

VIII

BEAU ADORAIT les baisers. C'était l'une de ses choses préférées, et ceux de Mitchell lui donnaient des fourmis dans les jambes. Tandis que Mitchell le tenait, lui explorait lentement, timidement, leurs baisers s'échauffant une fois de plus.

Lorsqu'ils se séparèrent, respirant profondément, Beau regarda intensément les yeux de Mitchell. Il avait entendu dire que les yeux étaient la fenêtre de l'âme, et ceux de Mitchell n'étaient pas différents. Là où Mitchell était ouvert, Gerome était fermé, et là où les yeux de Mitchell étaient gentils et doux, ceux de Gerome étaient comme de la pierre, froids et durs. Avec le recul, Beau aurait dû se rendre compte que quelque chose n'allait pas, mais il n'avait pas tout compris, et c'était probablement sa faute. Il avait voulu voir ce qui était bon et il l'avait fait, jusqu'à ce que ce ne soit plus possible. Il était déterminé à ne pas refaire la même erreur, et cela signifiait qu'il devait garder la tête dans le jeu et ne pas se laisser emporter, mais c'était difficile avec Mitchell. Il semblait passer à travers toutes ses défenses.

— Qu'est-ce que tu regardes?

— Toi, répondit-il. Je crois que j'essaie de trouver des réponses à des questions que je ne savais pas me poser.

Cela n'avait probablement pas beaucoup de sens, mais c'était la meilleure explication qu'il pouvait trouver. Il se redressa, instaurant un peu de distance entre eux. Il était difficile de réfléchir avec Mitchell si proche.

— Je devrais probablement aller me coucher. Jessica va se lever plusieurs fois dans la nuit, et…

Il embrassa Mitchell et s'enfuit, car s'il ne partait pas tout de suite, il risquait de faire quelque chose qu'il n'était pas prêt à faire.

Toute cette situation le mettait hors de lui, mais il ne savait pas trop comment le dire à Mitchell. Il avait dit la vérité, qu'il se sentait mieux et beaucoup plus en contrôle depuis qu'il avait affronté Gerome, mais il avait affiché beaucoup plus de confiance qu'il n'en ressentait. Il ne pensait pas que Mitchell était comme Gerome, mais il avait parfois l'impression de marcher sur des sables mouvants, et il ne savait pas trop comment gérer tous les changements dans sa vie.

Ce dont il avait vraiment besoin, c'était d'une chance de réfléchir et de faire le point. Peut-être que rester ici pour la nuit était une mauvaise idée, mais il avait peur que Gerome soit là à le surveiller, et il devait s'assurer que Jessica était en sécurité. C'était sa priorité absolue.

Il ferma la porte de la chambre d'amis et s'assit sur le côté du lit sans allumer la lumière. Il ne voulait pas faire de bruit et réveiller le bébé, et c'était le seul endroit où il savait qu'il pouvait être seul avec ses pensées.

Randi s'approcha, s'installa sur ses genoux et posa ses pattes sur son torse. Beau prit une profonde inspiration pour se calmer, se demandant s'il n'était pas en train de se comporter comme un parfait imbécile. Lorsqu'ils s'étaient embrassés, il avait senti l'excitation de Mitchell. C'était difficile à manquer. Il était presque sûr que s'il traversait le couloir et rejoignait Mitchell dans sa chambre, il serait le bienvenu.

— Je ne sais pas ce que je dois faire, murmura-t-il à Randi.

Toutes ses pensées semblaient s'être mélangées dans un fouillis qui refusait de ralentir.

Un coup doux le fit sursauter et Randi sauta à terre. Beau ouvrit la porte au cas où elle se mettrait à aboyer et réveillerait Jessica.

Mitchell se tenait encadré dans la faible lumière du couloir.

— Je suis désolé si je t'ai mis mal à l'aise ou si je suis allé trop vite ou quelque chose comme ça.

Beau le rejoignit dans le couloir, fermant la porte presque entièrement derrière lui.

— Tu n'as rien fait de mal, murmura-t-il. Pas vraiment. Parfois, je n'arrive pas à comprendre comment empêcher mes pensées et mes soucis de prendre le dessus. Je sais que ça a l'air idiot, mais…

Mitchell posa sa main sur son épaule. Il sourit.

— Ça m'arrive aussi. On dirait que toi et moi, on est tous les deux en train de tâtonner dans le noir en essayant de comprendre et en ne voulant pas marcher sur les plates-bandes de l'autre.

Pour Beau, c'était une description aussi bonne que n'importe quelle autre. Mitchell lui prit la main et le guida à quelques pas. Randi se dirigea vers la cuisine et Beau releva le regard, celui de Mitchell attirant toute son attention.

— Qu'est-ce que tu veux vraiment? Ne t'inquiète pas pour moi ou pour ce que tu penses que je veux. Dis-moi simplement ce que tu désires le plus.

Beau hésita une seconde, puis attira Mitchell à lui, le poussa contre le mur et commença à l'embrasser à pleine bouche. Mitchell lui avait dit de lui dire ce qu'il voulait, et Beau songeait qu'il n'aurait pas pu peindre une image plus claire s'il avait essayé.

Mitchell referma ses bras autour de lui, lui rendant son baiser avec suffisamment de chaleur pour faire fondre ses chaussures. Bon sang, il était sexy. Beau le laissa le guider à travers le couloir et dans la chambre principale.

— Attends… murmura Beau, s'éloignant dès que la porte se fut refermée derrière eux.

— Quoi ? s'inquiéta Mitchell en s'immobilisant.

Dans la faible lumière, il avait l'air d'un adolescent, tout en nerfs et en excitation.

— Qu'est-ce qui ne va pas ?

— Rien.

Beau dressa une liste de contrôle mentale. Jessica dormait de l'autre côté du couloir, et il avait le babyphone. La maison était silencieuse, et c'était ce qu'il voulait. Il s'assit sur le bord du lit.

— Tout va bien. C'est juste que ces derniers mois, chaque fois que je pense que les choses vont bien, c'est là que tout part en vrille, et je voulais m'assurer qu'il n'y avait rien qui se profilait à l'horizon.

Il sourit.

— Je ne vois rien.

Mitchell se pencha sur le lit, ses mains se posant sur chacun des genoux de Beau, se rapprochant de lui. Leurs lèvres se rencontrèrent et Mitchell le repoussa sur le matelas. Beau s'étala et l'attira avec lui, le tenant fermement tandis que son poids le plaquait contre la literie.

— Tu sais, on s'était dit qu'il fallait y aller doucement, pourtant ce…

— J'y suis allé doucement, dit Mitchell. J'avais envie de ça…

Il lécha la base du cou de Beau, faisant monter la chaleur en lui comme un train de marchandises.

— Depuis notre premier baiser. Tu as un goût d'ambroisie, et je me suis demandé si le reste de ton corps était pareil.

Il fit sauter les premiers boutons de la chemise de Beau et écarta le tissu, ses lèvres faisant des choses incroyables sur la peau exposée. Beau s'accrochait tandis que Mitchell l'enflammait. Il était sacrément excité. Son pantalon était soudain beaucoup trop serré, et tout ce à quoi il pouvait penser était qu'il était au chaud, qu'on prenait soin de lui, et que Mitchell n'avait même pas enlevé ses vêtements qu'il était déjà si près du bord que s'il ne se contrôlait pas, il allait jouir dans son pantalon – et cela n'était pas arrivé depuis qu'il était adolescent.

— Mitchell, souffla-t-il. Mon Dieu…

Il écarquilla les yeux et regarda Mitchell. Bon sang, il était magnifique. Beau pouvait se perdre dans ces yeux profonds, beaux et bienveillants.

— Tu vas me faire perdre la tête si tu ne fais pas attention.

— Moi? Mitchell sourit, rapprochant à nouveau ses lèvres. Je ne me lasse pas de toi.

Beau se moqua légèrement.

— C'est vrai. Tu te souviens du premier jour où je suis venu pour faire la paix parce que tu t'étais plaint des chiens, et…

Beau sentit ses joues s'échauffer.

— Et tu en parles maintenant parce que… ?

Il se sentait déjà assez mal à ce sujet.

— Tu as ouvert la porte avec Jessica qui pleurait sur ton épaule, et tout ce que j'ai pensé, c'est que tu étais magnifique et que j'étais jaloux d'un petit bébé parce qu'elle pouvait te toucher. Je sais que ça a l'air idiot, mais j'ai eu des fourmis dans les doigts.

— J'étais dans tous mes états. Jessica était debout depuis des heures, je n'avais pas dormi depuis des jours. Je devais avoir des poches sous les yeux…

— Et tu étais magnifique.

Mitchell l'embrassa et, pendant une seconde, Beau se demanda s'il n'y avait pas quelque chose qui clochait dans le jugement de Mitchell s'il pensait que c'était sexy. Mais après deux secondes, Mitchell se pressa à nouveau contre lui, ouvrant sa chemise et glissant une main chaude le long de son torse, et Beau oublia tout ce qui était autre que ce contact chaleureux.

Ses lèvres picotèrent et il inspira brusquement lorsque Mitchell les éloigna.

— Ne t'arrête pas.

Il se sentait vivant pour la première fois depuis des mois. C'était comme si Mitchell nettoyait les toiles d'araignée et la poussière laissées par le crash et la brûlure de sa précédente relation, et bon sang, il en avait tellement besoin.

— Je n'en ai pas l'intention… à moins que tu ne me le demandes.

Mitchell verrouilla leurs regards, et Beau gémit doucement, ayant besoin de plus. Ses hanches se déplacèrent parce que, bon sang, il devenait désespéré alors que des vagues d'excitation le traversaient, s'écrasant contre son esprit encore et encore.

— Ça n'arrivera pas.

Beau passa ses bras autour du cou de Mitchell et le tira vers le bas. En ce qui le concernait, la partie conversation de la soirée était terminée, il était temps que les gémissements et les halètements commencent – ce qu'il fit jusqu'à ce qu'il ait la gorge sèche.

Mitchell semblait avoir un sixième sens pour savoir ce qu'il aimait et jusqu'où aller avant de se retirer. Ils ne s'étaient même pas déshabillés et Beau haletait, ses mains tremblaient en tirant sur l'ourlet de la chemise de Mitchell. Il avait besoin qu'on lui enlève ça. Lorsque la chemise sembla lui résister, il les fit rouler sur le lit et se mit à califourchon sur le corps de Mitchell, fit passer la chemise par-dessus sa tête et parcourut son corps du regard.

— Bon sang, grommela-t-il en contemplant sa peau pâle, la fine couche de poils clairs au centre de son torse, ses muscles fins et élancés et ses mamelons qui ne demandaient qu'à être taquinés. Tu n'es pas le seul à avoir eu une imagination débordante, même si la mienne semble avoir été un peu en deçà de la réalité.

Il prit les joues de Mitchell en coupe, se pencha plus près de lui et l'embrassa tandis que Mitchell l'entourait de ses bras nus et puissants.

— Je te veux nu, souffla Mitchell pendant une brève pause de baisers, et il commença à débarrasser habilement Beau de son pantalon.

Il se coinça dans ses chaussures, mais Beau s'en débarrassa d'un coup de pied avant d'arracher la ceinture de Mitchell et de virer ce jean gênant. Après toutes les machinations et le refus d'être séparés, ils étaient enfin à nu l'un de l'autre, et Mitchell le tenait fermement, faisant courir ses mains le long de son dos jusqu'à ce qu'elles attrapent ses fesses, glissant le long de celles-ci.

— Tu as des mains magiques, murmura Beau.

— Ce n'est pas tout ce qui est magique, rétorqua Mitchell.

Beau ricana.

— Mon Dieu, c'était vraiment mauvais, se moqua-t-il en souriant, les yeux de Mitchell dansant de plaisir. Tu fais vraiment une blague sur les queues à un moment pareil?

Il leva les yeux au ciel.

— Je ne plaisantais pas, riposta Mitchell sans rire.

— Je vois.

101

C'était amusant. Il n'avait jamais été avec quelqu'un d'enjoué au lit. Gerome était toujours sérieux et prêt à passer aux choses sérieuses.

— Alors, vas-tu m'éclairer sur la magie particulière de Mitchell?

Il sourit rapidement et réduisit la distance entre eux.

Mitchell les déplaça sur le lit, le pressant à nouveau contre le matelas. Beau aimait le poids de Mitchell sur lui et la façon dont leur chaleur se fondait l'une dans l'autre. Il avait vraiment des mains magiques, et quand ses doigts se refermèrent sur son érection, la caressant lentement, ce fut fou, comme si la tête de Beau allait exploser s'il n'y avait qu'un peu plus de friction. Beau respira profondément, transpirant à grosses gouttes, se demandant comment il allait faire pour ne pas exploser. Puis le plaisir s'arrêta, et Beau se demanda ce qui se passait.

— Pourquoi t'es-tu arrêté?

Un gloussement lui parvint aux oreilles tandis que Mitchell glissait sur lui. Puis Beau fut englouti dans une chaleur torride et humide qui fit voler son esprit vers la stratosphère. Il ne pensait plus à rien. Mitchell était vraiment magique… et doué, à en juger par le fait qu'il prenait tout de lui si facilement. Beau gémit bruyamment, essayant de ne pas faire de bruit et échouant complètement.

— Mitchell… Je… Seigneur…

Des étoiles se formèrent derrière ses yeux, et il empoigna les draps, essayant de s'empêcher de voler en éclats.

— Est-ce que j'ai menti? demanda Mitchell, le sexe de Beau rebondissant contre son ventre.

— Non… gémit-il, à bout de souffle. Mais…

Mitchell l'embrassa.

— Allonge-toi et détends-toi. Tu n'as pas à t'inquiéter de quoi que ce soit.

Mitchell fit glisser ses mains sur le torse de Beau, une haleine chaude suivant leur sillage, puis il l'aspira à nouveau.

La jambe de Beau tremblait d'extase. Il espérait que cela ne s'arrêterait jamais, mais il semblait que son corps traître avait ses propres idées. Avant qu'il ne puisse s'arrêter, son corps tout entier tressaillit. Beau parvint à gémir un avertissement avant que sa libération ne le frappe de plein fouet.

Une poupée de chiffon n'aurait pas été différente de lui lorsqu'il s'affala sur le lit de Mitchell, les yeux fermés, le cœur battant toujours rapidement, mais revenant lentement à sa vitesse normale.

— Je crois que je suis mort et que je suis allé au paradis. Si tu me donnes une minute, je vais…

Mitchell gloussa près de son oreille, son poids s'installant à côté de lui.

— Hum… J'ai déjà… Tu étais sexy, et les choses sont devenues un peu incontrôlables pour moi.

Il posa sa tête sur l'épaule de Beau, tous deux respirant encore bruyamment.

— Tu es un vrai feu d'artifice.

— On ne m'a jamais dit ça avant.

Beau aimait bien ça. L'idée que Mitchell le trouve séduisant était excitante. Il ne s'était jamais considéré comme l'homme idéal de quelqu'un.

— Mais c'est toi qui es le plus sexy dans cette pièce.

Il pouvait regarder Mitchell toute la journée. Il le serra contre lui.

— Tu t'es crispé.

— Je n'en avais pas l'intention. Mais Jessica va se réveiller dans quelques heures.

Beau ferma les yeux tandis que Mitchell se levait et quittait discrètement la pièce. Lorsqu'il revint, un linge chaud effleurait le ventre de Beau, ils se mirent sous les couvertures et Mitchell éteignit la lumière.

— Je devrais aller la voir.

Beau s'extirpa des couvertures moelleuses et traversa le couloir sur la pointe des pieds. Jessica dormait profondément dans son berceau, Randi veillait sur elle au pied du lit. Beau caressa doucement Randi avant de quitter la chambre à nouveau.

— Elle dort comme un ange.

Mitchell releva les couvertures et Beau s'endormit presque aussitôt que sa tête toucha l'oreiller. Cela faisait longtemps qu'il ne s'était pas endormi comme ça. Peut-être qu'il se sentait en sécurité ici.

BEAU SE réveilla en sursaut et consulta le réveil près du lit. Il était trois heures du matin, il était seul. Il bondit du lit et se précipita dans la chambre d'amis, où il trouva Mitchell avec Jessica dans ses bras. Il était assis sur le côté du lit, tenant le dernier biberon, et Jessica dormait profondément. Cette vue le fit réfléchir. Il y avait eu très peu de fois dans sa vie où un spectacle aussi beau l'avait arrêté dans son élan. Mitchell était torse nu, vêtu d'un caleçon, Jessica si adorable dans ses bras.

— Je ne voulais pas te réveiller. J'ai pensé que tu aurais besoin de te reposer. Je l'ai changée et elle est prête à retourner au lit.

Mitchell la déposa délicatement dans le berceau puis se tourna vers lui.

— Retourne te coucher. J'arrive tout de suite.

— Où vas-tu ? demanda Beau.

— Je vais juste m'occuper de deux ou trois trucs, ensuite je te rejoindrai au lit.

Mitchell se dépêcha de partir avec la couche et le biberon vide.

Beau retourna dans la chambre et se mit sous les couvertures. Mitchell entra et se glissa derrière lui, posant une main sur son ventre. Il le rapprocha de lui.

— Dors. Tout va bien. Avec un peu de chance, Jessica dormira encore quelques heures.

Il caressa le bras de Beau et la tension qui semblait être une compagne inéluctable depuis que Jessica était venue à lui disparut, du moins pour un petit moment.

BEAU AVAIT vraiment bien dormi. Il se réveilla avec la lumière qui passait par les fenêtres alors que Jessica criait dans l'autre pièce. Mitchell dormait encore quand il se glissa hors du lit. Il sortit Jessica du berceau et l'emmena dans l'autre pièce avec le sac de couches. Il la changea sur le canapé et récupéra un biberon pendant qu'elle pleurait, les larmes coulant sur ses joues, jusqu'à ce qu'il obtienne la bonne température pour le lait maternisé. Les pleurs s'arrêtèrent brusquement. Elle téta comme si sa vie en dépendait.

— Pauvre petite chose, lui chuchota Beau. Tu étais carrément affamée.

Elle semblait toujours manger comme si elle n'avait pas vu de nourriture depuis des jours. Il savait que c'était une bonne chose. L'appétit sain de Jessica était préférable à l'alternative, où elle était capricieuse et où il avait dû essayer de l'amadouer pour qu'elle mange.

Après avoir emmené Jessica dans le salon, il s'assit sur le canapé et se mit à l'aise. Il y avait quelque chose d'apaisant dans le fait de la nourrir, presque comme du yoga. Elle était heureuse, et son esprit avait l'occasion de vagabonder un peu dans le calme. Il fit un petit voyage jusqu'à la chambre où Mitchell dormait. Il déglutit difficilement, s'arrachant à sa rêverie pour redresser Jessica et lui faire faire son rot en douceur avant de lui redonner le biberon.

— Je me demandais où tu étais passé, dit Mitchell en entrant dans la chambre en short. Je me suis réveillé dans un lit vide. Je me suis dit que cette petite princesse devait avoir faim.

— Oui. Je suis surpris qu'elle ne t'ait pas réveillé.

Il regarda les yeux de Jessica se fermer, maintenant que son ventre était rempli.

— Je sais que tu dois nourrir les chiens et ensuite aller à la clinique. Je vais préparer nos affaires et rentrer à la maison.

Il bâilla largement, sans parvenir à le dissimuler.

— Je me sens beaucoup mieux ce matin. Peut-être que ce dont j'avais vraiment besoin, c'était d'une bonne nuit de sommeil pour arrêter de me sentir tout le temps paranoïaque.

— Tu n'as pas besoin de te précipiter.

Beau hocha la tête.

— Merci, mais j'ai du travail à faire, et je sais que tu en as aussi.

Il avait besoin de réfléchir à la nuit dernière et à ce que Mitchell lui avait fait ressentir. Bon sang, il serait si facile de tomber amoureux de cet homme – il était doux et attentionné –, mais la vérité était qu'il n'avait pas confiance en son propre jugement.

— J'ai aussi quelques appels à passer à mon avocat. Il travaille à la mise en vente de la propriété de Philadelphie pour moi.

Il se doutait que c'était pour cette raison que Gerome avait essayé de se venger de lui.

— Ce qui est arrivé à Randi me met toujours en colère.

— On dirait qu'elle va s'en sortir, assura Mitchell en s'asseyant à côté de lui. Tu dois me promettre que tu appelleras si tu vois ou si tu soupçonnes que quelqu'un traîne dans les parages. La prochaine fois, nous appellerons la police pour qu'elle vienne jeter un coup d'œil. Ça pourrait effrayer ceux qui sont derrière tout ça s'ils savent que la police est impliquée. Je veux que tu sois en sécurité.

— D'accord. Et tu dois faire de même.

Beau ne voulait pas non plus qu'il arrive quelque chose à Mitchell. Si quelqu'un avait fait du mal à son chien et le surveillait, alors il saurait pour Mitchell et pourrait essayer de lui faire du mal à lui aussi. Cette idée fit dévaler un frisson glacial dans son dos.

— Je vais m'habiller, puis je vous ramènerai, toi et la Belle au bois dormant, à la maison.

MITCHELL AIDA Beau à porter ses affaires dans la maison et jeta un coup d'œil avant de se préparer à partir pour la clinique.

— Appelle-moi s'il se passe quelque chose.

Beau sourit.

— Je le ferai, je te le promets.

Mitchell l'embrassa, et ce ne fut pas un simple baiser d'adieu, mais un baiser qui le fit vibrer et qui contenait la promesse d'autres choses à venir. Beau aimait cela. Il tint Jessica dans ses bras et regarda par la fenêtre jusqu'à ce que Mitchell monte dans sa voiture et s'en aille. Avec un soupir, il attacha Jessica dans sa balancelle. Il se dit qu'il pourrait essayer de travailler un peu pendant qu'elle était occupée.

Beau avait dû changer sa façon de travailler. Au lieu d'avoir de longues périodes de temps où il pouvait se concentrer, il avait dû réapprendre à son esprit à travailler rapidement, par à-coups. Il disposait généralement de quelques heures une fois Jessica couchée, mais le reste de son travail s'effectuait par tranches d'une demi-heure tout au long de la journée. Cela devrait probablement le rendre fou, mais c'était une nécessité.

— Ça va, ma chérie ? demanda-t-il lorsqu'il prit une pause après avoir progressé dans son projet.

Jessica était silencieuse, les yeux fermés. Randi était allongée près de ses pieds. Elle était si mignonne quand elle dormait. Beau se remit au travail, se disant que tant qu'elle était contente, il en profiterait.

Les pensées de Mitchell l'envahirent alors qu'il se tournait à nouveau vers son ordinateur. Ses doigts planèrent sur le clavier tandis qu'il se rappelait la façon dont les mains de Mitchell avaient couru sur sa peau. La chaleur avait suivi le contact de Mitchell, et Beau ferma les yeux, son esprit flottant sur ce glorieux souvenir, le savourant ainsi que la façon dont Mitchell l'avait fait se sentir complètement vivant et entier à nouveau. Gerome lui avait arraché une partie de lui-même, et Beau avait l'impression que cette partie manquante revenait.

Il grogna. Il avait détesté que Gerome se mêle de tout dans sa vie. Ce que Mitchell et lui avaient vécu la nuit précédente était magnifique. Cela avait fait monter son cœur en flèche… et il détestait qu'il ait même pensé à Gerome. Il l'écarta de son esprit, tandis qu'une partie de lui souhaitait pouvoir pousser son ex du haut d'une falaise quelconque et le faire sortir de sa vie et de sa tête pour toujours. Cela n'arriverait pas, mais il était déterminé à le garder hors de son esprit autant que possible.

Il se remit au travail, mais dut s'arrêter à nouveau lorsque Jessica commença à faire des siennes. Beau sauvegarda son travail et alla la chercher. Elle s'arrêta immédiatement et il la berça en marchant dans la pièce. Il vérifia sa couche avant de prendre un biberon. Elle mangea comme si elle était affamée.

Beau était en train de lui faire faire son rot lorsqu'un coup sec le fit sursauter. Mal à l'aise, il jeta un coup d'œil par la fenêtre et ouvrit la porte à un homme et une femme d'un certain âge.

— Je peux vous aider?

Un homme aux cheveux poivre et sel, aux yeux perçants et à l'allure imposante s'avança.

— Ma femme et moi venons voir notre petite-fille.

IX

— Quelqu'un est très heureux ce matin, remarqua Bonnie entre deux patients, alors qu'elle nettoyait la salle d'examen et que Mitchell se préparait pour son prochain rendez-vous.

— Pourquoi ne le serais-je pas? Quel meilleur rendez-vous qu'une portée de chiots beagle pour leur premier examen?

Il y avait des aspects de son travail qu'il adorait, et celui-ci en faisait partie. Les cinq chiots se portaient bien et étaient jolis comme des cœurs. On ne pouvait s'empêcher de sourire.

— C'est plus que ça, dit-elle, le sourire radieux. Si je voulais spéculer, je dirais que tu as eu de la chance.

Elle gloussa comme une adolescente et Mitchell leva les yeux au ciel.

— C'est le cas! Tu rougis, s'exclama-t-elle, s'interrompant dans sa tâche. Bon sang. Ce Beau est une gorgée d'eau fraîche. Je sais que je ne l'aurais pas viré du lit parce qu'il a mangé des biscuits.

— Cesse tes commérages, la réprimanda Mitchell.

— Ce ne sont pas des commérages si c'est vrai, et en plus, tu es là. Je pourrais sortir et en discuter avec Val pour voir ce qu'elle en pense.

Bonnie était dans une forme rare aujourd'hui, et Mitchell n'était pas sûr de ce qu'il en pensait. Beau et lui avaient passé une nuit extraordinaire et ses joues étaient encore chaudes, mais il ne pensait pas vouloir que tout le monde le sache. Il se sentait exposé et il détestait ça. Plus que tout, il détestait Luke pour cela.

— Ça suffit, s'il te plaît.

Il n'était pas en colère contre elle, mais une partie de sa joie s'était envolée. Il devrait pouvoir être heureux de la façon dont les choses se passaient avec Beau, et pourtant cela le rendait nerveux. Et ça ne devrait pas.

Bonnie le dévisagea comme si elle essayait de comprendre quelque chose.

— Dr Brannigan? appela Val en entrant dans la pièce.

Mitchell fut reconnaissant de la pause et du fait que l'interrogatoire de Bonnie soit terminé.

— Il y a un appel pour vous. C'est votre jeune homme, il semble vraiment bouleversé.

Mitchell déglutit et acquiesça.

— J'arrive tout de suite.

Val ferma la porte.

— Je m'en occupe, lui dit Bonnie.

Mitchell quitta la salle d'examen et décrocha le téléphone qui se trouvait devant lui.

— Beau?

— Ils sont là, dit-il à bout de souffle. Ils sont arrivés il y a peu de temps.

Mitchell fut prêt à partir et à courir jusqu'à sa voiture pour le retrouver.

— Qui? Qu'est-ce qui s'est passé?

La ligne était silencieuse, à l'exception de la respiration lourde de Beau.

— Les grands-parents de Jessica. Ils ont frappé à ma porte il y a une heure.

— Les parents d'Amy? demanda Mitchell.

Cela n'avait pas de sens pour lui. Beau les aurait probablement connus si Amy était une si bonne amie.

— Les parents du père, Helen et Franklin Van der Spoel. Leur fils a renoncé à ses droits, mais ils ne sont pas contents et ils voulaient voir leur petite-fille. Ils n'arrêtent pas de regarder ma maison et de chuchoter entre eux.

Il semblait hors de lui.

— Est-ce qu'ils sont avec Jessica? demanda-t-il, craignant qu'ils n'essaient de l'emmener, surtout s'ils se retrouvaient seuls avec elle.

— Non. J'ai quitté la chambre avec elle parce qu'elle devenait capricieuse, et c'est la première fois que j'ai l'occasion de t'appeler.

Il avait l'air à moitié paniqué.

— Leur as-tu demandé une pièce d'identité? Connais-tu ces personnes? Les as-tu déjà rencontrées? demanda Mitchell.

— Non. Ils ont l'air assez gentils, et elle a la même voix qu'au téléphone, mais ils me font peur. Ils ont l'air de penser qu'ils ont des droits et que je devrais faire ce qu'ils veulent.

Les nerfs de Beau s'agitaient pratiquement à travers la ligne.

Mitchell aurait aimé pouvoir se rendre sur place tout de suite.

— Demande-leur de partir, et s'ils ne le font pas, compose le 911. Tu pourras régler ça plus tard. Mais ce sont des étrangers, et ils veulent voir ta fille.

Il s'agita et se tourna vers Val.

— Je peux y aller, proposa-t-elle.

Mitchell acquiesça.

— Vas-y, accepta-t-il, puis il reporta son attention sur le téléphone. Val est en route. J'ai des rendez-vous, mais tu auras quelqu'un avec toi dans la maison.

Val avait déjà récupéré son sac à main et quittait la pièce.

— Elle quitte le bureau à l'instant même.

— Bien, je ne veux pas raccrocher.

Jessica se mit à pleurer en arrière-plan et des bruissements se firent entendre sur la ligne.

— Je dois changer Jessica et lui donner un biberon et…

— Ce n'est pas grave. Comme je l'ai dit, Val est déjà en route et devrait être là dans quelques minutes.

Il se tourna vers la porte alors que son prochain rendez-vous arrivait avec son chat qui gémissait. Mitchell la salua et lui dit qu'il serait là dans quelques minutes. Il se détourna et resta avec Beau jusqu'à ce que la sonnette retentisse au téléphone.

— C'est Val.

— Dieu merci! Je l'ai changée et je dois lui donner son biberon. Je t'appellerai quand ils seront partis.

Beau semblait si nerveux, pourtant il raccrocha, et Mitchell reposa le téléphone sur sa base et se remit au travail, en espérant que tout irait bien. Il aurait vraiment aimé pouvoir se dépêcher de quitter la clinique, mais il avait des rendez-vous.

— Entrez, s'il vous plaît, dit-il à Mme Weaver, et elle s'avança avec Whiskers qui miaulait.

Il examina l'animal et lui fit une piqûre. Une fois qu'il eut terminé, il les raccompagna à la porte et appela Beau.

— Tu vas bien?

— Oui, répondit-il, l'air beaucoup plus calme. Ils sont partis presque aussitôt que Val est arrivée. Je pense qu'elle les a intimidés.

— Ont-ils dit ce qu'ils voulaient? s'inquiéta Mitchell.

Beau soupira.

— Ils m'ont dit qu'ils voulaient juste voir leur petite-fille. Je ne sais pas trop comment ils m'ont trouvé.

Il marqua une pause et Mitchell inspecta le hall d'entrée, qui était vide, et fut reconnaissant de cette accalmie dans sa journée.

— Je ne suis pas convaincu qu'ils étaient sincères, cependant. Ils se sont extasiés devant Jessica, et je pense vraiment qu'ils sont ce qu'ils prétendent être. Mais ils veulent quelque chose. Je le sens. Ils ont continué à parler à voix basse entre eux et à me regarder tout le temps comme si j'avais deux têtes. Helen a demandé à tenir Jessica, mais je ne lui ai pas permis jusqu'à ce que Val arrive, ensuite nous nous sommes tous les deux assis dans la pièce.

— Ça semble très tendu, déclara Mitchell.

— C'était étrange. Je veux dire, qui se présente chez quelqu'un à l'improviste pour lui rendre visite, puis fait pratiquement irruption comme s'il avait un droit quelconque d'être là ? J'ai continué à leur faire comprendre que j'avais du travail, mais ils m'ont ignoré. Val a fini par leur dire que j'avais un rendez-vous et qu'ils devaient partir.

— D'accord. Je passerai après mon travail. Jeremy est chez moi en ce moment, il s'occupe des chiens pour moi.

Il ne voulait pas que Beau soit seul. Il ne pouvait qu'imaginer à quel point il devait se sentir vulnérable. Mais il avait des gens qui venaient pour des rendez-vous d'adoption – les journées étaient soudainement devenues très occupées pour lui.

— Je te remercie. J'essaie de comprendre ce qu'ils pourraient vouloir.

— Je serai là dès que possible.

— VOUS AURIEZ dû en faire plus ! aboya Alan March en faisant les cent pas dans la salle d'examen. Vous l'avez laissé mourir.

Mitchell se dit que l'homme d'âge mûr allait le frapper d'une seconde à l'autre.

— Calmez-vous, s'il vous plaît. Ricky était très âgé et le cancer s'était beaucoup trop propagé. Je n'aurais rien pu faire.

Mitchell détestait qu'un animal n'ait plus d'espoir. Alan avait attendu trop longtemps, maintenant l'homme arrivait en panique avec un golden retriever qui rendait littéralement son dernier soupir.

— Vous lui avez donné une belle vie.

— Oui, mais maintenant c'est fini, à cause de vous, s'emporta Alan.

— Ça suffit, ordonna Val en entrant. Alan March, soyez gentil et ne criez pas après le docteur. Ce n'est pas un faiseur de miracles et vous n'avez pas le droit de faire l'imbécile ici.

Elle posa les mains sur les hanches et le regarda de haut.

111

— Margaret aurait honte de vous.

— Ne vous avisez pas de parler d'elle, rétorqua Alan en soulevant Ricky de la table. Je persiste à dire qu'il aurait pu aider Ricky. Vous, les médecins, vous êtes tous les mêmes.

Il sortit de la salle d'examen en serrant le corps de son chien comme s'il était précieux.

— Ce n'est pas fini.

La porte d'entrée de la clinique claqua si fort que Mitchell sursauta et que le bâtiment trembla autour de lui. Val lui tapota l'épaule et retourna à la réception. Mitchell respira profondément et fit de son mieux pour reprendre ses esprits. Il avait déjà eu à faire face à ce genre de perte et il connaissait la colère qui l'accompagnait.

— Je suis désolé, docteur. Alan a toujours été soupe au lait et eu un tempérament brutal. Depuis la mort de sa femme, c'est pire, il s'en prend à tout le monde, expliqua Val une fois qu'il l'eut rejoint dans la salle de réception désormais vide. C'était un homme bon autrefois, mais je pense qu'il ne lui reste plus que la solitude et la haine du monde entier et de tous ceux qui le composent.

— Crois-tu qu'il va… faire quelque chose à ce sujet? s'inquiéta Mitchell.

Val haussa les épaules.

— Le plus probable est qu'il rentre chez lui, qu'il enterre son chien et qu'il se saoule pour essayer d'oublier. Mais je le surveillerai les deux prochains jours pour être sûre. Il est imprévisible.

Elle lui adressa un demi-sourire, et Mitchell se demanda comment il se mettait dans ce genre de situation. Il n'avait fait qu'essayer d'aider quelqu'un qui entrait dans sa clinique. Parfois, il ne pouvait rien faire.

— Merci, dit-il, ne voulant pas que Val s'inquiète, et il se remit au travail lorsque son prochain rendez-vous arriva.

Après cela, tout prit plus de temps que prévu. Mitchell dut faire face à une autre urgence sans rendez-vous. Lorsqu'il termina et ferma la clinique, il était épuisé et affamé. Il rentra chez lui pour prendre des nouvelles des chiens. Il avait commencé à pleuvoir quelques heures auparavant, si bien que tous les chiens étaient à l'intérieur. La cacophonie joyeuse et excitée des aboiements et des jappements lorsqu'il entra dans la grange était presque assourdissante. Ils étaient tous excités, et lorsque son rendez-vous d'adoption arriva, le vacarme s'amplifia davantage.

— Eh bien… s'étonna la jeune femme, Lynn, pendant qu'ils bavardaient.

— La meute est enfermée, alors ils ont un surplus d'énergie en ce moment.

Il sourit et lui présenta chacun des chiens jusqu'à ce qu'elle s'arrête brusquement.

— Qui est-ce ? demanda-t-elle.

Mitchell sourit.

— C'est Sweetiepie. Elle a été blessée et n'a été soignée que trop tard.

Il la sortit de l'enclos et Sweetiepie s'approcha de Lynn et lui lécha la main.

— C'est la plus gentille des chiennes, elle est très douce.

Son cœur se mit à battre un peu plus vite.

— Sweetiepie se déplace très bien maintenant et elle est très gentille avec les gens. Elle est avec moi depuis environ six mois. J'espérais lui trouver un foyer, mais ce n'est pas encore le cas.

Lynn rapprocha Sweetiepie.

— Jusqu'à aujourd'hui. Je crois qu'elle m'attendait.

Tout le corps de Mitchell tressaillit, et il ne put s'empêcher de se frotter les yeux.

— C'est elle qu'il me faut, déclara Lynn en se redressant. Je suppose qu'il y a des papiers à remplir. Combien coûte-t-elle ?

Mitchell déglutit.

— Nous demandons juste assez pour couvrir nos coûts globaux de nourriture, d'abri, de vaccins et de soins généraux. C'est tout. Mon travail consiste à leur trouver un bon foyer. Si vous voulez faire un don pour nous aider à nourrir et à soigner les chiens, nous vous en serions reconnaissants.

Il était toujours discret sur cette partie du processus, mais cela ne dérangea pas Lynn, qui lui fit un chèque d'un bon montant et le lui remit sans sourciller.

— Vous avez besoin d'aide ? demanda Lynn en se redressant. Mon mari et moi adorons les chiens. Notre dernier est décédé il y a trois mois, et notre maison est restée très vide. Sweetiepie sera très aimée, je peux vous l'assurer. Mais je dois vous demander comment vous pouvez vous permettre de faire tout cela ? Les frais ne peuvent pas être suffisants.

— Je complète le refuge par le biais de la clinique. Je ne peux pas laisser ces animaux mourir ou souffrir. Il est important qu'ils trouvent un foyer et qu'ils soient aimés.

Lynn acquiesça.

— Vous faites du bon travail.

Elle lui tendit une carte de visite.

— Appelez-moi. Je travaille pour la Fondation Harrison à Harrisburg, et nous accordons un certain nombre de subventions pour promouvoir le travail d'intérêt général. Vous devriez en solliciter une.

— Mitchell ?

Il se retourna pour voir Beau debout dans l'embrasure de la grange, tenant Jessica dans un bras et un parapluie dans la main.

Mitchell ne put s'empêcher de sourire.

— Qu'est-ce que tu fais ici par ce temps ?

Il se précipita, fit entrer Beau à l'intérieur et ferma le parapluie.

— Tu vas être trempé.

— J'ai essayé d'appeler, mais tu n'as pas répondu, et je me suis inquiété. Alors je suis venu pour…

Il remarqua Lynn et Sweetiepie à ce moment-là.

— Je suis désolé. J'aurais dû savoir que tu étais occupé.

Il semblait pâle et nerveux.

— Ce n'est rien. Voici Lynn et son chien nouvellement adopté. Voici mon petit ami, Beau, et sa fille Jessica.

Il dut s'empêcher de caresser la petite tête de Jessica. Il était couvert de poils de chien et ne voulait pas salir Jessica.

— Je vais devoir y aller. Mais il faut absolument que je pose ma candidature. C'est un projet qui en vaut la peine, dit Lynn.

Mitchell récupéra une laisse et l'attacha au collier de Sweetiepie. Lynn la conduisit hors de la grange jusqu'à sa voiture. Sweetiepie monta dans la voiture et Lynn le salua avant de faire demi-tour et de sortir de l'allée.

— Elle va te manquer, dit Beau avec douceur.

Mitchell acquiesça.

— Je l'ai depuis plus longtemps que n'importe quel autre chien.

Il déglutit difficilement.

— Je me suis toujours dit que je ne devais pas m'attacher émotionnellement aux chiens dont je m'occupais. Je suis censé leur trouver un foyer, pourtant…

Il ferma la porte et se détourna.

— Elle sera heureuse et aura sa propre famille, un foyer pour toujours. Je le sais. C'est ce qu'elle mérite.

114

Alors pourquoi avait-il l'impression qu'une partie de lui-même était déchirée ? C'était ce qu'il faisait : il trouvait des foyers pour ses chiens.

Beau acquiesça lentement.

— Tu n'as pas été honnête avec toi-même. C'est elle que tu aurais dû prendre chez toi comme ton propre chien. Elle avait déjà ton cœur, mais tu ne le savais pas jusqu'à présent. Randi est le chien de Jessica, mais je pense que Sweetiepie était le tien.

Mitchell soupira.

— Tu parles comme si nous avions une âme sœur canine ou quelque chose comme ça.

Son téléphone sonna dans sa poche. Il consulta le message, et comme il s'y attendait, l'autre couple qui devait venir demandait à venir plus tard à cause du temps. C'était tout de même une bonne journée.

— Allez, on y va. Rentrons tous les deux, et tu pourras me raconter tout ce qui s'est passé.

Il s'assura que tous les chiens avaient de la nourriture et de l'eau avant d'éteindre les lumières et de fermer les portes.

La pluie avait repris et Mitchell tint le parapluie, gardant Beau et Jessica au sec sous le déluge pendant qu'ils marchaient jusqu'à la maison. Une fois à l'intérieur, il fit chauffer du café et installa Beau dans le salon, puis il apporta des tasses avec des chiens dessus et les posa sur la table.

— S'il te plaît, dis-moi tout.

Il afficha le site de la meilleure pizzeria de la ville et passa commande pendant que Beau se mettait à l'aise.

Beau expliqua comment ils étaient arrivés.

— Ils avaient le nez en l'air la plupart du temps. Helen était habillée comme si elle assistait à une garden-party et portait une bague en diamant de la taille du poing de Jessica, je le jure. Franklin n'arrêtait pas de tirer son manteau autour de lui comme s'il y avait trop de poussière sur mes meubles. Ils étaient tous les deux nerveux, et chaque fois qu'ils pensaient que je ne faisais pas attention, ils partageaient ces regards comme s'ils avaient goûté quelque chose de mauvais.

— Ils t'ont dit quelque chose ? demanda Mitchell.

— Oh, quand j'étais dans la pièce, ils ont posé beaucoup de questions sur Amy et moi. Ils ont demandé si nous étions mariés, mais j'ai expliqué que j'avais été son meilleur ami et qu'elle m'avait demandé de m'occuper de Jessica s'il lui arrivait quelque chose. Ça a provoqué une autre de ces conversations silencieuses.

— Et tu es sûr que leur fils a renoncé à tous ses droits ? s'inquiéta Mitchell.

Beau acquiesça.

— J'ai trouvé une copie des documents dans les affaires d'Amy. Je l'ai mise dans le coffre-fort. Je me suis dit que s'il revenait, je le renverrais chez lui. Il n'y a rien qu'il puisse faire pour changer ça.

Beau berçait lentement Jessica.

— Mais je me demande toujours ce qui se passera s'ils décident de s'en prendre à elle. Je suis resté seul pendant des heures à me demander s'ils pouvaient emmener Jessica.

Il se mordit la lèvre inférieure. Il tremblait pratiquement.

— Ils n'ont rien signé et ils sont les parents de sang de Jessica. Je ne laisserai personne l'emmener. Amy voulait que je m'occupe de sa fille, elle est la mienne maintenant. Je suis son père, je ne l'abandonnerai pas. Je me battrai contre ces connards coincés jusqu'à la fin du monde avant de laisser ça se produire.

Mitchell aimait le feu dans les yeux de Beau.

— Je ne pense pas qu'ils puissent faire ça, réfléchit Mitchell, avant de se précipiter sur son ordinateur. J'ai consulté un forum sur le droit de la famille en ligne, et il existe une loi sur les droits des grands-parents dans cet État. Elle stipule qu'ils peuvent demander la garde ou le droit de visite s'ils ont une relation avec l'enfant, de préférence une relation qui dure depuis plus de douze mois et avec la permission du parent. Pour autant que nous le sachions, ils ne l'ont jamais vue avant aujourd'hui. Ils peuvent donc être aussi snobs qu'ils le veulent, mais ils n'ont aucun droit en ce qui concerne Jessica. Ce qui me dérange, c'est de savoir pourquoi ils pensent qu'ils peuvent débarquer comme ça ?

Beau secoua la tête.

— Je n'en ai aucune idée, mais je ne crois pas que je veuille les revoir dans ma maison. Je ne les aime pas.

Il cala Jessica sur son épaule et lui tapota doucement le dos.

— Peut-être que je suis paranoïaque, mais je continue à penser que parce que je suis gay, quelqu'un va essayer de me l'enlever.

— Je connais deux bons avocats, si nous en avons besoin, nous pourrons t'apporter une aide juridique puissante.

Il n'allait pas laisser des étrangers faire du mal à Beau ou à la petite Jessica. Il se rapprocha et Beau s'appuya contre lui.

— Je vais faire ce que je peux pour que tu sois en sécurité.

Ils avaient déjà vécu trop d'enfer tous les deux.

— Mais…

Mitchell combla l'espace qui les séparait.

— Je ne veux pas qu'il vous arrive quoi que ce soit. Vous êtes une famille, et vous méritez d'être heureux et de ne pas avoir des gens qui essaient de vous séparer.

Mitchell n'y avait même pas pensé, mais il se rendit compte qu'il était très jaloux. Il avait toujours voulu avoir une famille à lui. Ses parents n'étaient plus là, il était seul depuis longtemps. C'était peut-être en partie pour cela qu'il avait ouvert le refuge. Les chiens donnaient un amour inconditionnel, c'était peut-être ce qu'il recherchait. Beau avait ce genre d'amour avec Jessica. Ils se le donnaient l'un à l'autre, et c'était magnifique. Le fait que quelqu'un les menace fit accélérer son pouls et grimper sa colère.

Il se souciait de Beau. Il était trop tôt pour faire des déclarations. Beau n'était probablement pas prêt pour cela. Mitchell n'était pas sûr de l'être, mais il était certain d'une chose : Beau avait créé cette petite famille de deux personnes, et c'était assez spécial.

— Mais je m'inquiète. Jessica est ma fille. Je sais que je n'ai pas participé à sa conception et qu'elle n'a pas de lien de sang, mais elle fait partie de mon cœur, renchérit Beau, avant de pousser un soupir rauque. Avant qu'elle ne vienne vivre avec moi, je ne me voyais pas en tant que parent. Je veux dire, ce n'était pas quelque chose auquel je pensais. Et maintenant qu'elle est là, je ne peux pas imaginer ma vie sans elle. L'idée que quelqu'un entre dans notre vie pour essayer de lui faire du mal ou de me l'enlever me fait froid dans le dos.

Mitchell pouvait le comprendre.

— Tu es son père. Ça fait partie du travail.

Il avait craint que Beau ne soit pas prêt à se soucier à nouveau de quelqu'un, mais c'était déjà le cas. Son cœur était ouvert, et ce n'était pas grâce à Mitchell, mais à la petite Jessica. Comment quelqu'un pouvait-il garder son cœur fermé avec cette petite fille dans les parages ?

Jessica commença à s'agiter, et Mitchell ramassa le sac de couches près de la porte et en sortit un des biberons. Il le réchauffa dans un peu d'eau chaude dans la cuisine et le tendit à Beau, qui lui donna à manger. Elle s'arrêta après la moitié du lait et Beau le posa sur la table basse en bâillant.

— Tu veux t'allonger un peu ?

Il proposa de prendre Jessica dans ses bras, et Beau la lui confia gentiment. Mitchell s'installa dans le fauteuil tandis que Beau s'allongeait sur le canapé. Il se leva lentement et alla chercher une couverture qu'il plaça sur Beau. Puis il se rassit et s'allongea à son tour. Mitchell appréciait la proximité et la chaleur du petit corps de Jessica et la façon dont elle l'acceptait et lui faisait confiance. Il n'y avait pas de gémissements ou d'inquiétude, juste du contentement et du sommeil. Cette petite faisait son chemin dans son cœur aussi, et Mitchell se demandait ce qu'il ferait si les choses ne marchaient pas avec Beau.

— Elle t'a déjà enroulé autour de son petit doigt, hein ? se moqua Beau.

— Je pense que oui, et son papa aussi.

Il fit un clin d'œil et Beau remonta les couvertures en souriant doucement. Mitchell ferma les yeux et se détendit, laissant le contentement l'envahir. Beau lui tendit le bras et Mitchell glissa sa main dans la sienne, restant silencieux, se contentant d'être ensemble pendant un moment.

— Quand j'étais enfant, j'ai demandé à ma mère comment elle avait su que mon père était celui qu'il lui fallait, raconta Mitchell doucement, se souvenant facilement de la conversation.

— Comment était ta mère ? s'enquit Beau.

Mitchell sourit.

— Mon père disait que lorsqu'elle était jeune, maman était une enfant sauvage. Elle ne faisait jamais rien de ce qu'elle était censée faire. Apparemment, elle avait une sacrée réputation.

Il soupira doucement.

— Mais maman a toujours dit qu'elle voulait juste s'amuser, et qu'elle n'avait pas peur de sortir et de prendre du bon temps. C'était ça, ma mère. Elle ne se contentait jamais d'attendre quelqu'un ou quelque chose. Aller, aller, aller, jusqu'au jour où elle ne put plus.

Il soupira doucement en se souvenant d'elle.

— Mais quand je lui ai demandé comment elle savait que papa était le bon, elle m'a dit que c'était parce qu'elle se sentait heureuse de ne rien faire avec lui. Je n'ai pas compris.

Mitchell serra légèrement la main de Beau. Le vent fit trembler les fenêtres et la pluie éclaboussa les vitres avant de se calmer à nouveau.

— Elle m'a dit qu'elle savait qu'elle avait rencontré la bonne personne quand il voulait juste passer du temps tranquille avec elle. Je suppose que personne n'avait jamais fait ça avant… jusqu'à mon père.

Beau gloussa doucement.

— C'est ce que nous faisons en ce moment ?

Mitchell haussa les épaules.

— Je pense que c'est arrivé comme ça.

Il se leva lorsqu'il entendit des pas sous le porche et transféra doucement Jessica sur la poitrine de son père. Elle se recroquevilla, sans se réveiller, tandis qu'il se précipitait vers la porte d'entrée avant que le livreur ne puisse sonner.

Il ouvrit.

— Votre pizza, annonça l'homme.

Mitchell lui tendit un pourboire en liquide.

— Merci d'être venu un soir comme celui-ci.

Il s'éloigna et s'arrêta au moment où Mitchell s'apprêtait à fermer la porte.

— La porte de ce bâtiment est ouverte et se balance dans le vent.

Mitchell se rendit à l'extrémité du porche et jeta un coup d'œil vers le vieux hangar à matériel. En effet, la porte était ouverte. Le froid lui remonta le long de la colonne vertébrale. Quelqu'un était passé par là. Mitchell se souvenait clairement de l'avoir bien verrouillé, elle n'aurait pas dû s'ouvrir comme ça.

— Merci de me l'avoir fait savoir.

Il sourit, et le livreur se dépêcha de retourner à sa voiture en essayant de rester au sec. Mitchell apporta les pizzas à l'intérieur, prit un manteau et un parapluie, et dit à Beau qu'il revenait tout de suite. Il s'élança ensuite à l'extérieur et rejoignit le hangar à matériel. Il ferma la porte et la verrouilla à nouveau, espérant que rien ne lui sauterait dessus dans l'obscurité. La pluie s'intensifiait, battant autour de lui. Il se blottit sous le parapluie que le vent menaçait d'arracher. Il traversa la cour, observant ce qui se passait autour de lui. Il s'arrêta devant l'abri.

Les chiens aboyaient comme des fous quand il ouvrit la porte. Mitchell se demanda s'il y avait quelqu'un à l'intérieur. Ils devenaient fous. Buster essaya de s'enfuir. Mitchell réussit à l'arrêter et referma la porte sur une meute de chiens errants qui s'agitaient autour de lui. Merde, quelqu'un avait ouvert tous les enclos.

— Allez, les gars, on se calme.

Il commença à ramasser les petits, à les remettre à l'intérieur et à fermer les portes, s'assurant qu'ils avaient de l'eau et de la nourriture.

Il fit mentalement l'inventaire des chiens qu'il ramenait, marmonnant dans sa barbe en se demandant quel genre d'idiot pouvait bien faire cela.

Une fois tous les chiens dans leur enclos, il s'aperçut que deux d'entre eux manquaient à l'appel. Mitchell vérifia la porte arrière et constata qu'elle était toujours verrouillée. Il espérait qu'ils n'étaient pas dehors par ce temps. Peut-être étaient-ils sortis avec celui qui avait fait ça. Mitchell était tellement en colère qu'il aurait pu cracher du feu. N'importe lequel de ses chiens aurait pu être blessé, ou ils auraient pu se battre. Quand il mettrait la main sur le coupable, il l'étranglerait.

Bowser et Muffy avaient disparu. Muffy était un petit bichon maltais et avait tendance à être timide. Il chercha et finit par la trouver sous sa table de travail, tremblant dans un coin, pauvre petite bête. Mitchell réussit à la faire sortir avec un peu de nourriture et la caressa doucement, essayant de la calmer. Une partie de lui se disait qu'il fallait l'emmener dans la maison, mais il se rappela qu'il pouvait facilement s'impliquer avec chacun de ses chiens. Il la serra contre sa poitrine et ferma les yeux, restant immobile jusqu'à ce qu'elle se calme. Puis il la mit dans son enclos, lui donna des croquettes en guise de friandise et ferma la porte. Il devait maintenant trouver Bowser, mais il n'eut pas de chance. Où qu'il regarde, le Bassett hound mix restait introuvable. Il ne devrait pas être si difficile à trouver, mais Bowser était vieux et à moitié sourd, il était donc probable qu'il ne l'entendrait pas l'appeler.

Pris de panique, il ouvrit la porte et jeta un coup d'œil à l'extérieur, sous la pluie.

— Bowser ! cria-t-il aussi fort qu'il le put, à la recherche d'un quelconque mouvement.

Rien. Il referma la porte et parcourut toute la grange, ouvrant toutes les portes et vérifiant encore une fois sous les tables.

— Le voilà, soupira-t-il lorsqu'il aperçut une queue dépassant d'une pile verticale de planches de bois qu'il utilisait pour fabriquer les enclos. Bowser avait essayé de ramper derrière, mais avait laissé sa queue dépasser. Le soulagement l'envahit lorsqu'il sortit Bowser et ramena le vieux chien dans sa maison recouverte de couvertures et ferma la porte.

Mitchell quitta la grange, regardant tout autour de lui pour essayer de voir s'il y avait quelqu'un. Il était toujours furieux que quelqu'un ait laissé sortir tous les chiens, mais au moins, cette personne n'avait pas laissé la porte principale ouverte pour qu'ils puissent tous s'enfuir dans la nuit orageuse. Il s'imaginait déjà essayer de rassembler une meute de chiens effrayés et mouillés dans l'obscurité.

— Espèce d'enfoiré ! Qui que tu sois, tu aurais pu blesser mes chiens, je t'aurai pour ça, cria-t-il contre l'averse en se dirigeant vers la maison.

— Qu'est-ce qui s'est passé? demanda Beau. J'étais sur le point d'appeler la cavalerie.

Il posa son téléphone sur la table et retourna nourrir Jessica.

Mitchell frissonna et secoua le parapluie avant de le poser près de la porte.

— Notre visiteur était de retour. La porte de l'abri était ouverte et quelqu'un a laissé sortir tous les chiens à l'intérieur de la grange. Ils aboyaient comme des fous et je les ai trouvés dans l'abri. Dieu merci, aucun d'entre eux n'était sorti à l'extérieur.

Il avait envie de crier.

— Celui qui fait ça a beaucoup de comptes à rendre. Ces chiens auraient pu se faire du mal ou se blesser entre eux.

Il se demanda s'il devait appeler la police. Ils pourraient peut-être l'aider, mais tout indice sur l'identité de la personne devait probablement avoir été effacé, Mitchell avait tout touché en essayant de ramener les chiens à leur place.

— Tu veux dire que quelqu'un était là par une nuit pareille?

Les yeux de Beau s'écarquillèrent et la nervosité augmenta.

— Je suppose.

À présent, c'était à son tour de ne pas vouloir être seul. C'était déjà assez difficile de savoir que quelqu'un en avait après Beau… et maintenant ça. S'il ne s'agissait que de Beau, ils avaient une bonne idée de qui pouvait être derrière tout ça, mais avec quelqu'un après lui, Mitchell était désemparé.

— Quelqu'un s'est-il mis en colère contre toi?

Mitchell haussa les épaules.

— J'ai eu un client dont le vieux chien est mort aujourd'hui. Il était en colère et m'a hurlé dessus avant de partir en trombe.

Il ne voulait vraiment pas penser qu'Alan était derrière tout ça, mais il ne pouvait pas l'ignorer. Cependant, il doutait qu'Alan soit à l'origine de la personne qui les surveillait. Peut-être qu'il se passait plusieurs choses en même temps. Il aurait aimé savoir qui se cachait derrière tout ça.

— D'accord. Mais est-ce qu'il ferait une telle chose?

— Je ne veux pas le croire. Il souffrait d'avoir perdu son chien. Je ne pense pas qu'il laisserait tous mes animaux en liberté.

Il soupira tout en réfléchissant.

— Il y a une chose qui me dérange. Si quelqu'un voulait vraiment me faire du mal, il aurait laissé les chiens sortir du bâtiment.

121

Il hocha la tête tandis que les événements de la soirée devenaient plus clairs.

— C'était un message. Cette personne me fait comprendre qu'il peut m'atteindre quand il le veut. Je n'avais aucune idée que quelque chose n'allait pas jusqu'à ce que le livreur de pizza mentionne la porte ouverte.

En parlant de pizza, Mitchell apporta celle qui avait été livrée dans la cuisine et la plaça dans le four pour la réchauffer. Il prit ensuite des assiettes et deux bières qu'il apporta dans le salon.

— Je ne voulais pas m'absenter aussi longtemps et te laisser affamé.

Il frotta le dos de Jessica et se pencha vers elle. Beau l'embrassa et glissa sa main dans la nuque de Mitchell, approfondissant le baiser.

Mitchell s'éloigna, à bout de souffle, et retourna à la cuisine pour aller chercher la pizza. Il avait besoin de quelques secondes pour faire le vide dans sa tête, car tout ce qu'il voulait, c'était mettre Jessica au lit et passer les prochaines heures à ravir Beau, sans se soucier de la nourriture.

La partie physique d'une relation était facile. C'était la partie qu'il pouvait faire, cela ne le dérangeait pas. Ce qui le dérangeait, c'était le reste, en particulier la confiance. Mitchell voulait pouvoir faire confiance à Beau, mais il avait du mal. Alors même qu'il remettait les chiens dans leurs cages, l'idée que Beau ait pu faire ça lui avait traversé l'esprit. Luke avait l'habitude de faire des choses comme ça. Il créait une crise et intervenait ensuite pour la résoudre afin de se rendre indispensable et de rendre Mitchell plus dépendant de lui. Il avait fallu beaucoup de temps à Mitchell pour s'en rendre compte.

Plus il y pensait, plus il était sûr que Beau n'avait rien à voir avec le fait d'avoir laissé les chiens en liberté. Comment aurait-il fait, tout en portant Jessica ? C'était fou, pourtant l'idée n'était pas rationnelle –, la peur et la douleur n'étaient pas rationnelles. C'était là le problème. Il voulait que Beau lui fasse confiance, pourtant il avait honte d'admettre, même à lui-même, qu'il n'était pas prêt à accorder le même niveau de confiance qu'il espérait de la part des autres et surtout de Beau.

Il sortit la pizza du four, la porta avec une manique dans le salon et la posa sur la table.

— Sers-toi. Je n'en ai pas pris une avec trop de garnitures.

Mitchell réalisa qu'il n'avait même pas demandé à Beau ce qu'il aimait dans une pizza, mais cela ne semblait pas avoir d'importance. Beau prit deux parts et mangea pendant que Jessica jouait sur une couverture par terre.

Beau ne cessait de lui jeter des regards, et Mitchell essayait d'agir normalement, mais il se sentait coupable au plus haut point. Luke était parti depuis des années, il aurait dû être assez intelligent pour pouvoir dépasser tout cela. Au lieu de cela, un fantôme de son passé s'était réveillé et semblait toujours présent dans sa chance actuelle d'avoir une relation.

— Tous les chiens vont bien ? demanda Beau, essayant probablement juste de faire la conversation.

— Oui. J'ai dû retrouver deux d'entre eux là où ils s'étaient cachés, ils étaient effrayés, mais ils allaient bien.

Il prit une bouchée de sa pizza. Elle était un peu sèche parce qu'elle avait été réchauffée, mais elle était quand même assez bonne. Il alluma la télévision pour combler le vide, et ils s'installèrent pour regarder un concours de pâtisserie. Mitchell ne s'intéressait pas vraiment à la pâtisserie, mais il aimait manger, et les gâteaux et autres choses avaient toujours l'air délicieux.

— Je pense que je devrais ramener Jessica à la maison, dit Beau après qu'ils avaient fini toute la pizza. La pluie semble s'être calmée et je dois la mettre au lit.

Mitchell ne voulait pas qu'ils partent. Il était nerveux à l'idée d'être seul chez lui avec quelqu'un qui le surveillait. Mais Beau était dans le même cas. Ils avaient tous les deux quelqu'un qui leur tournait autour, faisant des gestes menaçants. Mitchell pensait qu'ils étaient plus en sécurité ensemble, mais il n'était pas sûr de pouvoir demander à Beau de rester. Il était venu le voir et n'était manifestement pas prêt à passer la nuit chez lui. Jessica avait besoin de matériel, et tout ce matériel se trouvait chez Beau. Sans parler du fait que Randi était toujours chez lui.

— Tu vas t'en sortir ? demanda-t-il à Beau.

Beau se leva lentement.

— Je pense que oui. Je sais qu'il se passe quelque chose. J'aimerais savoir ce que c'est, soupira-t-il. Je crois que je vais appeler Gerome et le confronter à ce sujet. J'en ai assez d'avoir peur et d'être inquiet tout le temps.

Ses paroles semblaient audacieuses, mais Mitchell pouvait sentir l'inquiétude qui l'habitait.

— Je pense que c'est une bonne idée. Peut-être qu'il laissera échapper quelque chose sur ses activités récentes. S'il est à l'origine de ce qui s'est passé, nous devons le savoir.

Beau acquiesça.

123

— Je ne peux pas faire l'autruche et attendre que la prochaine menace se produise. Si je peux découvrir ce qui se passe, alors nous pourrons trouver comment rester en sécurité.

Mitchell aimait que Beau utilise le mot « *nous* ».

— Tu veux que je vienne avec toi ? proposa-t-il.

Beau sembla réfléchir à l'idée.

— Tu n'es pas obligé de le faire. Je…

Il détacha son regard de Jessica.

— Écoute, j'ai été une vraie plaie pour toi avant même que nous nous rencontrions. Tu as veillé sur nous et tu as même abandonné ton chien pour que nous soyons plus en sécurité et que nous ne soyons pas seuls. Je ne peux pas te demander de faire plus pour nous.

Mitchell se rapprocha de Beau qui tenait Jessica dans ses bras.

— Tu n'as rien demandé, murmura-t-il, caressant doucement les doux cheveux de la petite Jessica alors qu'il essayait d'expliquer ce qu'il ressentait.

Les mots étaient là, sur le bout de sa langue, mais il ne pouvait se résoudre à les dire. Il aurait aimé savoir pourquoi, mais ils refusaient de sortir.

— Tu vas ramener cette petite chérie à la maison, et je vais m'occuper de deux ou trois trucs ici avant de te rejoindre. Ensuite, si tu veux, je serai avec toi quand tu appelleras Gerome.

Il espérait vraiment qu'ils obtiendraient des réponses. Mitchell pensait vraiment que Gerome était derrière tout ça, même ce qui se passait chez lui. Si Gerome surveillait Beau, alors il avait compris que Mitchell et lui se rapprochaient, et peut-être qu'il n'en était pas très heureux. Pour Mitchell, c'était logique. Dans son esprit, tout ce qu'ils avaient à faire était de le prouver et ils pourraient mettre fin à tout ce que Gerome essayait de faire. Mais d'abord, ils devaient le mettre hors d'état de nuire, et l'idée de Beau de le confronter semblait être la meilleure salve d'ouverture.

X

Bon Dieu, il voulait que Mitchell rentre avec lui et ne reparte jamais. Il y avait vraiment quelqu'un dehors, et il semblait qu'il en avait après eux deux. Il lui semblait que Mitchell pensait que Gerome était derrière tout ça. Beau n'en était pas si sûr. Il devait faire quelque chose pour essayer de comprendre tout cela, mais il était directeur de programme pour une université, pas un limier.

Une fois arrivé chez lui, avec Mitchell dans sa voiture derrière lui, il se gara près de la maison, recouvrit Jessica d'une couverture pour la protéger de la pluie, se chargea et se précipita vers la maison, où Randi bondissait et se trémoussait pour les accueillir. Sa queue battait à tout rompre. Dès que Beau posa Jessica et retira la couverture, Randi mit son nez dans le cosy, reniflant et donnant l'impression de regarder *son* bébé.

— Ce chien est obsédé, plaisanta Mitchell en enlevant sa veste mouillée.

Les muscles de ses bras et de ses épaules se contractèrent sous l'effet de ce simple mouvement. Beau aimait la façon dont Mitchell se déplaçait, avec grâce, comme si chaque mouvement était pratiqué et destiné à le rendre fou. Sa main trembla et il leva son regard vers les yeux de Mitchell, qui étaient écarquillés, les pupilles dilatées. En une seconde, il comprit que Mitchell était aussi effrayé que lui.

— Qu'est-ce qui se passe ?

Il déglutit difficilement et continua à tenir sa veste dégoulinante.

— Je me disais que je devrais vérifier ton cabanon avant d'aller plus loin. Voir si quelqu'un y est entré récemment.

Beau acquiesça et lui tendit un parapluie.

— Je vais allumer toutes les lumières extérieures.

C'était tout ce qu'il avait trouvé à faire.

— J'irais bien avec toi…

Mitchell secoua la tête et posa sa veste et son parapluie avant de s'approcher.

— Tu t'occupes de Jessica et tu gardes ton téléphone à portée de main. Je serai parti à peine quelques minutes, si je ne reviens pas bientôt ou si tu entends ou vois quoi que ce soit, appelle la police tout de suite.

Mitchell l'attira à lui, le serra dans ses bras puis l'embrassa fougueusement.

— Tu ne pars pas à la guerre, le taquina-t-il avant de lui rendre son baiser avec suffisamment de force pour cette occasion.

Son cœur s'emballa, il ne voulait pas laisser partir Mitchell. L'avoir dans ses bras était si agréable. Le monde à l'extérieur de sa porte pouvait bien aller se faire voir, il n'avait pas à s'en préoccuper. Ce qui comptait, c'était ici et maintenant. Du moins, c'était le cas à ce moment-là.

Randi poussa un petit aboiement et Beau sourit en se dégageant.

— J'aurai mon téléphone, mais ne t'absente pas trop longtemps. Je vais changer Jessica, et après avoir passé un coup de fil, j'ai l'intention de te mettre au lit… tôt.

Beau eut l'impression de grogner.

Il voulait que tout le reste de cette intrigue disparaisse pour qu'il puisse passer des moments tranquilles avec Mitchell sans s'inquiéter des ex-maris, de la traque ou des gens qui essayaient de faire du mal à leurs chiens. Cela le mettait en colère et lui donnait du fil à retordre. Qu'avait-il fait pour mériter cela ? Qu'est-ce que l'un ou l'autre d'entre eux avait fait ?

— Je reviens tout de suite, assura Mitchell.

Beau acquiesça, se mordant la lèvre inférieure.

— Je vais la changer, mais j'aurai mon téléphone.

Il s'assit près du porte-bébé de Jessica, la souleva et partagea un sourire avec sa fille. Il posa son téléphone juste devant lui, sur la table basse.

— Je ne te donne pas plus de dix minutes, annonça-t-il, vérifiant l'heure sur son écran pendant que Mitchell enfilait sa veste et quittait la maison avec le parapluie.

Beau n'avait jamais vu dix minutes s'écouler aussi lentement. Il essaya d'arracher quelques sourires à Jessica, mais le cœur n'y était pas. Il la transféra sur son épaule et commença à marcher dans la pièce, regardant les fenêtres, mais il n'entendait ni ne voyait rien d'autre que la pluie. Même les lumières extérieures n'éclairaient pas très loin.

Beau laissa les rideaux retomber en place et regarda l'heure une nouvelle fois. Les dix minutes s'étaient écoulées. Il attrapa le téléphone au moment où la porte d'entrée s'ouvrit et Mitchell entra.

— Tout semblait identique, dit-il en retirant sa veste trempée. J'ai aussi vérifié à l'extérieur. Avec la pluie, c'était impossible à dire, mais l'intérieur du hangar n'a pas été dérangé.

— C'est un soulagement, au moins. Je dois mettre Jessica au lit, puis je vais appeler Gerome. Il y a de la bière et d'autres choses dans le réfrigérateur. Sers-toi. Je reviens aussi vite que possible.

Il se rendit dans la salle de bains et prépara les vêtements de bain pour Jessica. Il s'assura que la température était bonne, la déshabilla, la plaça dans sa petite baignoire en plastique et la lava doucement. Jessica fit des siennes – elle n'aimait pas le bain –, mais il la nettoya et l'enveloppa dans une serviette rose chaude et moelleuse. Maintenant qu'elle était bien au chaud, elle se calma. Beau lui mit une couche et une grenouillère avec un ver heureux dessus et la berça avec un biberon pour qu'elle s'endorme.

— Tu chantes très bien, murmura Mitchell au moment où Beau terminait une berceuse que sa mère avait l'habitude de chanter.

Il ne se souvenait pas des paroles, alors il fredonnait l'air, et cela ne manquait jamais d'endormir Jessica.

Beau se leva lentement et fit un signe de la tête vers la chaise. Mitchell s'assit et Beau transféra Jessica dans ses bras. Il recula lorsqu'elle se cala, regardant Mitchell qui baissa les yeux vers elle. Beau les observa, appuyé contre le cadre de la porte.

— Tu es une jolie fille, chuchota Mitchell à une Jessica fatiguée, dont les yeux se fermaient lentement.

Mitchell la berça et fredonna de sa voix grave. Il se trompait un peu de ton, mais Jessica ne semblait pas s'en préoccuper. Elle s'endormit et Mitchell releva la tête. Beau crut voir les traces d'une larme sur sa joue. Il n'en était pas sûr.

Mitchell se leva et s'approcha du berceau. Beau récupéra le biberon vide et Mitchell plaça Jessica dans son lit. Randi entra et s'installa sur le siège d'où elle pouvait voir Jessica, puis se roula en boule pour s'endormir elle aussi. Beau n'était toujours pas très chaud à l'idée que Randi dorme dans la chambre de Jessica, mais il ne voulait pas garder la porte fermée. Il était presque sûr qu'elle ne pourrait pas entrer dans le berceau lui-même.

— Elle pourrait voler mon cœur, murmura Mitchell dans l'embrasure de la porte en quittant la pièce.

— Depuis combien de temps regardais-tu? demanda Beau en refermant la porte à moitié.

— Assez longtemps, admit Mitchell à voix basse. Je n'ai jamais pensé que je voulais des enfants.

Il s'éloigna et ils se dirigèrent vers le salon.

— C'est une énorme responsabilité, mais je ne me vois pas faire autrement pour l'instant.

— Je comprends.

Mitchell s'assit sur le canapé, avec Beau à côté de lui.

— Je peux te demander quelque chose ? demanda Beau, et Mitchell répondit par un signe de tête. Est-ce que tu veux une famille ?

— Oui, répondit Mitchell. C'est vrai. Je n'ai pas toujours su que c'était ce que je voulais. Il y a eu tellement de changements ces dernières semaines qu'il est parfois difficile de savoir ce qui me rendra heureux et ce qui ne le fera pas.

Il soupira et resta recroquevillé et fermé.

— Est-ce que toute cette histoire de famille fait partie des raisons pour lesquelles… tu m'aimes bien ? Et Jessica ?

Beau y avait songé dernièrement, il avait besoin de savoir.

Mitchell se redressa et se pencha plus près.

— Je pense que Jessica est le bébé le plus adorable, le plus mignon et le meilleur que je puisse imaginer. Quand je la tiens et qu'elle me regarde avec ses grands yeux confiants, mon ventre est comme de la gelée et je me demande comment je pourrais être assez bon pour toi… et pour elle.

Beau pencha légèrement la tête sur le côté.

— Pourquoi penses-tu ça ?

Mitchell se tortilla nerveusement, se repliant à nouveau sur lui-même.

— C'est difficile à expliquer ou à admettre, mais j'ai passé les cinq dernières années à me protéger de tout. Je n'ouvrais mon cœur qu'aux chiens et aux animaux que je soigne. À part ça, je me suis fermé à tout. Pourquoi un homme voudrait-il de quelqu'un comme moi dans sa vie ?

Mitchell soupira, semblant rapetisser de seconde en seconde.

— Et tu t'es coupé du monde à cause de Luke ? demanda Beau.

— Oui, c'est vrai. Après tout ce temps, je pensais que j'en avais fini avec lui, mais maintenant que je vous ai rencontrées, Jessica et toi, Luke semble regarder par-dessus mon épaule. Je peux sentir les vieux doutes et les inquiétudes peser sur moi. J'ai passé des années en thérapie. J'ai construit ma propre vie, une vie que j'aime, et je pensais que j'avais tout. Puis j'ai rencontré mon beau voisin, et tout ce que je croyais savoir est parti en fumée.

Beau sourit.

— Tout d'abord, je suis content que tu me trouves beau, et je suis soulagé de voir qu'il n'y a pas une dynamique farfelue derrière l'intérêt que tu me portes. Pour ce qui est d'être perturbé et inquiet, tu crois que je ne le suis pas ?

Il prit la main de Mitchell et leva les yeux au ciel.

— Je suis tout aussi inquiet et j'ai le même genre d'ombre sur moi que toi. Et si tu cherches des réponses, je ne les ai certainement pas. Mais j'ai trouvé quelqu'un qui est plus important que mes soucis et qui a besoin de mes soins. Ce que Gerome m'a fait n'a pas d'importance pour Jessica. Elle a besoin de mon attention et de mon amour. Ça doit être ma priorité absolue. Je ne peux pas laisser Gerome ou qui que ce soit d'autre prendre cette place de numéro un. Elle doit passer en premier.

Il serra la main de Mitchell.

— Et j'ai vu cette douceur en toi aussi.

Mitchell releva les yeux.

— Hein ? Comment... ?

Le bégaiement était plutôt mignon.

— J'ai vu la même attention et la même confiance en toi lorsqu'elle était dans tes bras. Tu étais détendu et concentré sur elle. C'était comme une heure de yoga en quinze minutes. Les rides de ton visage se sont estompées et tu l'as regardée comme si elle était la terre et les étoiles.

Beau récupéra son téléphone.

— Je sais que tu tiens à elle. Je...

C'était à son tour d'être nerveux.

— Je ne peux pas m'empêcher de me demander si tu es ici à cause d'elle ou à cause de moi. Je sais que tu m'aimes bien, mais...

Il déglutit difficilement.

Mitchell sourit et se rapprocha.

— J'aime bien Jessica. Elle est adorable. Mais il semble que son père ait fait quelque chose que personne d'autre ne pouvait faire. Il a touché mon cœur cynique et endurci et l'a réchauffé. Je ne sais pas si quelqu'un d'autre aurait pu faire ça.

Mitchell l'embrassa et la chaleur monta en quelques secondes.

— Pour répondre à ta question, ce n'est pas seulement Jessica. Je tiens à elle, mais je crois que je suis en train de tomber amoureux de son père.

— Et ça te terrifie, dit Beau, en déchiffrant le regard de Mitchell.

Il acquiesça.

— Je suppose que oui. Mais être avec toi vaut bien un peu d'inquiétude et peut-être un peu de terreur émotionnelle. Je sais que tu ne vas pas me frapper comme Luke l'a fait. Mais c'est difficile de m'ouvrir à nouveau. Pourtant, je sais que si je ne le fais pas, je n'aurai jamais les choses que je veux vraiment.

Il déglutit difficilement, son souffle chatouillant les lèvres de Beau.

Mitchell le voulait, et ses paroles touchaient le cœur de Beau. Il comprenait les réticences et la peur d'être blessé. Mais la vérité était que, quoi que dise Mitchell, Beau avait plus à perdre. Il devait penser à Jessica autant qu'à lui-même. Elle aimait déjà Mitchell, c'était clair, mais que se passerait-il si les choses ne marchaient pas et que Mitchell partait? Oui, cela le blesserait, mais Jessica ne pouvait pas dire quand elle était blessée.

— Tu n'es pas le seul à avoir quelque chose à perdre et un cœur à protéger.

Bon sang, il en avait deux à surveiller. Son esprit commença à s'emballer.

— Je dois passer ce coup de fil.

Mitchell acquiesça et resta où il était, Beau décrocha le téléphone et composa le numéro familier.

— Ouais, qu'est-ce que tu veux? s'emporta Gerome.

— C'est comme ça que tu réponds au téléphone? railla Beau.

— Je travaillais et j'étais vraiment dans l'ambiance. Tu sais à quel point il est difficile de s'habituer à un nouvel espace de travail, c'est pourquoi j'en fais vraiment trop en ce moment. Mais oui. J'ai trouvé un autre studio. Le seul endroit que j'ai pu me payer est en dehors de la ville, mais il y a une chambre pour moi, alors je peux faire en sorte que ça marche.

Beau l'entendit poser ses outils.

— J'espère que tu es content de toi.

Beau pinça les lèvres.

— Je ne suis pas content de tout ça, et je n'ai certainement pas été ravi d'être frappé et d'avoir l'impression que c'était de ma faute. C'est toi qui as des problèmes de contrôle et de gestion de la colère. Si tu veux blâmer quelqu'un pour ce qui s'est passé, regarde-toi dans le miroir, Gerome. Tu l'as cherché.

Il prit une grande inspiration, parce que ça faisait vraiment du bien de dire ça.

— Ce n'est la faute de personne d'autre que la tienne, et toutes les excuses que tu as, je ne veux pas les entendre.

— Je crois que j'ai été un peu fou pendant un certain temps. Je ne travaillais pas et j'ai passé beaucoup de temps à te suivre dans l'espoir de te convaincre de me reprendre.

Beau croisa le regard de Mitchell.

— Qu'as-tu fait?

— J'ai passé beaucoup de temps à découvrir qui tu voyais, à t'observer. Et oui, je t'ai suivi dans quelques endroits. J'espérais pouvoir passer un peu de temps seul avec toi et te convaincre que je n'étais pas si mauvais que ça et que nous devrions réessayer.

Un cliquetis retentit derrière Gerome, suivi d'une voix douce et profonde.

— Il y a quelqu'un? Est-ce que j'ai interrompu quelque chose? interrogea Beau, se demandant s'il n'avait pas interrompu une sorte de liaison.

Gerome avait été assez sauvage avant leur rencontre. Il ne serait pas surpris qu'il ait repris ses vieilles habitudes.

— Non. Je travaillais et j'ai un modèle dans le studio. Il se prépare à partir.

Gerome se détourna du téléphone pour prendre congé.

— Bref, la maison en ville sera vide dans quelques jours, tu pourras la mettre sur le marché. Elle devrait se vendre rapidement, et je viendrai signer les papiers quand tu en auras besoin.

C'était tellement plus facile que Beau n'aurait pu l'imaginer. Il partagea un regard avec Mitchell, se demandant ce qui se passait et si Gerome n'essayait pas de l'embobiner d'une manière ou d'une autre.

— D'accord. Merci.

Il haussa les épaules. Gerome n'abandonnait jamais rien facilement. Il poussait et poussait jusqu'à ce qu'il obtienne ce qu'il voulait.

— J'ai besoin de travailler pour terminer cette pièce avant de devoir déménager, ajouta Gerome, qui semblait pressé.

— D'accord. Fais-moi savoir quand tu auras déménagé et je m'occuperai de la suite.

Peut-être que cela allait bien se passer après tout. La maison serait vendue, et la dernière chose qui les liait tous les deux disparaîtrait.

— Je te parlerai plus tard.

Il s'apprêta à raccrocher.

— Oui. Oh… et je voulais te dire que ton chien est vraiment mignon.

131

Gerome raccrocha, et un frisson parcourut l'échine de Beau. Il posa son téléphone et essaya de comprendre l'appel.

— Eh bien, comment ça s'est passé ? Tu penses qu'il est derrière tout ça ? s'enquit Mitchell.

Beau haussa les épaules, fixant le mur derrière Mitchell.

— Je ne pense pas. Il va de l'avant et a trouvé un endroit. Je peux mettre la maison et le studio sur le marché la semaine prochaine.

C'était trop beau pour être vrai.

— Mais ensuite, il a parlé de Randi. Gerome déteste les chiens. Je pense que c'était peut-être sa façon d'essayer de me faire peur.

— Comment ?

— La remarque semblait assez innocente, mais c'est elle qui a été la cible de l'attaque. Quelqu'un a essayé de la blesser, et il a laissé sortir tes chiens.

Il essayait de réfléchir, mais son esprit tourbillonnait de peur.

— Tu crois vraiment que ça pourrait être lui ? insista Mitchell.

Beau acquiesça lentement.

— C'est possible. Je sais qu'il était à Philadelphie parce que je l'ai entendu mettre ses outils de côté. Il utilise toujours cette vieille table en métal recyclé dans le studio, et j'ai entendu le métal s'entrechoquer. D'après ce qu'il a dit, j'aime à penser que tout ce qui l'a affecté est du passé. Mais je ne sais pas s'il a essayé d'empoisonner Randi.

Il tenta de se détendre, mais échoua complètement. Il avait besoin de se faire une raison.

— Gerome était très en colère avant… S'il avait simplement mis fin à l'appel, j'aurais probablement pensé que tout allait bien, mais il fallait qu'il lance cette dernière pique, juste pour être sûr.

Mitchell se plaça à côté de lui.

— Alors tu penses que c'était une façon d'admettre que c'était qui l'avait fait ?

— Ou qu'il nous a vraiment espionnés et qu'il voulait juste que je sache qu'il m'a vu, qu'il nous a vus ensemble. Je n'ai aucune idée de ce qui se passe dans sa tête.

Beau frissonna, puis soupira.

— Au moins, nous savons qu'il n'est pas ici en ce moment. Peut-être qu'avec la vente de la maison, nous pourrons tous les deux aller de l'avant et que les choses se calmeront.

Sa seule consolation était que si Gerome était à l'origine de la surveillance et des attaques, alors peut-être que c'était fini. Seul l'avenir le dirait.

— Nous devons appeler Red, suggéra Mitchell, qui sortait déjà son téléphone.

— Oui, nous devrions.

Comme auparavant, Red ne pourrait pas faire grand-chose pour les aider, mais au moins il pourrait avoir une idée. Mitchell passa l'appel et mit le téléphone sur haut-parleur. Il expliqua ce qu'il avait trouvé.

Red resta manifestement prudent.

— Écoutez, on dirait que ce type est en pleine escalade. D'abord, vous pensez qu'il traînait dans le coin, puis on a essayé de s'en prendre au chien de Beau. Maintenant, tous les chiens de Mitchell ont été relâchés.

Il fredonna pour lui-même.

— J'aimerais bien savoir ce que cette personne pense tirer de tout ça.

— Nous aussi, admit Beau. Je n'arrête pas de penser que l'on se joue de nous. Comme si c'était une sorte de jeu pour eux et que nous étions coincés à nous demander quelles en étaient les règles.

— C'est possible. Est-ce que quelque chose a été trafiqué ? demanda Red. Ce qui me gêne, c'est que les chiens aient été lâchés, mais que les portes principales n'aient pas été ouvertes. Ça aurait créé un sacré bazar et le chaos pour vous.

— C'est ce que je me suis demandé aussi, déclara Mitchell. C'est étrange, mais sur le moment, je n'ai pensé qu'à remettre les chiens dans leurs cages, en jurant parce qu'ils auraient pu se battre et se faire du mal. Nous gardons l'œil ouvert, mais je ne sais pas ce que nous allons faire. Si ce type monte en puissance comme tu le dis, je me demande ce qui va se passer ensuite.

C'était la partie la plus effrayante.

IL FALLUT à Beau un petit moment avant que son esprit ne s'éloigne de Gerome et de ses énigmes. Mitchell alluma la télévision, en gardant le volume bas pour ne pas réveiller Jessica.

— J'ai Netflix, l'informa Beau quand ils ne trouvèrent rien à regarder.

Mitchell changea de chaîne et ils trouvèrent un film original sur un vétérinaire et des éléphants.

— J'adore les histoires d'animaux, avoua Mitchell en s'installant, enroulant un bras autour de Beau, l'attirant plus près de lui. Parfois, je pense que j'aime les animaux plus que les gens.

Beau leva les yeux au ciel et renifle.

— Tu as une douzaine de chiens à qui tu essaies de trouver un foyer et tu passes tout ton temps soit à la clinique, soit au refuge. Tu dois aimer les animaux.

Un aboiement aigu parvint de la chambre de Jessica, suivi d'un autre. Mitchell se leva d'un bond et courut.

— Elle a dû voir quelque chose, tenta Beau.

Mitchell ne s'arrêta pas une seconde.

— Non. C'est de la détresse.

Il atteignit la porte de Jessica et se précipita à l'intérieur. Le temps que Beau arrive, Mitchell tenait Jessica en pleurs dans ses bras, et il la berçait doucement en l'examinant. Randi courait autour de leurs jambes et aboya à nouveau avant de sauter dans le fauteuil.

— Qu'est-ce que c'est?

— Elle a vomi et s'est étouffée, expliqua Mitchell.

Jessica se calmait déjà, inconsciente du danger. Mitchell la passa à Beau, qui câlina sa fille, le cœur battant à tout rompre tandis qu'il l'examinait de la tête aux pieds.

— Elle a l'air d'aller bien, ça n'a pas dû durer très longtemps. Dès que je l'ai prise dans mes bras, elle a repris son souffle et s'est mise à pleurer.

Mitchell avait l'air paniqué.

Beau fit de son mieux pour calmer Jessica et lui-même.

— Tout va bien, murmura-t-il en la berçant dans ses bras, incertain de ce qu'il devait faire. Elle a l'air d'aller bien.

Il vérifia son visage, qui était rose et avait repris une couleur normale.

— Je pense que nous sommes arrivés à temps.

Mitchell prit Randi dans ses bras et la caressa.

— Tu as été un bon chien. Tu nous as prévenus de ce qui n'allait pas. Oui, tu l'es. Tu es le meilleur chien de garde pour bébé qui ait jamais existé.

L'esprit de Beau était rempli de possibilités, et finalement il trouva une nouvelle gigoteuse pour Jessica et la mit dedans, s'assurant qu'elle était assez chaude avant de la bercer doucement et de la mettre dans son berceau. Puis il fit lui aussi l'éloge de Randi. Mitchell replaça Randi sur sa chaise, et elle s'installa en position tandis qu'ils quittaient la pièce.

— J'ai cru que mon cœur allait s'arrêter, gémit Beau en allant chercher un verre d'eau dans la cuisine.

La peur était encore fraîche. Il prit un verre avant de retourner jeter un coup d'œil dans la chambre de Jessica. Tout était exactement comme il l'avait laissé, Jessica endormie et Randi observant depuis son fauteuil. Mitchell passa ses bras autour de sa taille.

— J'ai eu tellement peur, avoua-t-il en se retournant lentement. Je n'arrête pas de m'inquiéter que si je fais quelque chose de travers, je vais lui faire du mal et…

Beau passa ses bras autour du cou de Mitchell, enfouit son visage dans son épaule et pleura. La douleur et la peur étaient presque écrasantes, il fallait qu'elles sortent.

Jessica était son enfant, sa fille, et l'idée de la perdre pour quelque raison que ce soit suffisait à l'effrayer au plus haut point.

— Tout va bien, l'apaisa Mitchell, en le berçant et en le laissant voir ce qu'il en était.

Une partie de Beau avait honte de s'effondrer ainsi, mais c'était trop.

— Non, ce n'est pas le cas. Elle aurait pu être blessée… ou pire.

Beau s'essuya les yeux.

— Je ne peux pas la perdre. Je ne peux pas.

— Je sais.

— Et puis je pense à Franklin et Helen. J'ai appelé l'avocat à qui j'ai eu affaire à Philadelphie, il ne pense pas que je doive m'inquiéter. Ils n'ont aucune relation avec Jessica, et comme leur fils a renoncé à ses droits, il a pratiquement renoncé aux leurs aussi. L'avocat a dit qu'ils pourraient me rendre visite si je le permettais, mais le testament d'Amy était très clair : c'est moi qui devais l'élever, ce sont ses souhaits qui sont primordiaux.

Il déglutit difficilement.

— Mais ils pourraient toujours me poursuivre en justice et me faire vivre des mois d'enfer s'ils le voulaient. J'ai vu la bague qu'elle portait – ils ont de l'argent, beaucoup d'argent.

Beau se sentait dépassé et il le savait, mais les inquiétudes et les peurs des dernières semaines s'étaient accumulées les unes sur les autres, et maintenant elles sortaient toutes en même temps.

— Premièrement, nous prendrons les choses comme elles viennent. Deuxièmement, nous avons trouvé Jessica à temps et elle va bien. Tu peux aller la voir plus souvent si tu le souhaites, mais ce qui s'est passé est un coup de malchance.

Beau détestait que Mitchell se sente coupable. Au fond de lui, il savait que ce qui s'était passé était un accident et que Jessica allait bien.

— Je sais.

Le problème, c'était que Beau avait peur et ne savait pas quoi faire pour éviter qu'une telle chose ne se reproduise.

— C'est tout à la fois. Tout semble hors de mon contrôle, et je déteste ça.

Il prit une grande inspiration pour calmer ses nerfs et essaya de se concentrer sur ce qui était important. Jessica allait bien et dormait à nouveau profondément. Tout allait bien se passer. Tout ce qu'il avait à faire, c'était de rester calme.

— Viens.

Mitchell s'éloigna et quitta la pièce. Beau entendit la télévision s'éteindre en même temps que les lumières avant qu'il ne le rejoigne.

— Tu as besoin de te reposer pour pouvoir penser correctement. Tu es accablé et fatigué.

Il poussa la porte de la chambre et Beau entra. Mitchell le suivit, et Beau se déshabilla comme un automate. Il essayait de ne pas penser aux conséquences, à ce qui aurait pu se passer s'ils n'étaient pas arrivés à temps, si Randi n'avait pas donné l'alerte. Il avait de la chance. Il devait trouver un moyen d'éviter cela à l'avenir.

Beau se mit au lit et se blottit contre Mitchell. Il espérait que Mitchell n'était pas déçu qu'il ne puisse rien faire d'autre, mais il pensait à Jessica et au fait qu'il avait failli la perdre. Il bâilla, sortit du lit et traversa le couloir pour jeter un coup d'œil dans la chambre de sa fille.

Elle dormait encore, toujours aussi parfaite. Mitchell se pressa contre son dos, sa chaleur étant la bienvenue dans la fraîcheur du couloir. Il ne dit rien, se tenant à ses côtés jusqu'à ce qu'il guide Beau vers la chambre et qu'ils se mettent sous les couvertures. Beau finit par s'endormir.

— C'EST DONC ici que tu es, dit Mitchell le lendemain matin, debout dans l'embrasure de la porte de la chambre de Jessica.

Elle était toujours dans les bras de Beau, assis dans le rocking-chair, Randi couchée à ses pieds. La petite chienne remua la queue, s'étira et se dirigea vers Mitchell, le regardant de ses grands yeux.

— J'ai compris. Tu es le chien de Jessica jusqu'à ce qu'il soit temps de manger, ensuite tu feras les yeux doux à quiconque voudra bien te nourrir, plaisanta Mitchell en la prenant dans ses bras avec un soupir. Allez, je vais te nourrir.

Il leva les yeux au ciel en lui caressant la tête. Beau contempla les fesses de Mitchell recouvertes d'un boxer lorsqu'il se retourna.

L'homme était très sexy, et Beau sourit à l'idée que Mitchell l'aimait bien. Il l'écouta se déplacer dans la maison, puis ses pas se rapprochèrent jusqu'à ce qu'il entre dans la chambre et prenne délicatement Jessica des bras de Beau. Il la replaça dans le berceau et elle ne bougea presque pas.

— Quelle heure est-il? demanda-t-il.

— Un peu plus de cinq heures, murmura Mitchell en le raccompagnant au lit. Ton dos va te détester pour avoir passé des heures dans ce fauteuil.

Il tira les couvertures, et Beau se glissa dessous, fermant les yeux. Il était presque endormi lorsque Mitchell s'installa à son tour et le blottit contre lui, glissant une main chaude sur son ventre. Beau fut instantanément excité. Il se retourna lentement, embrassant Mitchell qui glissa ses mains dans son dos, sous l'élastique de son caleçon, puis sur ses fesses, rapprochant leurs hanches. Il y avait beaucoup de choses qu'il voulait dire, mais pour l'instant, avec Mitchell qui l'embrassait et ses mains qui faisaient leur magie, tout ce que Beau voulait, c'était se perdre dans la sensation d'être pris en charge.

— C'est ça, chuchota Mitchell, en repoussant doucement le tissu sur les hanches de Beau. Montre-moi ce dont tu as besoin.

Beau gémit. Il ne voulait pas faire de bruit au cas où ils réveilleraient Jessica et où la bulle de sex-appeal qui s'était formée autour d'eux éclaterait. Il avait besoin de ça, et il se pressa contre Mitchell, puis le tira jusqu'à ce qu'il s'étende sur lui, son poids le pressant dans le matelas, solide et ferme, lourd et parfait, le rassurant quand les choses semblaient échapper à tout contrôle.

— Je suis juste tout chamboulé en ce moment.

Mitchell le regarda dans les yeux.

— Je sais.

Il se pencha en avant, captura les lèvres de Beau, et le ventre de ce dernier se calma, les nerfs jouant du piano sur sa colonne vertébrale depuis des heures s'apaisant instantanément. Beau passa ses bras autour du cou de Mitchell et s'accrocha à lui tandis qu'il l'embrassait profondément, durement, presque possessivement. Mon Dieu, il adorait ça.

Mitchell passa sa main sur la joue de Beau.

— Détends-toi et regarde-moi dans les yeux. Je sais que tu es inquiet, mais tout va bien se passer.

Il embrassa Beau à nouveau, et l'inquiétude s'envola.

Mitchell enleva son caleçon jusqu'à ce qu'ils soient peau contre peau. Il repoussa les couvertures et se redressa. Beau se sentit nu et exposé pendant quelques secondes jusqu'à ce que Mitchell sourie et fasse courir ses mains sur son torse.

— Pourquoi es-tu inquiet?

Beau haussa les épaules.

— Je suppose que je ne me suis jamais considéré comme sexy, admit-il avant de déglutir difficilement. J'ai été surpris quand… mon ex…

Il n'allait pas prononcer son nom.

— … s'est intéressé à moi. Je veux dire, je…

Mitchell sourit.

— Conneries. Ce sont des conneries. Tu es sexy. Je l'ai su à la seconde où je t'ai vu.

Beau était sur le point d'argumenter quand Mitchell suça la base de son cou, et il grogna, s'étirant pour lui donner un meilleur accès parce que… bon sang! Des picotements lui parcoururent l'échine.

— N'écoute rien de ce que cet idiot a dit.

— Tu ne l'as jamais rencontré.

Beau frissonna et serra Mitchell plus fort. Il ne voulait pas que cela se termine.

— Non, mais il t'a blessé et t'a laissé t'enfuir. Ça fait de lui un idiot.

Mitchell se plaça au-dessus de lui, son souffle chatouillant son ventre.

— Tu sais qu'on a bien mieux à faire qu'à parler des idiots.

Mitchell sourit et glissa ses doigts autour de la base du sexe de Beau, ponctuant ses mots d'une chaleur humide qui le propulsa dans la stratosphère.

— Mitchell… je…

Il inspira brusquement, ses yeux se révulsèrent tandis que Mitchell le suçait avec force. Tout semblait se réduire à eux deux jusqu'à ce que Randi décide de se joindre à eux.

Mitchell s'écarta en grognant profondément. Randi le regarda, se retourna et quitta la pièce en courant.

— Chien intelligent.

— Où en étais-je? demanda Mitchell avant de glisser ses lèvres sur la verge de Beau une fois de plus, l'envoyant instantanément sur une trajectoire vers la lune.

Beau ferma les yeux, laissant Mitchell guider leur plaisir.

— Oh oui, souffla-t-il, et le gémissement de Mitchell qui gronda dans sa gorge se répercuta sur son érection. Seigneur…

Sa tête tambourinait, et il resta immobile, absorbant l'attention et les soins comme une éponge.

— Je sais ce dont tu as besoin.

Mitchell continua à s'occuper de lui, le faisant monter de plus en plus haut. Il essayait de ne penser à rien d'autre alors que leur passion grandissait. Beau se demandait combien de temps encore il allait pouvoir se contrôler. Ses mains tremblaient et ses jambes vibraient sur le lit. Il ferma les yeux, essayant de penser à quelque chose pour retenir son orgasme juste un peu plus longtemps. C'était trop incroyable et époustouflant pour que ce soit déjà fini. Il ferma les yeux parce que même si tout ce qu'il voulait, c'était regarder Mitchell le prendre et voir sa longueur disparaître entre ses lèvres incroyables, il… Putain, cette seule pensée suffit à faire monter en lui un pic de désir qu'il fut à peine capable de contrôler.

Lorsque Mitchell se retira, le laissant à un cheveu du point de non-retour, Beau haleta et soupira, les bras écartés à côté de lui, un gémissement s'échappant de ses lèvres avant qu'il ne puisse l'arrêter.

— Oh mon Dieu.

Beau resta immobile, Mitchell le prit dans ses bras et le pressa contre le matelas.

— Je te promets que je ne te ferai pas de mal.

Beau hocha la tête.

— Je le sais.

Il embrassa Mitchell et les fit rouler sur le lit. Il avait maintenant Mitchell à sa merci.

— Qu'est-ce que tu vas faire de moi? demanda Mitchell, resserrant ses bras autour du dos de Beau, faisant glisser ses mains vers le bas, jusqu'à ce qu'elles effleurent ses fesses.

Beau se tortilla un peu et pressa leur bouche l'une contre l'autre, goûtant Mitchell et pressant sa langue entre ses lèvres jusqu'à ce qu'elles se séparent légèrement. Il aimait le goût de Mitchell sur sa langue, et il en voulait plus. Il voulait tout. En se retirant, il glissa le long du corps lisse et dur de Mitchell, traçant les lignes des muscles de son torse et de son ventre avec sa langue, recueillant de petits gémissements et grognements comme des fleurs de printemps avec pour prix, l'érection de Mitchell, longue et épaisse, tendue contre son ventre.

Beau enroula ses lèvres autour du gland rose, puis lentement le long de la hampe, aimant l'odeur musquée et le goût riche qui éclatait dans sa bouche tandis que le membre de Mitchell glissait sur sa langue. Il voulait lui donner autant de plaisir qu'il en avait reçu, alors il le prit profondément, les muscles du ventre de Mitchell frémissant sous sa main.

— Beau… je…

L'avertissement suffit à Beau pour reculer.

— J'ai envie de toi, Mitchell. C'est d'accord ?

Mitchell hésita, et Beau sentit cette présence intrusive familière se glisser dans la pièce avec eux.

— Je comprends.

Mitchell prit ses joues en coupe et retint son visage.

— Je n'ai pas fait ça depuis avant… eh bien… longtemps, parce que j'avais besoin de garder le contrôle. Non pas qu'il y ait eu beaucoup d'action depuis longtemps. Mais…

Beau plaça ses mains sur celles de Mitchell.

— Je comprends parfaitement. Et nous ne sommes pas obligés de faire quoi que ce soit pour lequel tu n'es pas prêt, pour lequel aucun de nous ne l'est.

Il retira les mains de Mitchell, les tenant toujours, et embrassa le dos de l'une d'entre elles.

— Il y a plein d'autres façons de se montrer l'un à l'autre ce que l'on ressent.

Le sourire de Mitchell atteignit ses yeux.

— C'est ta façon de dire qu'on fait l'amour ?

Il déglutit difficilement et Beau acquiesça. C'était la façon la plus proche de dire le mot en A à cet instant. Les choses semblaient se dérouler rapidement, même s'ils avaient convenu d'y aller doucement. Non pas qu'il regrette un seul instant avec Mitchell.

— Alors oui, je veux te montrer ce que je ressens.

Mitchell l'enlaça et le serra dans ses bras.

— Je ne veux pas qu'il t'arrive quoi que ce soit.

Les tremblements de sa voix intriguèrent Beau. Elle était en contradiction avec la conviction qui se lisait dans ses yeux.

— Je sais ce que tu ressens.

Il enfouit son visage dans le cou de Mitchell, inspirant profondément alors qu'il perdait une partie de lui-même dans l'étreinte. Il avait eu peur de ne plus jamais pouvoir le faire, pourtant, tandis que Mitchell se balançait lentement d'avant en arrière, Beau s'enfonça dans ce qui se passait entre eux deux, le laissant l'envahir. Très vite, il fut sur le fil du rasoir, sentant Mitchell contre lui, le goûtant dans leur baiser, inhalant son parfum, et qu'il soit damné si les gémissements provenant du fond de la gorge de Mitchell ne l'envoyaient pas plus haut, jusqu'à ce qu'il ait l'impression de voler et de ne jamais vouloir redescendre sur terre. Avec un cri, l'inondation à l'intérieur de lui éclata et il décolla aussi haut que les nuages, souhaitant y rester pour toujours.

LE TEMPS qu'il passait avec Mitchell, Beau pouvait oublier ses soucis et ses peurs. Au moins, il n'avait pas l'impression que Gerome était à ses côtés. Il osait espérer que le spectre de son mariage s'éloignait enfin et qu'il pouvait aller de l'avant. Son esprit flottait, Mitchell était là, avec lui, le tenant et le réconfortant, caressant lentement son dos de haut en bas jusqu'à ce qu'il revienne à lui. Parfois, il aimait tellement cette sensation qu'il souhaitait ne jamais redescendre.

Un bruit sourd venant de l'extérieur les fit s'arrêter tous les deux. Jessica pleura, Beau se leva du lit et attrapa quelque chose à mettre, Mitchell fit de même, puis il se précipita et traversa la maison. Beau changea Jessica et lui donna un biberon. Il la promena pendant qu'elle aspirait le lait comme si elle était affamée. Il était encore tôt, il espérait qu'elle se rendormirait, mais elle était manifestement très éveillée. Beau était continuellement à l'écoute des bruits de l'extérieur pendant qu'il la nourrissait, jetant un coup d'œil du côté des rideaux pour voir ce qui se passait.

— C'était l'une des poubelles. Le vent s'est levé, expliqua Mitchell, rattrapant la porte avant que le vent ne la fasse sortir de ses gonds. Je déteste te quitter, mais je dois m'habiller et aller voir les chiens. Ils vont avoir faim, et avec ce vent, ils vont être inquiets. Est-ce que ça va aller ici ?

Beau acquiesça.

— Nous nous en sortirons. Tu as des heures de clinique aujourd'hui ?

— Oui, je vais préparer les chiens. J'ai quelqu'un qui viendra à neuf heures environ et qui veillera à ce que tous les chiens soient bien promenés, expliqua-t-il, avant de bâiller. Je dois aussi rattraper un tas de paperasse. Il y a un festival à Boiling Springs ce week-end pour lequel je dois me préparer. Je pensais y emmener quelques chiens pour un stand d'adoption. Peut-être que toi et Jessica voudriez y faire un tour.

— J'aimerais bien, dit Beau.

Mitchell avait tendance à se donner à fond dans tout ce qu'il faisait – la clinique, les chiens, aider Beau. Il ne semblait jamais s'arrêter. Mitchell se dépêcha de retourner dans la chambre avant d'en ressortir habillé avec les vêtements de la veille. Beau l'embrassa, puis Mitchell s'élança vers la porte, à mille à l'heure. Beau bâilla et vérifia que toutes les portes étaient fermées et verrouillées, tandis que le vent continuait à frapper le côté de la maison.

Jessica s'était un peu agitée et Beau fit de son mieux pour la calmer. Il n'était pas prêt à se lever et aurait aimé dormir quelques heures de plus, mais il installa Jessica dans sa balancelle, qu'elle semblait adorer, et se prépara un petit déjeuner rapide avant d'essayer de travailler de son côté. Même si Jessica était là avec lui et que Randi leur tenait compagnie, il était surpris de voir à quel point la maison paraissait vide sans Mitchell. Il était devenu si facilement une partie de leur vie. Beau ne pouvait s'empêcher de se demander si tout cela n'était pas trop beau pour être vrai. Après tout, ça avait été pareil avec Gerome. Était-il un imbécile d'avoir plongé tête la première dans une relation si peu de temps après s'être éloigné de Gerome? Il aimerait vraiment avoir la réponse.

XI

MITCHELL PARVINT à se rendre à la clinique à temps pour son ouverture. Comme il s'y attendait, les chiens étaient excités et pleins d'énergie. Jeremy était arrivé à l'heure, il avait sorti quelques chiens dans le parc et avait fait marcher les autres. C'était un garçon formidable et, vu la façon dont les chiens l'appréciaient, on aurait pu croire qu'il portait des sous-vêtements faits de hamburgers.

— Tout va bien ? demanda Val en entrant.

Elle rangea ses affaires et s'installa à la réception pour accueillir leurs premiers clients.

— Tu as l'air un peu mal en point.

— Jessica a eu une nuit difficile, expliqua Mitchell.

Val hocha la tête. Elle sourit et frappa pratiquement dans ses mains pour exprimer son excitation.

— Je vois. Beau et toi êtes de plus en plus proches. Ce jeune homme est très spécial. Ce ne sont pas tous les hommes qui changeraient aussi facilement de vie pour s'occuper d'un enfant comme lui.

Elle avait raison, et Mitchell se retint de se demander comment Luke aurait réagi. Bon sang, il se reprochait de l'avoir laissé s'immiscer dans sa vie une fois de plus.

— Je sais.

Il essaya de ne pas laisser transparaître son manque d'assurance, mais Val fut trop rapide.

— OK, qu'est-ce qui ne va pas ?

Ils étaient les deux seuls dans la clinique pour le moment.

— Qu'est-ce qui t'est passé par la tête ?

— Rien d'important.

Il ne devrait pas s'inquiéter. Beau n'avait rien fait pour lui rappeler Luke de quelque manière que ce soit, pourtant Mitchell semblait s'inquiéter de lui chaque fois. Il souhaitait vraiment comprendre ce qui l'affectait tant après tout ce temps. Il devrait vraiment avoir dépassé toutes ces choses.

— C'est le cas, si tu t'en préoccupes autant. Qui est la personne qui te fait des nœuds au cerveau ? Beau a-t-il fait quelque chose ? Tu t'inquiètes

143

de sortir avec quelqu'un qui a un enfant ? Tu sais que beaucoup d'hommes trouveraient intimidant de savoir qu'ils passeront après un enfant. C'est comme ça que ça devrait être, mais c'est toujours difficile à faire comprendre à certaines personnes.

Il arrêta Val d'un geste.

— Ce n'est pas ça. Il y a quelqu'un qui traîne dans les parages. Je le sens, il a essayé d'empoisonner Randi, et il a laissé sortir tous mes chiens. Ces choses ne sont pas le fruit du hasard, elles m'ont vraiment mis la puce à l'oreille. Oui, je sais que quelqu'un est là et qu'il veut quelque chose. Je ne sais pas ce que c'est, mais c'est grave. J'ai l'impression qu'il me manque une information. Qu'il essaie d'envoyer un message à Beau ou à moi, et que je ne le comprends pas, alors que je devrais pouvoir.

— Je sais qu'il y a des problèmes, mais ne laisse pas ça se mettre entre toi et ce qui pourrait être une très bonne chose. Tu es un homme bon qui prend soin de tout le monde. Il est peut-être temps que tu laisses tomber ce qui te retient et que tu autorises quelqu'un d'autre à s'occuper de toi. Car c'est bien de ça qu'il s'agit.

Parfois, elle voyait si bien que cela l'effrayait.

— Cette personne de ton passé qui t'a fait tant de mal… elle est partie, tu dois la laisser s'éteindre et la ranger dans ton passé au lieu qu'elle affecte ton présent.

— J'aime Beau… beaucoup. Mais j'ai déjà choisi la mauvaise personne et je pensais qu'elle était parfaite pour moi. Et si mon jugement n'était plus le même ?

Val secoua la tête.

— Ton refuge est plein de chiens que leurs maîtres ont jugé inutile de sauver. Toi, tu vois les choses différemment. Cette petite Randi est adorable et tu lui as sauvé la vie, comme tu l'as fait pour ce chien à trois pattes et tous les autres. Tu n'as pas encore pris de mauvaise décision en ce qui concerne les petits, alors insuffle un peu de cette confiance dans le reste de ta vie.

Elle lui tapota gentiment la main comme si elle était sa grand-mère, puis se redressa et afficha son visage professionnel lorsque la porte s'ouvrit sur son premier client.

Mitchell enfila sa blouse blanche et ramena le patient, un chaton qui avait avalé quelque chose d'anormal. La pauvre petite chose hurlait et essayait de cracher le bout de ficelle qui était coincé dans sa gorge.

Mitchell l'enleva et Mary, la propriétaire âgée de huit ans, serra doucement le chaton dans ses bras.

— Il faut être très prudent. Les petits comme ça ne savent pas forcément ce qui est de la nourriture et ce qui ne l'est pas.

Il ne voulait pas être méchant.

— Je ferai attention, promit Mary, les larmes aux yeux. Aurora va s'en sortir. N'est-ce pas ?

— Oui, elle ira bien.

Mitchell discuta de la situation avec sa mère, puis elles partirent, emmenant la petite Aurora avec elles. Il souhaitait que toutes ses affaires soient aussi simples.

LE RESTE de la journée se transforma en une de ces journées que Mitchell aimerait bien oublier. À un moment donné, il s'arrêta chez lui pour prendre des nouvelles de ses chiens, leur accorder un peu d'attention et leur faire faire quelques promenades. Ils allaient bien. Pendant qu'il était là, il rencontra un couple qui venait adopter deux chiens, un pour chacun d'eux. Ils avaient hésité par courrier électronique sur celui qu'ils voulaient, et avaient fait un compromis en prenant les deux. Ce fut un point positif dans une journée par ailleurs morne, qui se termina par l'obligation d'endormir deux chiens et un chat. C'était la seule solution, mais cela lui faisait mal chaque fois qu'il devait le faire. Au moins, aucun des animaux n'était seul le moment venu. C'était toujours une bénédiction.

— Je suis heureux que ce soit terminé, j'espère qu'il se passera beaucoup de temps avant qu'une telle chose ne se reproduise, dit-il à Bonnie alors qu'ils désinfectaient la salle d'examen et se préparaient à fermer pour la nuit.

Cela avait été dur pour elle aussi. Mitchell avait choisi ce métier pour son amour des animaux et sa volonté de les aider, mais certains jours, il avait l'impression d'être impuissant et de ne rien pouvoir faire.

— Moi aussi, soupira-t-elle en finissant d'essuyer la table. J'ai presque terminé et Val est déjà partie. Si tu veux rentrer chez toi et peut-être passer un peu de temps avec tes chiens, je fermerai pour toi et je pourrai aller voir les deux que nous avons à l'arrière avant de me coucher ce soir.

— Merci. J'apprécie.

Mitchell enleva sa blouse blanche, se lava bien les mains, puis s'assura que tout le matériel était éteint et que l'argent était en sécurité dans le petit coffre-fort. Puis il partit et monta dans sa voiture. Pendant qu'il rentrait chez lui, Beau l'appela.

— Hé, comment s'est passée ta journée ?

— Merveilleusement bien, et les fleurs sont tout simplement magnifiques. Comment savais-tu que j'aimais les roses jaunes ? C'est l'une de mes préférées. Je pensais planter quelques buissons le long de l'un des côtés de la maison parce que je les aime tellement et... eh bien... c'était tellement attentionné.

Mitchell sourit un instant devant le bonheur de Beau.

— Beau... Je suis content que tu les trouves jolies, mais je n'ai pas envoyé de fleurs.

Il appuya un peu plus fort sur l'accélérateur, prenant de la vitesse.

— Il y avait une carte ?

— Oui. Ça m'a semblé un peu énigmatique, mais j'ai pensé que tu essayais juste d'être mystérieux, répondit Beau, l'air préoccupé.

— Lis-la-moi, dit Mitchell, le cœur battant plus vite à chaque seconde.

— D'accord. Ça dit... « Chéri, parfois les roses ne sont pas rouges, mais ça ne veut pas dire qu'elles ne portent pas autant d'attention et de chaleur' ».

Mitchell sentit le sang s'écouler de son visage.

— Et elles t'étaient adressées ? demanda Mitchell. Tu en es sûr ?

— Quoi ? demanda Beau, l'air blessé. Tu ne penses pas que quelqu'un pourrait m'envoyer des fleurs ?

Mitchell ne lui en voulait pas du tout.

— Ce n'est pas ça. Dis-moi, est-ce que toutes les fenêtres et les portes sont fermées et verrouillées ?

Il commençait à paniquer. Quand Beau répondit que oui, Mitchell lui demanda d'appeler Red et lui donna le numéro.

— Je dois aller voir les chiens pour m'assurer qu'ils vont bien. Dis à Red de venir chez toi, mais si je ne suis pas là dans une demi-heure, envoie-le chez moi.

Il fit entrer de l'air dans ses poumons.

— Qu'est-ce qui se passe ? Tu me fais peur.

Mitchell se faisait peur, mais s'il avait raison, alors ils avaient fait fausse route depuis le début.

— Je dois vérifier que tout va bien à la maison, et quand j'y serai, je t'expliquerai tout, à toi et à Red. Fais ce que je te demande. J'arrive dès que possible.

— D'accord, mais appelle-moi du refuge pour que je sache que tu vas bien.

— Je le ferai.

Mitchell mit fin à l'appel et tourna dans son allée. Il s'arrêta rapidement et sortit de la voiture, à l'écoute de tout ce qui pouvait sortir de l'ordinaire. Les chiens aboyaient, mais avec excitation, pas avec inquiétude. Il jeta un coup d'œil à l'intérieur de la grange, mais tout semblait normal. Se mettant immédiatement au travail, il changea les couloirs pour permettre à d'autres chiots de faire de l'exercice et distribua des friandises, caressant les têtes, se faisant lécher et grattouiller en abondance. Un petit pékinois était arrivé et le pauvre tremblait. Mitchell le sortit de sa cage et le porta dans un bras pendant qu'il essayait de le calmer. Son propriétaire était mort et la famille n'en avait pas voulu. Ruffy était probablement en deuil et ne savait plus où donner de la tête. Mitchell lui offrit quelques croquettes et termina. Il envoya un message à Beau pour lui dire qu'il allait bien et, après avoir quitté la grange à toute vitesse, il s'approcha lentement de sa maison.

Tout semblait aller pour le mieux. La porte était toujours verrouillée, et lorsqu'il entra, rien n'avait été dérangé. Il passa d'une pièce à l'autre, tenant toujours Ruffy, qui semblait plus qu'heureux d'être porté et se délectait de l'attention qu'on lui portait. Mitchell vérifia tout et jeta un coup d'œil à l'arrière avant de refermer la maison à clé et d'emmener Ruffy chez Beau. Le petit bonhomme apaisait ses nerfs à vif.

Red arriva en même temps que lui, et ils entrèrent tous les deux. Randi s'approcha de Mitchell, la queue frétillante, et il déposa Ruffy, prêt à le reprendre s'ils ne s'entendaient pas. Randi renifla Ruffy, qui fit de même. Ils remuèrent la queue, puis Randi détala et Ruffy la suivit en aboyant une fois. Parfait.

— Qu'est-ce qui se passe ? demanda Red.

— Jessica est endormie, il faut qu'on parle tranquillement. Je ne suis pas vraiment sûr. J'ai appelé Mitchell pour le remercier pour les fleurs, et il a paniqué.

Mitchell s'assit à côté de Beau, tandis que Red s'installait dans le fauteuil en face du canapé.

— J'ai tout vérifié au refuge et à la maison avant de venir ici.

— Pourquoi ne pas nous dire ce qui se passe avec ces fleurs ? dit Red en indiquant le vase de magnifiques roses jaunes.

— D'accord, je ne les ai pas envoyées.

Il prit la carte, la lut et la tendit à Red.

— Ce genre de phrase est exactement ce que Luke, mon ex violent, avait l'habitude de me dire. Il me frappait et m'agressait verbalement, et chaque fois qu'il voulait me dire qu'il était désolé, il m'envoyait des roses jaunes et écrivait quelque chose comme ça. Il détestait les roses rouges, alors il envoyait toujours des roses jaunes.

Mitchell essaya d'empêcher ses pensées de tourner en rond.

Red examina le recto et le verso de la carte, puis reporta son attention sur Mitchell.

— D'accord. Ça semble être un bond en avant.

Mitchell secoua la tête.

— Ce n'est pas le cas. Crois-moi. Je reconnaîtrais une de ses cartes et son écriture n'importe où. Elles sont de lui. Il voulait envoyer un message.

De la glace parcourut le dos de Mitchell et il frissonna.

— OK, supposons que ce soit Luke qui ait envoyé ces fleurs. Pourquoi ferait-il ça ? demanda Red.

Beau se pencha en avant.

— Quand l'as-tu vu pour la dernière fois ?

Sa voix calma un peu les nerfs de Mitchell. Les deux chiens se précipitèrent dans la pièce. Randi sauta sur le canapé. Ruffy se contenta de fixer Mitchell, qui le souleva sur ses genoux et le caressa lentement. Bon sang, il avait besoin d'un peu de temps avec les chiots en ce moment.

— J'ai vu Luke pour la dernière fois quelques mois après l'avoir quitté. Il avait un autre gars à son bras. Nous étions dans une librairie, et j'ai payé mes achats aussi vite que possible pour pouvoir partir. Je me suis dit qu'il était avec quelqu'un d'autre, un pauvre type qui n'avait aucune idée du genre de gars avec qui il sortait… puis Luke était là, à côté de moi. Il a essayé de me faire revenir vers lui, en me disant qu'il était désolé et que…

Mitchell aurait vraiment aimé ne pas avoir à revivre tout cela. Ça faisait cinq ans. Il avait cru que Luke était sorti de sa vie pour de bon. Maintenant, putain de merde, ce connard était de retour, et il se sentait dans le même état de peur qu'à l'époque.

— Qu'est-ce que tu as fait ? demanda doucement Beau en posant une main sur son bras. Je sais que ça craint au plus haut point. Mais dis à Red ce qui s'est passé.

Mitchell acquiesça.

— J'ai dit à Luke de partir et de me laisser tranquille. Que j'en avais fini avec lui. Il m'a empoigné le bras, je me suis dégagé et j'ai parlé plus fort, disant à tout le monde dans le magasin que je n'étais pas un punching-ball et que frapper les gens, ce n'était pas de l'amour. J'étais tellement en colère que tout est sorti. Le type avec qui Luke était entré est sorti du magasin en courant, comme une chauve-souris de l'enfer. Peut-être que Luke l'avait déjà frappé et qu'il avait vu le numéro du « je suis désolé ». Je ne sais pas.

Il déglutit difficilement, sa main tremblait. Beau la prit et entrelaça leurs doigts.

— Bref, je lui ai dit de me laisser tranquille. Et il a quitté le magasin.

— Et c'est tout? demanda Red.

Mitchell secoua la tête.

— J'ai quitté la librairie au bout d'une demi-heure. J'avais besoin de me calmer. Luke m'attendait. Il avait dû me suivre. J'allais chez un ami parce que c'était son anniversaire, et les livres que j'avais achetés étaient pour lui. Il aimait la science-fiction et j'avais trouvé des livres de poche dédicacés. Luke m'a rattrapé à deux rues de la librairie et m'a entraîné dans une petite allée entre les immeubles. Il n'a pas dit un mot, mais je savais qu'il allait laisser ses poings parler. Lorsqu'il a voulu me frapper, je suis tombé par terre et il a frappé un mur de briques. Puis je me suis enfui en courant comme un dératé.

— Si tu crois qu'il est à l'origine de ce qui s'est passé, donne-moi des informations, déclara Red en sortant un bloc-notes. Quel est son nom complet?

— Luke Barrington. Nous nous sommes rencontrés lorsque j'étais à l'université de l'État du Michigan. Il est originaire de Grayling, dans le Michigan, et a mon âge, soit trente-quatre ans ou à peu près. Je ne me souviens pas de sa date d'anniversaire.

Il n'était pas ravi que Luke occupe encore de la place dans sa tête, mais il se sentait un peu béni d'avoir oublié certaines choses à son sujet.

— OK. Ça devrait me suffire pour le retrouver et voir où il se trouve en ce moment. Peut-être qu'il n'est même pas dans cette région du pays.

Red posa d'autres questions, et Mitchell fit de son mieux pour y répondre.

— Pourquoi ne pas le chercher sur Facebook?

Beau proposa d'utiliser son ordinateur pour faire apparaître les personnes portant ce nom.

— Est-ce que l'un de ces gars lui ressemble?

Mitchell se leva et regarda par-dessus son épaule.

— Putain de merde! jura Beau en cliquant sur une icône, et une photo de Luke s'afficha à l'écran. C'est le gars qui a livré les fleurs.

— Quoi? s'écria Mitchell.

Il n'avait pas pensé à poser des questions sur le livreur. Merde, Luke avait été aussi proche de Beau et de Jessica.

— Tu es sûr? interrogea Red.

Beau parcourut ses messages, qui étaient un étrange mélange de rediffusions et de théories du complot. Tous les posts étaient récents, le compte n'avait été créé qu'il y a un mois.

— Oui, c'est lui. Il était là il y a seulement quelques heures. Et regarde. Ce selfie a été pris dans le centre-ville de Carlisle. Il y a le vieux palais de justice en arrière-plan. Il doit être ici. Voilà la preuve.

Beau commença à trembler et Mitchell passa un bras autour de lui pour essayer de le réconforter. Beau lui tapota le bras.

— Nous savons donc qui est à l'origine de ce qui s'est passé ici, et on peut dire qu'il traîne probablement dans les parages. Je vais appeler le bureau du shérif et le signaler. Pierre est un ami, il pourra nous aider. Techniquement, ce n'est pas ma juridiction. C'est le bureau du shérif qui s'en occupe. Je veillerai à ce que cette affaire reçoive l'attention qu'elle mérite.

Red passa en revue tous les détails et copia les informations de la page Facebook.

— Qu'est-ce qu'on fait? demanda Mitchell, de plus en plus inquiet, non seulement pour lui, mais aussi pour Beau et Jessica.

Luke voulait aussi quelque chose d'eux, sinon pourquoi livrer les fleurs? Il avait été si proche, ce qui signifiait aussi qu'il avait voulu voir Beau de près.

— Parce que si je mets la main sur lui, je le tuerai. S'il regarde Beau ou Jessica d'un drôle d'œil – ou même s'il réapparaît sur ma propriété –, j'ai une arme et je m'en servirai.

Mitchell n'allait pas prendre de risques.

— OK, Billy la Gachette. Laisse-moi travailler avec le bureau du shérif pour voir si nous pouvons le trouver. Jusqu'à présent, nous ne pouvons pas prouver qu'il ait fait quelque chose de mal. Tout ce que nous savons, c'est qu'il a livré des fleurs à Beau. L'histoire avec Randi et le refuge, ainsi que les autres soupçons, ne sont que des suppositions. Alors avant de faire sauter la tête de qui que ce soit, assure-toi d'avoir de bonnes raisons.

Red était très sérieux.

Mitchell acquiesça, sachant qu'il était probablement allé un peu trop loin. Mais il n'allait pas laisser quelque chose arriver à Beau et Jessica.

Ils avaient ramené le soleil dans sa vie, il ne pensait pas pouvoir vivre à nouveau sans leur chaleur.

— Si nous voyons quelque chose, nous appellerons tout de suite. Beau, est-ce que Jessica et toi voulez rester à la maison ? Au moins, nous pourrons être ensemble.

L'union faisait la force.

— Oui. Dès que Jessica se réveillera de sa sieste, ce qui ne saurait tarder, je la nourrirai et la changerai, puis je préparerai quelques affaires pour qu'elle puisse passer la nuit. Je me sentirais mieux si je savais que tu n'es pas seul non plus. Il m'a peut-être envoyé des fleurs, mais je pense que ce message t'est vraiment destiné. Il m'a livré les fleurs probablement parce qu'il veut que tu saches qu'il est au courant de notre relation. Il veut que tu saches qu'il sait.

— Mais pourquoi ? demanda Mitchell, confus.

Tout cela n'avait aucun sens. Pourquoi Luke n'avait-il pas simplement continué sa vie au lieu de venir le chercher après tout ce temps ? Cela n'avait aucun sens. Mitchell essayait d'aller de l'avant. Pourquoi Luke ne faisait-il pas de même ?

— Nous pouvons spéculer toute la nuit, dit Red en se levant. Je vais me renseigner et je vous rappellerai. Restez groupés et gardez les chiens autour de vous. Ils vous préviendront si quelqu'un vient fouiner dans les parages.

Red sourit et serra la main de chacun d'entre eux avant de quitter la maison.

— Je suis désolé pour tout ça. Si j'avais su, j'aurais appelé tout de suite quand il les a livrés, soupira Beau. C'est juste que j'ai été tellement bouleversé par le fait que tu m'aies envoyé des fleurs. Personne n'avait jamais fait ça auparavant. Gerome ne croyait pas à ce genre de choses. Quand il s'agit de cadeaux, c'est un vrai cancre. Le dernier Noël que nous avons passé ensemble, il m'a offert un chalumeau. Gerome avait décidé d'essayer de nouveaux équipements, alors il m'a acheté la torche de soudage qu'il voulait pour son travail. Je lui ai offert une belle montre. Il l'a adorée et l'a portée tout le temps. Mon chalumeau a immédiatement disparu dans son atelier.

Beau soupira et leva les yeux au ciel.

— Inutile de dire qu'il ne m'a jamais envoyé de fleurs, et quand j'ai pensé que tu avais…

Il laissa ses mots s'envoler.

151

— J'aurais aimé qu'elles viennent de moi. Luke envoyait des fleurs, et c'était toujours des roses jaunes. C'était en quelque sorte sa carte de visite «je suis désolé».

Mitchell voulut prendre les fleurs sur la table et les jeter à la poubelle, mais elles étaient trop belles pour être jetées, alors il les laissa là où elles étaient. Pourtant, il détestait que Luke ait réussi à s'immiscer dans le bonheur qu'il essayait de construire – qu'*ils* essayaient de construire. Il s'assit pour essayer de réfléchir tandis que Jessica s'agitait dans l'autre pièce. Beau alla la chercher, et Mitchell essaya de réfléchir à ce que Luke pouvait bien faire.

— Comment va-t-elle?

— Un peu chaude, remarqua Beau en la portant jusqu'à la cuisine.

Elle renifla pendant quelques minutes, puis s'arrêta brusquement, probablement à cause d'un biberon.

— J'espère qu'elle n'est pas en train de couver quelque chose.

Il lui tâta le front et partit chercher un thermomètre pour vérifier sa température, qu'il déclara normale. Elle semblait assez heureuse maintenant qu'elle était nourrie.

— Tu as dit qu'il envoyait toujours des roses pour s'excuser. Peut-être que c'est ce qu'il fait maintenant.

Mitchell réfléchit et haussa les épaules.

— Sauf qu'à chaque fois qu'il s'excusait auprès de moi, il apportait toujours les fleurs lui-même, me faisait ses grands yeux de chien battu et me promettait qu'il ne recommencerait plus, puis il me disait qu'il m'aimait. Luke pouvait être un sacré escroc quand il le voulait. Il mettait de la musique et préparait un bon repas. Il était toujours désolé et mettait beaucoup de temps à s'excuser, mais peu de temps après, tout était oublié et je me retrouvais de nouveau sur les montagnes russes émotionnelles. Au début, j'ai pensé que c'était de ma faute, que je n'étais pas assez bien pour lui. Je me suis donc efforcé d'être le meilleur possible, de faire ce qu'il voulait et de ne pas le mettre en colère. Ça n'a jamais fonctionné. Il m'a fallu beaucoup de temps pour comprendre que c'était lui. C'était lui qui avait un problème, et la seule façon pour moi d'être heureux était de partir. Il s'est mis en colère et s'est fâché, et je suis parti dès que j'ai pu.

— Donc pas de fleurs après la dernière fois.

— Non. Comme je l'ai dit, la dernière fois que je l'ai vu, c'était à la librairie. Je me suis tenu à l'écart du mieux que j'ai pu, et après ça, je ne l'ai plus jamais revu. Depuis toutes ces années, je ne l'ai jamais vu. Il m'a envoyé des cartes et des lettres, mais je les ai déchirées en mille morceaux.

Je ne voulais rien de lui, et je ne veux toujours rien, si ce n'est qu'il me laisse tranquille.

Mitchell en avait fini avec ce type.

— D'accord. Alors peut-être qu'il envoie les fleurs après tout ce temps. Peut-être que ça lui a pris tout ce temps pour te trouver, proposa Beau.

Mitchell ne pensait pas que c'était le cas. Il n'avait pas été si difficile à trouver ces dernières années.

Jessica le regarda et il mit son doigt dans sa main. Elle le serra fermement tandis que les deux chiens s'installaient sur le canapé, Randi tout près de Jessica, sur ses gardes, comme elle semblait toujours l'être.

— Et peut-être qu'il essaie juste d'envoyer le message qu'il peut atteindre les gens dans ma vie. Luke était toujours au mieux de sa forme lorsqu'il contrôlait la situation. C'est quand les choses lui échappaient qu'il se mettait en colère.

Mitchell souhaitait simplement comprendre ce qui se cachait derrière tout cela afin d'y trouver un sens.

— Pourtant, je pensais ce que j'ai dit. Je me tiendrai entre lui et vous deux, quoi qu'il arrive.

Beau fit claquer sa langue.

— Tu n'as pas besoin de te jeter sur une épée pour nous, et je ne veux surtout pas que tu tires sur quelqu'un. L'idée d'avoir une arme à feu dans la maison m'effraie au plus haut point.

Beau était honnête, et Mitchell le comprenait.

— Je dois assurer notre sécurité à tous. L'arme est hors de vue et pourtant dans un endroit où je peux facilement l'attraper si nous en avons besoin. Je peux te montrer où il est si tu veux.

Beau secoua la tête.

— Je ne pense pas que je veuille savoir, pourtant je le devrais probablement. Je pense que le fait de tomber dessus m'effraierait plus que de le savoir.

Il sembla réfléchir une minute. Il sembla se redresser un peu.

— Oui, tu devrais me montrer où elle se trouve.

— As-tu déjà tiré avec une arme à feu ? demanda Mitchell.

Beau acquiesça.

— Oui, quand j'étais adolescent. Mon père aimait chasser. Je n'étais pas vraiment intéressé par ce genre de choses. Mais il m'emmenait, et j'y allais parce que ça le rendait heureux. Il a fini par comprendre et il est parti chasser avec ses copains et ne m'a plus demandé d'y aller. J'ai tiré au fusil et à l'arme de poing parce que papa a insisté pour que j'apprenne.

Il se pencha en avant.

— Je me souviens d'être allé à la chasse avec papa. Nous devions abattre un cerf. J'en avais un en ligne de mire, un grand mâle, et papa était à mes côtés. Le mâle était magnifique, avec huit ou dix pointes, plus majestueux et plus grand que tous ceux que j'avais vus.

Il déglutit et Mitchell ne put détourner le regard.

— Mon père aurait été si fier, et tout ce que j'avais à faire, c'était de tirer. Au lieu de ça, je n'ai pas pu. Il avait l'air si parfait, et l'idée de le tuer pour que papa puisse accrocher sa tête à notre mur, et de le manger alors que nous avions plein d'autres aliments… Je n'arrivais pas à appuyer sur la gâchette. Mon doigt était là, mais il ne voulait pas le faire. Au lieu de cela, j'ai toussé et j'ai fait comme si je ne pouvais pas respirer pendant une seconde. Le cerf s'est enfui. J'ai baissé le fusil et, à ma grande surprise, mon père n'a rien dit. Pas un seul mot.

Beau regarda Jessica.

— Je m'attendais à ce qu'il me crie dessus, mais il n'a rien dit. C'est juste qu'il ne m'a pas proposé de m'emmener à nouveau à la chasse. Je pense qu'il savait que je n'aurais jamais pu appuyer sur la gâchette. Une cible n'était pas un problème, mais tirer sur quelque chose de vivant… je ne pouvais pas le faire.

Beau ne quitta pas sa fille du regard.

— Depuis, je n'ai ni touché ni tiré avec une arme à feu.

— Je vais te montrer où elle se trouve et comment utiliser la sécurité. Je la garde toujours en place.

L'esprit de Mitchell ne cessait de s'agiter. Il avait du mal à croire que Luke était revenu dans sa vie, et pourtant il aurait probablement dû s'y attendre à un moment ou à un autre. Mais ce qui l'intriguait, c'était de savoir pourquoi maintenant. Il devait y avoir eu un changement qui l'avait précipité.

Son téléphone vibra dans sa poche et Mitchell le sortit, reconnaissant qu'il s'agissait de Red.

— Tu as trouvé quelque chose ?

— D'intéressant, oui. Il semblerait que ton ami Luke ait eu une relation avec un homme dans le Delaware, et qu'il se soit retrouvé en prison pour de multiples agressions. Il a été libéré sur parole il y a quelques mois.

Mitchell eut du mal à y croire.

154

— Tu veux dire qu'il était en prison ? Depuis combien de temps ?

— Trois ans, répondit Red. Ce qui expliquerait pourquoi il a été absent si longtemps. Et il est possible qu'il ait eu le temps de réfléchir à tous ceux contre qui il éprouvait une rancune.

— Mais s'il a été emprisonné pendant trois ans et qu'il vient de sortir, pourquoi s'en prendrait-il à moi et pas à celui qui l'a envoyé en prison ?

Mitchell ne comprenait pas.

Red se racla la gorge.

— Ce n'est qu'une théorie, mais je soupçonne que cette personne est protégée. Il aurait témoigné. Si je voulais parier, je dirais que Luke a transféré toute sa colère et sa bile sur vous. Tu es celui qui s'est enfui. Celui qu'il n'a pas pu atteindre pendant longtemps.

C'était peut-être se raccrocher à la réalité, mais c'était une explication aussi bonne qu'une autre. Luke n'était pas la personne la plus stable émotionnellement au monde, et s'il avait passé des années à ruminer et à le blâmer pour tout ce qui lui arrivait, peu importait si c'était vrai ou non, il finirait probablement par le croire.

— C'est une possibilité.

— Les gars en prison ont tout le temps la tête ailleurs. Ce n'est pas une fête, c'est sûr. Luke n'était pas dans l'un des pires endroits, mais même les prisons de sécurité moyenne peuvent être très dures. J'ai contacté le bureau du shérif et j'ai expliqué qu'il était probable que Luke ait violé sa probation, et j'ai utilisé quelques-unes de ses photos Facebook dans le cadre de l'avis de recherche. J'ai également envoyé un message à son agent de probation. Il doit savoir si Luke fait des voyages qu'il ne devrait pas faire. Nous garderons un œil sur lui, tout comme le bureau du shérif. Surveille bien et n'attends pas pour appeler si tu vois quelque chose.

— Nous téléphonerons tout de suite.

Il mit fin à l'appel et il expliqua la situation à Beau.

— Rassemble tes affaires et ferme la maison. Nous amènerons les chiens chez moi, et je veux mettre en place une sécurité dans le refuge. Si Luke y est entré une fois, il pourrait recommencer.

Mitchell n'était pas sûr de ce qu'il allait faire, mais il était certain qu'il allait garder son cœur en sécurité… et cela signifiait protéger Beau et Jessica, quoi qu'il arrive.

XII

BEAU INSTALLA Jessica dans sa balancelle près du canapé de Mitchell. Les deux chiens étaient assis à proximité et la regardaient rebondir et jouer, leurs têtes se balançant au fur et à mesure qu'elle rebondissait de haut en bas. Beau avait déjà installé son berceau et Jessica semblait heureuse. Dommage qu'il n'arrive pas à se débarrasser du nœud dans son estomac.

Mitchell semblait tout aussi nerveux et ne pouvait rester assis. En ce moment, il était au refuge, en train d'installer quelque chose qui, espérait-il, les alerterait si quelqu'un essayait de pénétrer à l'intérieur. Beau n'était pas sûr de tout cela. Oh, il était presque sûr que Luke était derrière ce qui s'était passé. Mais si ce type était intelligent, il devait aussi savoir qu'ils étaient au courant et qu'il ferait mieux de quitter la ville. Bon sang, ce cercle de pensées lui donnait mal à la tête.

Mitchell lui avait montré où il gardait l'arme, dans le tiroir du haut de son bureau, sous un classeur rempli de papiers. Beau détestait qu'elle soit là, mais c'était la maison de Mitchell, et il comprenait que c'était pour leur protection. Il espérait seulement que Luke ne savait pas non plus où elle se trouvait.

— Tu es heureuse, ma puce? demanda-t-il à Jessica, parce qu'il avait besoin de faire quelque chose pour éviter que ses nerfs ne prennent le dessus.

Il ne pensait pas pouvoir dormir beaucoup jusqu'à ce que Luke soit hors service et qu'ils soient tous en sécurité et puissent retourner à leur vie normale.

Normale. Il laissa le mot rouler dans sa tête. Rien n'avait été normal depuis des semaines, et pour l'essentiel, il en était reconnaissant. Avant l'arrivée de Mitchell dans sa vie, celle-ci était morne et il était tout le temps seul avec Jessica, s'inquiétant de Gerome et de ce qu'il ferait ensuite.

Mitchell entra, ferma la porte derrière lui et s'assit sur le canapé.

— Je ne sais pas si ça servira à grand-chose, mais j'ai pu remplacer la lumière à l'extérieur par une lumière à détecteur de mouvement, donc si quelqu'un passe dans la cour, toutes les lumières devraient s'allumer.

Ruffy s'approcha en bondissant et Mitchell le souleva sur ses genoux.

— J'aimerais juste savoir ce qu'il pense pouvoir accomplir. Pourquoi Luke ne pourrait-il pas simplement vivre sa vie ?

Beau haussa les épaules.

— Quelle vie ? Celle qu'il avait avant d'aller en prison est terminée. Les opportunités pour quelqu'un comme lui sont très limitées, et quoi qu'il arrive, il aura du mal à trouver un emploi ou à le garder très longtemps. Tous ses anciens amis vont prendre leurs distances, et même sa famille va le traiter avec méfiance.

— Oui, peut-être. Mais ça ne va rien arranger. Et si Red a raison et qu'il a violé sa liberté conditionnelle, alors quand ils le trouveront, ce sera le retour à la prison. Mais ce ne sera qu'après qu'ils l'aient attrapé.

Mitchell n'avait pas l'air enthousiaste.

— Alors qu'est-ce qu'on fait ?

Mitchell haussa les épaules.

— Je ne suis qu'un vétérinaire, pas un agent de sécurité ou un flic. Red sait ce qui se passe et il essaie d'aider. Mais la meilleure chose que nous puissions faire, c'est d'essayer de nous protéger.

— Pas plus d'armes, pria Beau, qui détestait cette idée. Je ne peux plus supporter ce genre de choses. Et si Luke la trouvait et l'utilisait contre nous ?

Il déglutit difficilement.

— Je n'en ai qu'une, et tu sais où elle se trouve, assura Mitchell avec fermeté. Je ne vais pas transformer ma maison en forteresse armée, mais je ne veux pas que toi ou Jessica soyez blessés. Luke a joué avec nous jusqu'à présent. Il a essayé de blesser Randi et a ouvert les enclos des chiens. En envoyant les fleurs, il aurait tout aussi bien pu signer la carte de son propre nom.

— Peut-être qu'il essaie juste de nous regarder nous débattre, proposa Beau. Il est évident qu'il nous observe. Tu as trouvé des preuves de sa présence dans ma cabane, mais rien ici.

Mitchell marqua une pause.

— Je devrais peut-être vérifier à nouveau.

Il n'avait pas vraiment l'air d'aimer l'idée, et Beau ne l'aimait certainement pas.

— Tu veux te promener seul dans la propriété pour voir si quelqu'un ne s'y cache pas ? Que feras-tu si tu le trouves ?

Il croise les bras sur sa poitrine.

— Tirer d'abord et poser des questions ensuite ?

— Hé, je ne suggérais pas que j'avais la gâchette facile. Je suis désolé si tu es un peu mal à l'aise, mais je me sens mieux en sachant que j'ai les moyens de nous défendre si c'est nécessaire. J'espère bien que ce ne sera pas le cas.

Mitchell s'immobilisa et s'approcha de la fenêtre. Les chiens du refuge étaient en train de faire du grabuge. Il tendit l'oreille, puis se précipita vers la porte.

— Sois prudent.

— Je le serai. Appelle la police si je ne suis pas de retour dans dix minutes.

Mitchell consulta sa montre et sortit précipitamment de la maison.

Beau détestait ces moments où il restait assis à l'intérieur pendant que Mitchell était dehors en train d'examiner ce qui se passait. Cela devenait de plus en plus fréquent. Pourtant, il ne pouvait pas laisser Jessica seule. C'était logique, mais il se serait senti mieux s'il avait pu être là pour surveiller Mitchell.

Il se dirigea vers la fenêtre qui donnait sur la cour. Mitchell sortit de l'abri et traversa la cour. Il tomba soudain sur le sol et resta immobile. Beau se demanda ce qui s'était passé et s'apprêtait à sortir pour vérifier quand Mitchell s'accroupit et courut vers la maison. Il entra, claqua la porte et s'y appuya, essoufflé.

— Qu'est-ce qui s'est passé ? Tu vas bien ? Tu es tombé ?

— Non. J'ai cru entendre un coup de feu. Je me sens complètement idiot.

Mitchell prit une grande inspiration et la relâcha.

— Je n'ai rien entendu, dit Beau.

— Ce n'était pas ça. Juste un vieux camion qui pétaradait sur la route. Je crois que c'était celui de John Harper. Ce truc brûle plus d'huile que d'essence et fait plus de bruit qu'une machine à pop-corn. Je suppose que j'étais un peu nerveux. J'ai eu l'impression d'entendre un coup de feu et j'ai eu une peur bleue.

Mitchell ferma les yeux et Beau se rapprocha de lui, le serrant fort dans ses bras. Toute cette situation les mettait tous les deux sur les nerfs. Avec un peu de chance, ce serait bientôt terminé. Mais il savait que cela n'allait pas se résoudre tout seul.

— Nous devons mettre un terme à cette situation. Nous avons tous les deux peur et sommes aussi nerveux que des chats.

Il continua à enlacer Mitchell, souhaitant avoir une idée géniale pour débusquer Luke et le remettre à la police. Il espérait qu'alors, Mitchell et lui pourraient peut-être arranger les choses entre eux.

— Je sais. Mais ce n'est pas mon truc. Je garde les chiens et les chats en bonne santé. Je ne suis pas un enquêteur. Peut-être que si je n'avais pas tout gâché plus tôt avec le poison et dans le refuge, nous aurions pu avoir une chance, gronda-t-il, poussant un juron.

Beau prit la main de Mitchell et le guida vers le canapé.

— Tout ce que ça aurait donné, c'est de nous dire que c'était Luke avant. Maintenant, nous savons. Tu es sortie avec lui pendant un certain temps. Comment était-il, à part le chaud et le froid ? Quel genre de choses détestait-il ? Qu'aimait-il ? Est-ce qu'il buvait ?

Mitchell acquiesça.

— Je ne sais pas ce que ça peut apporter de bon à qui que ce soit. Luke aimait la bonne nourriture. C'était un piètre cuisinier, mais il aimait que je sache cuisiner et que je lui prépare des repas. Mais ses moments préférés, c'était quand on sortait, surtout…

Mitchell marqua une pause.

— Surtout si quelqu'un d'autre payait.

— D'accord. Ça n'aide pas vraiment.

— Non…

Mitchell marqua une nouvelle pause.

— Mais ça le pourrait. Luke n'est pas très patient. Il ne reste pas les bras croisés à faire traîner les choses. En tout cas, ce n'est pas la personne que j'ai connue.

— Ce qui veut dire qu'il a changé… ou que quelque chose va bientôt arriver.

Ce n'était pas du tout une bonne chose.

— Il me semble, oui. C'est en partie ce qui me dérange. Ça fait un moment que ça dure, et la seule indication que c'est lui, ce sont les fleurs. Je pense qu'il jouait son petit jeu, mais nous n'avions pas compris. Il fallait donc qu'il me fasse savoir à sa façon qu'il était derrière tout ça, réfléchit Mitchell en s'appuyant contre lui. J'aimerais seulement savoir à quoi il joue. Qu'est-ce qu'il veut ? Ce n'est pas comme si j'allais revenir vers lui ou le laisser me bousculer. Je ne suis plus un enfant.

Beau marqua une pause.

— Mais il ne le sait pas. Si Luke a été en prison, l'image qu'il a de toi n'a pas changé. Il te voit toujours comme le même gars qu'il avait l'habitude de frapper et de bousculer. C'est peut-être ça le problème. Je sais que ça va être difficile, mais d'une manière ou d'une autre, tu dois lui faire face et lui montrer l'homme que tu es maintenant. Celui qui s'est tenu devant un officier de police et lui a affirmé qu'il tuerait un agresseur avant qu'il ne m'arrive quoi que ce soit.

Beau avait été très impressionné, et il se tourna vers Mitchell. Il savait que ce n'était pas le meilleur moment, mais…

— Qu'est-ce qu'il y a? demanda Mitchell à voix basse, et Beau l'embrassa.

Il n'était pas doux ou hésitant, mais exigeant et fort. Peut-être que les événements l'avaient un peu secoué, mais il se pencha en avant et pressa Mitchell contre les coussins.

— D'où ça vient?

— Est-ce que ça a de l'importance? demanda Beau, et Mitchell fredonna.

Puis Beau prit les joues de Mitchell, fixa ses grands yeux pendant une seconde, puis posa sa bouche sur la sienne, prenant ses lèvres avec tout ce qu'il avait.

— Ce n'est pas que je me plaigne, mais…

Mitchell respira profondément.

Beau enroula ses bras autour du cou de Mitchell.

— Alors arrête de parler, le réprimanda-t-il. Il y a tant de choses que nous pourrions faire d'autre.

Il grimpa sur Mitchell, le chevauchant, balançant ses hanches tout en l'embrassant de plus en plus fort. Quelque chose en lui avait dû se briser, parce qu'il était soudain affamé et qu'il ne pouvait plus s'en passer. Mitchell l'enlaça, s'accrochant fermement à lui tandis que Beau vibrait d'énergie.

Jessica cria, et Beau gémit en s'écartant. Sa fille avait un timing impeccable.

— Va la chercher.

Beau acquiesça tandis que Mitchell le serrait dans ses bras.

— Une fois qu'elle sera au lit et que la maison sera sécurisée, nous reprendrons là où nous nous sommes arrêtés, je te le promets.

Beau hocha la tête, incapable de croire que sa voix n'allait pas se briser ou qu'il n'allait pas lâcher un torrent de jurons frustrés. Il descendit du canapé et alla chercher Jessica, qui cessa de pleurer dès qu'elle le vit.

— Hé, ma chérie.

Il la sortit du berceau et changea sa couche, puis la porta jusqu'au salon, où il la confia à Mitchell pour un câlin pendant qu'il allait préparer un biberon.

Lorsqu'il revint, Jessica fixait Mitchell pendant qu'il lui chantait une chanson. C'était si beau et cela touchait son cœur comme rien d'autre ne l'avait fait.

— Tu sais ce que Gerome m'a dit quand il a appris que j'allais avoir la garde de Jessica ? Il m'a dit que je ne trouverais jamais un homme qui voudrait d'une personne avec un enfant. Que je me condamnais à vivre avec elle pour seule compagnie.

Mitchell secoua la tête et soupira.

— Qu'est-ce que tu lui as répondu ?

Beau sourit.

— Que je préférais avoir Jessica pour compagnie plutôt que lui, et que je pensais que c'étaient des conneries.

Il s'assit à côté de Mitchell, qui s'appuya contre lui.

— J'aurais passé le reste de ma vie avec Jessica pour seule famille.

Mitchell sourit.

— Tu n'auras pas à le faire.

Il se rapprocha et Beau lui tendit le biberon. Mitchell nourrit Jessica, la petite fille lui tenant la main pendant que Mitchell tenait le biberon.

— Tu sais que tu m'as déjà enroulé autour de ton petit doigt, n'est-ce pas ? chuchota Mitchell, et Beau posa sa tête sur son épaule.

C'était ainsi qu'il s'était toujours vu... sa famille. Mais il n'osait pas se faire trop d'illusions. Non pas que Mitchell ne soit pas un homme merveilleux –, il l'était.

— Oui, c'est vrai, ma chérie, roucoula Mitchell, continuant à parler à Jessica tandis que Beau ruminait ses propres inquiétudes.

Il avait désespérément besoin d'oublier ce que Gerome avait fait.

— Hein ? demanda Beau lorsqu'il réalisa que Mitchell lui parlait. Je suis désolé.

— Je te demandais à quoi tu pensais. Tu étais soudain très loin.

Mitchell prit le biberon de Jessica et la cala sur son épaule, lui tapotant le dos pour lui faire faire son rot.

— Je me demande toujours si je prends la bonne décision. Si je suis capable de prendre une bonne décision quand il s'agit de relations, ou si je vais toujours en prendre de mauvaises.

— Toi aussi ? répliqua Mitchell, et Beau se sentit instantanément mieux. C'est juste une autre chose que nos ex nous ont prise. Je me demande toujours si ce que je ressens est réel et si je peux m'y fier. Je me suis trompé pour Luke, tu t'es trompé pour Gerome.

Il gloussa lorsque Jessica émit l'un de ses rots d'ivrogne, et Mitchell lui essuya le visage et la repositionna pour le reste du lait.

— Nous devons les laisser derrière nous. C'est difficile, mais nous devons être capables de nous faire confiance à nouveau, sinon nous ne pourrons jamais avoir une vie normale. Celle que nous méritons.

Mitchell lui frappa légèrement l'épaule.

— Écoute, toi et moi n'avons rien fait de mal. Nous avons été victimes d'agresseurs. C'est aussi simple que ça. Pourtant, ils continuent, et nous souffrons.

Mitchell récupéra le biberon vide de Jessica et la fit roter une fois de plus.

— Je pense que nous devons tous les deux apprendre à nous faire confiance. Cette petite nous fait confiance, et je pense que nous devons tous les deux faire de même. Les bébés savent à qui ils peuvent se fier, tout comme les chiens. Ils ont un sixième sens pour ce genre de choses.

Beau se pencha vers Mitchell et l'embrassa doucement.

— Je vais choisir de te faire confiance et d'arrêter de douter. J'en ai tellement marre. En plus, tu étais là quand j'étais menacé, et tu es venu à la rescousse de la petite Randi.

— Bien sûr que je l'ai fait, et je dois faire de même. Je te fais confiance. Ce n'est pas le problème. Il s'agit de *me* faire confiance.

Mitchell se tourna vers lui.

— Je pensais que je m'en sortais vraiment bien et que j'avais réglé mes problèmes avec Luke. Puis je t'ai rencontré, et ils sont tous revenus.

— Je comprends.

Mitchell secoua la tête.

— Non, je ne crois pas. Je veux que les choses s'arrangent entre nous. C'est important pour moi, alors je n'arrête pas de me remettre en question. Et je déteste ça, parce que tu es tellement mieux que Luke ne l'a jamais été.

Il avait l'air si sérieux.

— Mais parfois, c'est comme s'il regardait par-dessus mon épaule, et j'ai tellement envie de le bannir pour toujours et d'avancer dans ma vie… avec toi.

Mitchell se mordit la lèvre inférieure.

— Je sais que c'est rapide et que je prends un risque, mais…

— Je sais ce que tu ressens.

Avec Gerome, les choses s'étaient déroulées assez rapidement, mais là, il se sentait bien et c'était très différent. Son ventre s'agitait, mais il n'y avait plus de trépidation ni d'inquiétude quant à savoir s'il était assez bon.

— Je crois que j'ai compris maintenant.

— Compris quoi? demanda Mitchell en tenant Jessica dans ses bras et en la berçant doucement.

— La chose qui me manque, répondit-il en se décalant légèrement. Quand j'ai commencé avec Gerome, c'était chaud et intense, et tout était si important, et il y avait cette poussée d'émotion qui brûlait si vite. Là, c'est différent.

— D'accord, marmonna Mitchell d'un air méfiant.

Beau se rendit compte de ce qu'il avait dit et voulut s'enfoncer dans le canapé.

— Je ne voulais pas dire que tu n'étais pas tout ça. Avec Gerome, c'était *tout ce que* nous avions. Tout n'était que chaleur et passion, sans rien en dessous. Je m'en rends compte maintenant.

Il prit une seconde pour essayer de rassembler ses idées.

— Gerome était sexy, il l'est toujours. Ça ne veut pas dire que tu ne l'es pas, parce que plus tard, j'ai l'intention de brûler les draps pour te montrer à quel point tu peux être sexy. Mais c'est tout ce qu'il y avait. J'aimais bien qu'il soit un artiste en difficulté. C'était cool, et il lui arrivait de travailler en short lorsqu'il faisait chaud en été. C'était *amusant* – il était amusant – jusqu'à ce que ça ne le soit plus, et à ce moment-là, il n'y avait plus rien entre nous que ses sautes d'humeur, son égoïsme, et le fait que j'avais peur de lui tout le temps.

Il se rapprocha, regardant Jessica jouer et sourire.

— Je pense...

Il essayait de mettre des mots sur ce qu'il ressentait, sans y parvenir. Il commençait à penser qu'il s'était peut-être ridiculisé.

— Je n'ai pas peur de toi. J'ai vu comment tu étais avec les chiens et avec Jessica. Tu lui souris comme j'ai toujours pensé que son papa pourrait sourire.

D'accord, peut-être qu'il devenait un peu sentimental et qu'il devait se calmer.

Mitchell réinstalla Jessica dans le creux de son bras, et elle tint son doigt tandis que ses yeux bleus brillaient.

— Je sais ce que tu ressens. Les choses vont bien entre nous. Je me suis inquiété de la même chose. Et c'est toujours le cas, mais pour des raisons différentes. Il semble que mon passé soit toujours là, et je n'ai aucune idée de l'endroit où il va frapper ou de ce qu'il veut.

Il déglutit et posa à nouveau sa tête sur l'épaule de Beau.

— Ça va te paraître bizarre, mais quand on s'est rencontrés, j'ai pensé que c'était peut-être toi qui avais besoin de mon aide. Gerome traînait dans les parages, et…

Il gloussa nerveusement.

— Je pensais que j'allais être le chevalier blanc, que j'allais vous protéger, toi et Jessica. Mais je crois que c'est moi qui ai besoin d'être sauvé. Tu as tourné la page sur Gerome, tu l'as largement laissé derrière toi. Je pensais qu'après cinq ans, j'en avais fini avec lui.

Beau acquiesça.

— Tu t'inquiètes toujours de ton ex après tout ce temps. Ce type traîne dans les parages en essayant de faire du mal à nos chiens et d'endommager le refuge. Il nous surveille et nous envoie même des fleurs comme un harceleur dément. Bien sûr que tu vas t'inquiéter. Et alors ? Tu veux te remettre avec lui ?

Mitchell frissonna.

— Mon Dieu, non. Jamais de la vie.

— Et est-ce qu'il te manque ou est-ce que tu souhaites que vous soyez toujours amis ?

Beau haussa les sourcils, connaissant déjà la réponse.

— C'est une blague ?

— Il me semble donc que tu as besoin de tourner la page. J'ai eu l'occasion de dire à Gerome que je ne voulais pas qu'il revienne et qu'il devait continuer sa vie parce que j'allais continuer la mienne. Tu n'as jamais eu cette chance. Peut-être que tu l'auras, peut-être pas. L'important, c'est que tu puisses le faire, expliqua Beau. Dans les films, il y a toujours ce grand moment où le héros s'oppose à son bourreau et surmonte sa peur. Parfois, c'est juste pour dire non à l'autre… mais parfois – et ce sont les meilleurs – ils donnent un coup de genou dans les parties intimes de l'abruti, qui tombe au sol en se tordant de douleur et d'agonie.

Mitchell leva la main.

— Un gros coup suivi d'un boitement évident.

Beau gloussa légèrement.

— Mais nous ne sommes pas dans un de ces films. Et nous n'avons pas tous la possibilité de nous opposer à nos bourreaux. Parfois, ils s'en vont et nous devons trouver notre propre voie et tourner la page.

Mitchell leva les yeux au ciel et prit un air mignon.

— Qu'est-ce que je suis censé faire, lui écrire une lettre et la brûler ensuite ?

— Oui, pourquoi pas ? Laisse-toi aller au bonheur. N'emporte pas Luke avec toi dans ta poche. Il peut faire ce qu'il veut et être aussi effrayant et bizarre qu'il le veut, mais ça ne change pas la personne que tu es. Il n'a pas le droit d'avoir un effet sur toi. Quoi qu'il veuille ou comment il agisse, il ne doit pas avoir d'impact sur toi.

— Mais il est toujours dehors, protesta Mitchell.

— Et d'une manière ou d'une autre, avec l'aide de Red, il sera retrouvé et retournera à sa place. C'est aussi simple que ça. Ce type a violé sa probation, aucun juge ne verra ça d'un bon œil, surtout quand ils apprendront qu'il l'a fait pour traquer quelqu'un qu'il avait blessé dans le passé.

Beau espérait que Mitchell comprenait ce qu'il disait.

— Je vais essayer, acquiesça Mitchell.

— Donne-toi un peu de temps pour comprendre ce qui se passe et l'assimiler. Si Gerome était à l'origine de tout ça, je ressentirais probablement la même chose que toi. Mais il va de l'avant, je fais de même, et tu peux en faire autant. Parce que je veux avancer dans ma vie… avec toi.

Mitchell fredonna doucement et passa son bras autour de l'épaule de Beau. Il faisait bon et la maison était calme. Jessica dormait et ils étaient tous assis en silence. Beau n'avait aucune idée de combien de temps durerait ce moment, alors il avait l'intention d'en profiter au maximum.

— N'est-ce pas un tableau adorable ?

Mitchell sursauta en entendant la voix derrière eux. Beau se retourna et l'homme qui avait livré les fleurs entra dans le salon depuis la cuisine.

— Je savais que si j'attendais assez longtemps, vous viendriez tous les deux ici pour être près des chiens.

Randi grogna et Ruffy aboya vivement, tous deux se précipitant pour attaquer.

— Faites taire vos serpillières, ou je les enferme dans la cave.

— Tu dois être Luke, dit Beau en prenant Jessica et en la serrant contre lui.

Elle s'était mise à pleurer et il fit de son mieux pour ne pas trembler devant le morceau d'acier froid que Luke pointait sur Mitchell.

— Et tu dois être le père, répliqua Luke en ricanant. Restez où vous êtes. Tous les deux.

— Arrête, supplia Mitchell. Qu'est-ce que tu fais ici? Pourquoi n'es-tu pas resté à l'écart? Qu'est-ce que tu veux? Je ne t'ai pas vu depuis cinq ans, soudain tu es de retour, tu nous observes, tu essaies de faire du mal aux chiens. Qu'est-ce qui te prend? demanda-t-il en se levant. Pour l'amour de Dieu, range ton arme.

Il mit ses mains sur ses hanches.

— C'est moi qui devrais être en colère contre toi pour la façon dont tu m'as traité.

— La façon dont je t'ai traité? répéta Luke. Tu as eu ce que tu méritais, ce que tu voulais. Je sais que tu m'as encouragé parce que tu aimais ça.

Beau se glaça et serra Jessica plus fort, essayant de la calmer pendant qu'il cherchait un moyen d'accéder au téléphone dans sa poche.

— Non, je n'ai rien fait de tel. Et je t'ai quitté à cause de ça. Tu as eu des années pour poursuivre ta vie, c'est ce que tu dois faire. Toi et moi ne sommes plus ensemble depuis longtemps. Pourquoi me veux-tu maintenant?

Luke se rapprocha de lui et repoussa Mitchell assez fort pour qu'il tombe pratiquement sur le canapé.

— Je ne veux pas de toi. Je veux ta petite vie ici, avec ton petit ami et le bébé. Je veux ta famille, celle que je ne peux pas avoir.

Il était plus qu'à côté de la plaque. Ses yeux étaient immenses et la main qui tenait l'arme tremblait légèrement. C'était terrible et… Beau fronça le nez à l'odeur qui s'échappait de la couche de Jessica. Oh mon Dieu, il fallait qu'elle choisisse cet instant pour…

— Occupe-toi de la petite, mais ne t'avise pas de tenter quoi que ce soit, sinon la partie de la famille du petit Mitchell que je prendrai en premier, c'est elle, grogna-t-il.

Beau acquiesça et se leva lentement.

— Il faut que je sorte les couches du sac.

Il pointa du doigt le côté du canapé et se déplaça lentement dans cette direction. Se servant du mouvement comme d'une couverture, il sortit son téléphone de sa poche et le glissa dans le sac à langer tout en attrapant une couche propre. Puis il la brandit et la posa sur les coussins.

— J'ai juste besoin de lingettes.

Il tendit à nouveau la main vers le sac, appuya sur la touche 911 du téléphone, attrapa les lingettes et espéra de tout cœur que cela suffirait à leur apporter de l'aide.

Il montra à Luke les lingettes et étala une serviette sur les coussins du canapé, puis changea et nettoya Jessica aussi vite qu'il le put. Beau détestait l'idée que Luke puisse voir sa fille pendant qu'il la changeait, et Mitchell se glissa devant lui.

— Qu'est-ce que tu fais ? se fâcha Luke.

— Laisser Beau la changer. Quoi, ça t'amuse de reluquer des bébés nus ? le défia Mitchell.

Beau sursauta en entendant la gifle, mais il finit de changer Jessica et l'habilla.

— Tu crois que tu peux me faire faire ce que tu veux en me frappant ? Ça ne marchera plus. Je ne t'aime pas, tu ne m'intéresses pas du tout. Je t'ai porté comme un fardeau pendant longtemps.

Mitchell passa la main sur chacune de ses épaules.

— Mais tu n'es plus là maintenant, alors prends le taureau par les cornes et sors d'ici. Laisse-nous tranquilles et continue ta vie.

— Je ne peux pas, grogna Luke. Ma vie a disparu, et c'est à cause de menteurs comme toi. Je n'ai jamais fait quoi que ce soit à quelqu'un qu'il ne voulait pas ou qu'il ne méritait pas. Vous, les petits merdeux, vous mentez sur tout après, et j'ai passé trois ans en prison à cause de ça.

Il se rapprocha, et Beau serra Jessica aussi fort qu'il le put, se détournant pour essayer de la protéger de Luke, alors même que Mitchell se tenait devant eux.

Bon sang, il était comme un chevalier en armure, s'interposant entre eux et le danger.

— Je n'ai rien à voir avec ce qui t'est arrivé. J'ai terminé mon travail et je me suis installé dans un cabinet ici. Je ne suis jamais venu te voir et personne ne m'a contacté à ton sujet. Je ne savais même pas ce qui t'était arrivé. Je pensais que tu avais tourné la page et que je faisais de même.

La voix de Mitchell était calme, même si Beau pouvait voir la tension dans son dos droit comme un bélier.

— Pourquoi es-tu là ? Qu'est-ce que je t'ai fait ?

— Tu sais ce que tu as fait, grogna Luke. Tu es parti et tu as retourné tous les autres gars avec qui je suis sorti contre moi. Je sais que c'était toi. Puis tu as poussé cette petite merde à mentir sur moi au tribunal et à la police, et ils m'ont mis en prison. Tu sais ce qui arrive aux gars en prison ? hurla-t-il pratiquement, et les chiens quittèrent la pièce en courant.

167

Beau ne pouvait pas leur en vouloir. Il pouvait pratiquement sentir l'odeur de peur et de dégoût qui emplissait la pièce, comme l'odeur de moisi d'un vieux feu qui persistait dans l'air.

— Non, je n'y suis jamais allé, dit Mitchell avec douceur. Je suis désolé si de mauvaises choses te sont arrivées, mais je n'ai rien à voir avec ça, pas plus que Beau ou le bébé.

Il regarda Luke, les yeux brûlants, les lèvres pincées. Beau vit le même sentiment d'impuissance qui l'envahissait – Mitchell cherchait une réponse tout comme Beau.

— Être utilisé comme ça pendant des mois m'a fait mal, et je ne pouvais rien y faire. Rien du tout. Personne n'en avait rien à faire, ni toi ni aucune des personnes qui je le croyais m'aimaient. Personne. Ma seule visite en trois ans a été celle de ma mère, et elle est venue en tout et pour tout deux fois.

La main de Luke trembla encore plus et ses yeux s'emplirent de rage. Cela allait mal se terminer, Beau le savait.

— Mais ce n'était pas nous. Nous ne t'avons pas fait de mal. Je n'ai jamais fait de mal à personne, tu le sais. Tu te souviens quand on sortait ensemble et que j'ai trouvé cet écureuil dans les bois et que j'ai essayé de l'aider ? Je ne pouvais pas laisser un écureuil souffrir. Je ne ferais certainement pas de mal à une autre personne.

Bon sang, c'était brillant. Mitchell ramenait Luke à une époque plus heureuse, moins stressante, et lui faisait se souvenir de sa gentillesse en même temps.

Luke braquait toujours son arme sur Mitchell.

— N'essaie pas cette merde avec moi. Je…

— Quoi, Luke ? Qu'est-ce que tu vas faire ? Me tirer dessus ? Tirer sur Beau et un bébé ? Vraiment ? Je te connais mieux que ça. Tu n'es pas un tueur. Tu dois réfléchir à ce que tu vas faire. Qu'est-ce que tu espères retirer de tout ça ? Je ne reviendrai pas vers toi, et rien ne sera plus comme avant. Quoi qu'il arrive.

Il ne détourna pas le regard, et Beau put voir Luke vaciller. Quoi qu'il pensait, Mitchell avait réussi à instiller le doute et l'inquiétude.

— Luke, renonce et rentre chez toi. Ça ne va pas bien se terminer. Tu dois être capable de le voir.

Mitchell s'éloigna, et Beau tourna la tête sur le côté, écoutant attentivement.

Les sirènes retentirent juste à la limite de son audition, se faisant de plus en plus fortes et pressantes.

— Tu as appelé la putain de police ! cria Luke. Pourquoi t'as fait ça, bordel ?

Les sirènes s'intensifièrent tandis que les voitures s'arrêtaient dans l'allée, leurs phares brillant à travers les vitres.

— Détends-toi. Ils sont là maintenant, tout ce que tu as à faire, c'est de baisser ton arme, conseilla, la voix tendue.

— Ils ne feront rien tant que je vous ai tous les trois, riposta Luke.

— S'il te plaît. Combien de séries télévisées as-tu regardées ? souligna Beau.

La voix de Red retentit dans un haut-parleur :

— Mitchell, Beau, ça va ?

— Non ! hurla Beau. Nous avons besoin d'aide.

Luke s'élança vers l'avant et Mitchell le percuta, le déséquilibrant. Il tomba sur le sol, tenant toujours l'arme. Mitchell courut jusqu'à l'endroit où il avait son arme, la prit dans le tiroir du bureau et la pointa sur Luke.

— C'est fini. Ne t'avise pas de bouger, sinon je t'explose la tête, cria-t-il, mais Beau pouvait voir la façon dont ses mains tremblaient, et il savait que Mitchell envisageait la possibilité d'avoir à tirer sur quelqu'un.

Luke le devina aussi – il le dut, car il ricana, et Beau comprit, quelques secondes avant que l'un d'eux ne bouge, que quelque chose allait se passer et que Luke était juste assez fou pour tester la détermination de Mitchell. Il se prépara à ce qui allait suivre et fit de son mieux pour protéger Jessica.

Luke joignit ses deux mains et donna un coup, repoussant la main de Mitchell. Puis il bouscula Mitchell, les deux hommes se battant pour l'arme de Luke. Un coup de feu retentit dans la pièce et Jessica se mit à gémir tandis que les chiens hurlaient et aboyaient. Beau retint son souffle en se demandant si Mitchell avait été touché. Du sang s'écoula entre les deux hommes et Beau essaya de comprendre qui avait tiré sur qui. Mitchell bougea et s'éloigna de Luke.

— Mitchell !

— Je vais bien.

Il se leva d'un bond et courut vers la porte.

— Je vous en prie, entrez. On a tiré sur Luke.

Il se mit à l'écart tandis que la police entrait en masse à l'intérieur. Ils placèrent Mitchell et Luke en sécurité. Beau tenta d'expliquer aux policiers qui était l'intrus, et ils laissèrent Mitchell partir tandis que les ambulanciers entraient à l'intérieur.

— C'est grave ? demanda Mitchell pendant que les ambulanciers travaillaient.

— Il a reçu une balle dans l'épaule, il a beaucoup de chance, déclara l'un des ambulanciers tout en continuant à travailler.

Puis ils sortirent finalement Luke de la maison.

C'est alors que les questions commencèrent à fuser. Beau expliqua ce qui s'était passé du mieux qu'il le put. Mitchell fit de même.

— Vous avez beaucoup de chance qu'on ne vous ait pas tiré dessus, dit l'adjoint à Mitchell.

Beau ne croisa pas le regard de Mitchell parce qu'il ne voulait pas d'un « je te l'avais bien dit », mais il ne put s'empêcher de le penser.

— Les gens pensent que le fait d'avoir une arme chez eux les sauvera.

— Il y avait déjà une arme dans la maison. Luke en avait une.

Beau montra l'endroit où elle avait glissé sous le canapé.

— Nous avons tous eu de la chance. J'ai réussi à appeler le 911 quand il a cru que je sortais des couches du sac.

Beau saisit son téléphone et ferma l'application.

— C'était vous ? Nous n'étions pas sûrs de ce qui se passait jusqu'à ce que Mitchell le fasse parler. L'opératrice a tout entendu et nous a contactés.

Beau apaisa Jessica, qui était très irritable et sanglotait de peur. Randi et Ruffy bondirent sur le canapé, Randi se mettant en position de garde pour son bébé.

Mitchell quitta la pièce et revint avec une chemise propre, remettant celle qu'il avait portée à l'adjoint au cas où elle serait nécessaire. Puis il s'assit à côté de Beau, faisant de son mieux pour apaiser Jessica. Ce n'est que lorsqu'il commença à chanter doucement que la petite se calma.

— Tu développes une voix magique.

Mitchell acquiesça et ferma les yeux.

— Tant que nous sommes tous en sécurité. C'est ce qui compte.

Il se rapprocha.

— Je n'arrive pas à croire que j'ai fait ça.

— De quoi ? Parler pour énerver Luke… puis presque le faire taire… ou peut-être lutter contre lui pour l'arme et presque me faire faire une crise cardiaque ? Fais ton choix, tout est aussi effrayant.

Le cœur de Beau s'arrêta enfin de battre si fort que sa poitrine semblait sur le point d'exploser.

— Je suis désolé. Je pense que j'avais des problèmes à régler, et je ne pouvais pas laisser quoi que ce soit vous arriver, à toi et à Jessica.

Mitchell lui passa la main sur la tête.

— C'était vraiment intelligent, la façon dont tu as appelé à l'aide.

— Je ne savais pas quoi faire d'autre. Tout ce que je pouvais faire, c'était composer un numéro en espérant qu'ils comprennent que nous avions besoin d'aide.

Il s'appuya contre Mitchell, respirant aussi régulièrement qu'il le pouvait.

— Nous allons tous nous en sortir, répéta-t-il plusieurs fois.

Maintenant que c'était fini, toute la tension et l'inquiétude accumulées depuis une semaine environ remontaient à la surface, et Beau s'essuya les yeux avant d'enfouir son visage contre Mitchell. Il y avait encore des policiers dans la maison, et il ne voulait pas qu'ils le voient s'effondrer, mais c'était ce qui était en train de se passer et il ne pouvait pas s'en empêcher. L'idée que quelqu'un puisse faire du mal à sa fille était trop forte pour lui, et il tremblait de façon presque incontrôlable.

— C'est bon, murmura Mitchell. Laisse-toi aller.

— Ça va ? s'enquit Red en s'asseyant en face d'eux.

— Ça va aller, répondit Mitchell pour eux deux. Il est entré par la porte de derrière et a pénétré dans la maison avec plus d'audace que n'importe qui.

— A-t-il dit pourquoi il était si obsédé par toi ? demanda doucement Red.

Beau releva le visage et s'essuya les yeux.

— Il n'était pas tout à fait cohérent, mais il reprochait à Mitchell ce qui lui était arrivé. Il a dit que c'était à cause de gars comme lui qu'il avait des problèmes et qu'il était allé en prison.

Il secoua la tête et renifla.

— C'était comme si tout était la faute de quelqu'un d'autre. Je pense qu'il ne pouvait pas s'en prendre au type qui avait témoigné contre lui, alors il s'en est pris à Mitchell. Je suppose qu'il a mis toutes ses victimes dans le même sac dans son esprit.

— C'est logique, dit Red, et Beau et Mitchell se raidirent. Son agent de probation a dit qu'il était inquiet pour Luke et qu'il avait exigé qu'il suive une thérapie. Mais il semble que ça ne se soit jamais produit. Il semble que tout le monde se soit inquiété de sa santé mentale, et on se demande si sa liberté conditionnelle aurait dû être accordée.

Il se frotta la nuque.

— Son officier a dit que les parents de Luke exerçaient une forte pression, et je pense que ça a pu avoir une influence sur ce qui s'est passé.

Il secoua la tête.

— Son agent de probation a demandé une copie du rapport. Je pense qu'il a l'intention de s'en prendre à certains des décideurs.

— Va-t-il retourner en prison ? demanda Beau.

— Je ne suis pas sûr.

Mitchell soupira.

— Il a besoin d'aide, l'hôpital de la prison est probablement un meilleur choix, mais je sais que nous n'avons pas notre mot à dire. Il faut le tenir à l'écart pour la sécurité de tous. Il a besoin de beaucoup d'aide.

— J'espère que ça se produira. Mais ça ne dépend plus de nous maintenant. Des poursuites seront engagées. Le Delaware voudra qu'il lui soit rendu. Les procureurs devront trouver une solution. Quoi qu'il en soit, il ne sera plus là pour vous ennuyer, vous ou quelqu'un d'autre, pendant un certain temps.

Red se retourna alors qu'un adjoint les rejoignait.

— Voici Pierre. Il est adjoint au bureau du shérif et il va prendre vos dépositions. Une fois que ce sera fait, nous devrions en avoir fini ici.

Mitchell acquiesça et resta silencieux. La police termina son travail et Beau réussit à endormir Jessica.

— J'ai besoin de vérifier certaines choses, dit-il doucement, et il tendit Jessica à Mitchell.

Ce n'était pas que Beau ait vraiment quelque chose à faire, mais il pensait que Mitchell avait besoin d'un peu de la douceur de Jessica à ce moment précis. Il quitta la maison et passa devant les policiers et la voiture où Luke était assis sur le sol en attendant l'ambulance et se dirigea vers la grange.

Il poussa la porte et fut accueilli par une ribambelle de chiens, la plupart remuant la queue et aboyant avec excitation depuis leur enclos.

— Votre papa va bien.

Il se dirigea vers chacun d'eux et se pencha pour les saluer et se faire lécher. Il prit une grande inspiration et se passa les mains sur le visage, les larmes venant par vagues qu'il ne parvint pas à arrêter.

— Qu'est-ce que tu fais là ? demanda Mitchell, Jessica endormie dans ses bras.

— Je crois que j'avais besoin de quelques minutes, murmura Beau. Et je savais que ces gars ne me jugeraient pas si je pleurais comme un bébé.

Il s'appuya contre l'un des supports en bois, l'utilisant pour se maintenir debout.

— Nous avons été menacés d'une arme par un fou. Comment peux-tu être si calme ?

— Je suppose que c'est parce que je t'ai toi, murmura Mitchell. Et peut-être que j'ai enfin obtenu ce que je voulais. Luke est sorti de ma vie, et j'ai pu lui dire que j'en avais fini avec lui. Je sais que ça craint, la façon dont ça s'est passé, mais j'ai pu tourner la page. Luke est parti, et peu importe ce que je peux me rappeler d'avant, c'est fini maintenant. Et quoi que nous ayons pu être ou comment il a pu me traiter, j'ai pris le dessus sur lui à la fin. Viens ici et prends ta fille dans tes bras.

On aurait dit qu'ils se la passaient l'un à l'autre. Beau la prit, et presque instantanément le sol sous ses pieds sembla se raffermir.

— Elle va bien, toi et moi aussi, et tous les chiens vont bien. Le monde est de nouveau sur son axe et tourne toujours comme il se doit.

Beau ricana.

— Parfois, tu dis les choses les plus étranges.

— Oui, je sais. Mais j'ai ce qui est le plus important, déclara Mitchell en soutenant son regard. Je vous ai, tous les deux. C'est tout ce qui compte. Enfin, si vous voulez de moi.

Il déplaça son poids d'un pied à l'autre.

— Je sais que nous nous sommes rencontrés il y a quelques semaines et que nous avons commencé par une épreuve du feu… mais j'espérais, maintenant que les choses peuvent être plus calmes, que toi et moi pourrions peut-être avoir quelques rendez-vous et dans quelques mois montrer à Jessica sa première neige.

Mitchell vacilla et se détourna. Il tripota le loquet de la porte de l'un des enclos pour chiens.

— Peut-être que j'en veux trop. Je recommence, n'est-ce pas ? Je me lance à corps perdu, trop tôt.

Beau posa sa main sur son épaule.

— Je le veux aussi. Je veux voir où ça va nous mener. Toi et moi avons traversé beaucoup de choses ces dernières semaines, et peut-être que nous pourrons résoudre nos problèmes ensemble. Je crois que j'ai fini par accepter que je n'ai pas les choses aussi bien en main que je le pensais.

Jessica roucoula doucement et Mitchell se tourna vers elle. Il sourit, et Jessica lui rendit son sourire avant de mettre sa main dans sa bouche.

— Regarde-toi… tout sourire.

— Oui, acquiesça Mitchell. J'ai toujours voulu que quelqu'un me sourie comme ça.

Beau savait exactement ce qu'il ressentait et il se rapprocha de lui. Jessica sembla s'esclaffer tandis que Mitchell embrassait Beau. Il était trop tôt pour autre chose, mais pour l'instant, Beau apprécierait le calme de ces deux-là… et d'un refuge rempli de chiens. D'accord, peut-être pas si calme que ça. Il savait très bien qu'à partir de maintenant, sa vie serait remplie de famille, tant Jessica que ceux à quatre pattes, et cela lui semblait absolument parfait.

ÉPILOGUE

LE HARVEST Festival of the Arts se déroulait à merveille, les gens se pressant dans la rue principale de Carlisle pour goûter aux œuvres d'une centaine d'artistes, engloutir d'incroyables cochonneries, et tout simplement être vus. Mitchell se tenait au milieu de son double stand avec les chiens en laisse ou en enclos, heureux comme tout.

Les derniers mois s'étaient très bien passés. Leur vie s'était calmée et Beau avait vendu la maison et le studio à Philadelphie plus cher que prévu. Parfois, Mitchell se demandait si les choses n'allaient pas trop bien, mais il n'allait pas remettre en question le fait d'être heureux. Il n'avait pas le temps de rêvasser, il ramena son attention là où elle devait être.

— Il est si mignon, papa, dit une petite fille en berçant Chester, un terrier mixte, qui s'était blotti contre elle comme s'il était fait pour elle. On peut l'avoir, s'il te plaît ?

Mitchell avait vu ces yeux si souvent aujourd'hui. Tous les enfants voulaient un chien, et beaucoup d'entre eux s'étaient arrêtés pour tenir ou caresser l'un des siens.

— Il est très gentil avec les enfants, intervint Beau depuis le coin du stand où il berçait Jessica.

Elle en était au point où elle commençait à relever toute seule.

Le père sembla indécis tandis que la petite fille caressait Chester et commençait à lui parler.

— D'accord, ma Citrouille. Je t'ai promis un chiot pour ton anniversaire.

Il sourit et se tourna vers Mitchell.

— Au moins, je n'aurai pas à passer par la phase chiot.

— Chester a environ deux ans et il est à jour de ses vaccins. Tous les chiens le sont, assura Mitchell en tendant au père une feuille à remplir.

— Y a-t-il un coût pour le chien ? demanda l'homme, acceptant le formulaire et commençant à le remplir.

— Nous ne facturons que le coût de l'hébergement, des soins médicaux et de l'alimentation des chiens. J'ai un cabinet vétérinaire à l'ouest de la ville et le refuge en est une extension. Beaucoup de nos chiens sont sauvés de mauvaises situations ou ont été blessés et leurs propriétaires n'en voulaient plus. Nous nous en occupons, nous les soignons et nous leur trouvons un bon foyer.

Mitchell sourit tandis que la petite fille tenait Chester dans ses bras, souriant d'une oreille à l'autre.

— Nous avons trouvé Chester il y a trois mois, dans les bois. Il courait à l'état sauvage depuis un certain temps. Heureusement, il est aussi adorable et doux.

La pauvre bête était malheureuse quand Mitchell l'avait trouvée. Il n'avait pas besoin d'entrer dans les détails.

— Merci, papa, s'exclama la petite fille, et Mitchell prit quelques minutes pour expliquer aux deux nouveaux propriétaires comment s'occuper de Chester.

Il leur remit un dossier sur les nouveaux chiens, et le père acheta de la nourriture et des fournitures pour Chester dans le présentoir que Beau avait insisté pour que Mitchell installe afin de préparer pour les nouveaux propriétaires. Chester fut emmené en laisse, se pavanant à côté de la petite fille comme s'il était le roi du monde.

Mitchell se détourna et essaya de ne pas en faire tout un plat en s'essuyant les yeux.

— Je sais que ce sont des larmes de bonheur, dit Beau avec douceur.

Leur trouver un foyer était merveilleux, mais dire au revoir était difficile pour Mitchell.

— Et tu es un grand tendre.

— Ça n'a pas changé.

Un autre groupe de personnes entra dans le stand et Mitchell alla les aider. Ils étaient plus âgés et cherchaient un compagnon qui s'adapterait à leur vie. Au bout de cinq minutes, ils jetèrent leur dévolu sur Daisy, un boxer mixte d'âge moyen qui leur convenait parfaitement. Ils l'emmenèrent après avoir rempli les formulaires, payé les frais d'adoption et presque épuisé le stock de fournitures qu'il lui restait.

— Qu'allons-nous faire de cette gentille fille ? demanda Beau en évoquant le dernier chien restant, un beagle miniature débordant d'énergie.

Rosie n'avait qu'un œil et était partiellement sourde, mais elle était belle et aimante. Mitchell essayait de lui trouver un foyer depuis des mois, sans succès.

— Pierre, le salua Beau lorsque l'adjoint du shérif entra dans le stand.

— Bonjour, Beau. Voici mon mari, Jordan. Je lui ai parlé de votre refuge.

Ils se serrèrent tous la main.

— Qui est cette petite ? demanda Jordan en se penchant.

— Rosie.

Il approcha ses doigts de la cage et elle les lécha. Mitchell la sortit de là et Rosie se jeta directement dans les bras de Jordan. Il sut immédiatement que son dernier sauvetage de la journée avait probablement trouvé un foyer. Pierre remplit les formulaires et laissa un don en plus des frais d'adoption, et tous deux emportèrent leur petite fille.

— Eh bien, dit Beau alors que Jessica se tortillait pour descendre.

Il la mit sur ses pieds et lui tint les mains pour l'habituer à se tenir debout. La journée avait été un succès sur tous les plans pour Mitchell. Il souleva Jessica dans ses bras et elle se blottit contre son épaule.

— Devrions-nous commencer à démonter ?

— J'ai des brochures, j'espère que les gens viendront voir nos autres chiens.

Ceux qu'ils avaient amenés au stand avaient tous été adoptés. Mitchell s'assit sur l'une des chaises, avec Beau à côté de lui.

— Nous pouvons nous asseoir et nous détendre un peu.

Il prit la main de Beau et ils se détendirent tranquillement.

— Ensuite, nous pourrons faire nos bagages et rentrer à la maison. J'ai quelque chose à te dire.

Mitchell sourit en pensant à la petite boîte posée sur la commode qui contenait le bijou qu'il avait acheté pour Beau, ainsi que la question qu'il voulait poser, mais il voulait le faire quand ils seraient seuls, juste eux trois, leur famille heureuse.

ANDREW GREY est l'auteur de plus de deux cents ouvrages de fiction romantique gay contemporaine. Après avoir passé vingt-sept ans dans le monde des affaires, il s'est installé en Pennsylvanie centrale avec son mari, Dominic, et son ordinateur portable. Un ménage intéressant. Andrew a grandi dans l'ouest du Michigan avec un père qui aimait raconter des histoires et une mère qui aimait les lire. Depuis, il a vécu dans tout le pays et a voyagé dans le monde entier. Il est lauréat du RWA Centennial Award, a obtenu une maîtrise de l'université du Wisconsin-Milwaukee et écrit désormais à plein temps. Parmi ses loisirs, Andrew collectionne les antiquités, jardine et laisse sa vaisselle sale n'importe où sauf dans l'évier (surtout lorsqu'il écrit). Il se considère chanceux d'avoir une famille qui l'accepte, des amis fantastiques et le partenaire le plus aimant et le plus compréhensif du monde. Andrew vit actuellement dans la belle ville historique de Carlisle, en Pennsylvanie.

Courriel : andrewgrey@comcast.net

Site web :www.andrewgreybooks.com

Par ANDREW GREY

Alchimie organique
Un cœur en échange
Destinés l'un à l'autre
Fermier malgré lui
Ferrer le poisson
Une juste cause
Peinture par numéro
Sauve-moi
Tout pour toi

AMOUR…
Amour… sans honte
Amour… et courage
Amour… sans limite
Amour… et liberté
Amour… sans peur
Amour… et guérison

LES ARÔMES DE L'AMOUR
La saveur de l'amour
Une portion d'amour

DREAMSPUN DESIRES
Le rancher solitaire
Le secret de Poppy

LES FLICS DE CARLISLE
Feu et eau
Feu et glace
Feu et pluie
Feu et neige

HISTOIRES DE CŒUR
Cœur de loup
Cœur à prendre
À cœur ouvert
À cœur perdu

PAR LE FEU
Le baptême du feu
Tout feu, tout flamme

Publié par DREAMSPINNER PRESS
www.dreamspinner-fr.com

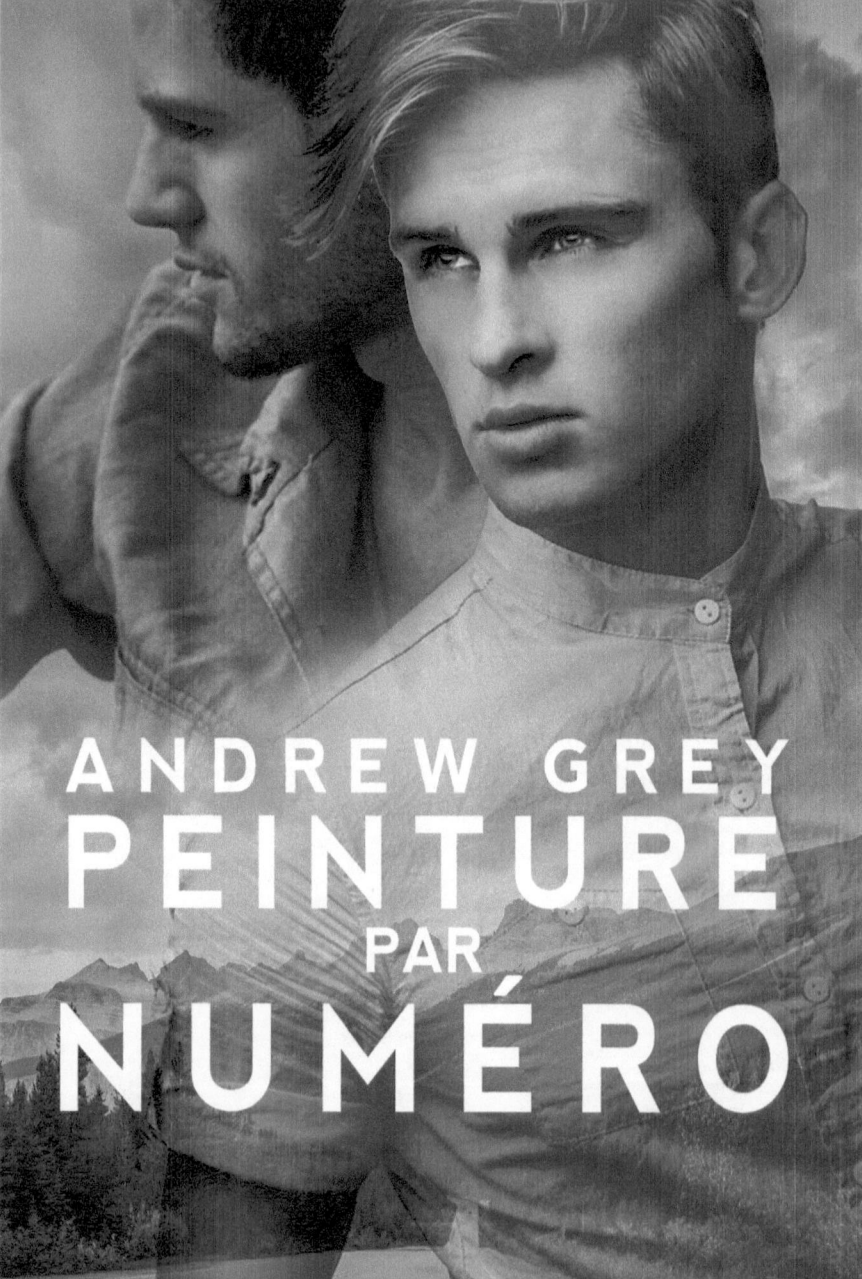

Les aurores boréales et une seconde chance en amour peuvent-elles rendre l'inspiration à un artiste en difficulté ?

Quand le peintre new-yorkais Devon Starr abandonne ses vices, sa muse s'en va avec eux. Devon a besoin d'un changement, mais quand l'AVC de son père le ramène chez lui en Alaska, la petite ville où il a grandi n'est pas celle dont il se rappelle.

Enrique Salazar se souvient bien de Devon, et il en fait une mission personnelle de lui ouvrir les yeux sur la beauté sauvage et les possibilités tout autour d'eux. Les deux hommes se rapprochent, et alors que Devon commence tout juste à voir ce qu'il avait toujours eu sous les yeux, ils sont appelés à se dresser contre une compagnie minière qui menace la nature immaculée les ayant aidés à tomber amoureux. La lutte renforce leur lien, mais tandis que le désir de prendre un pinceau revient, Devon ressent aussi l'attraction de la ville.

Coincé entre deux mondes, tout ce que Devon peut faire est de suivre son cœur.

Scanner le code QR ci-dessous pour commander

Robin sait bien qu'il ne peut pas donner son nouveau cœur à n'importe qui...

D'une greffe cardiaque à une rupture brutale, Robin a vécu bien des coups durs récemment, mais il sait désormais que la vie est courte et qu'il doit mordre dedans à pleines dents en profitant de chaque bouchée. Un poste au sein des Euro Pride Tours est pile le genre d'aventure qu'il recherche : il a la chance de voir le monde et de vivre un peu, mais l'amour ne l'intéresse pas. Il ne pense pas que son cœur puisse en prendre encore.

Johan a peut-être déçu sa famille en voulant voler de ses propres ailes, mais quand il rencontre Robin, il n'a pas l'intention de le laisser tomber. Chaque homme est exactement ce dont l'autre a besoin pour se sentir entier à nouveau et, bien que Johan ne soit pas celui qu'imaginait Robin au départ, il est exactement ce que le médecin lui a prescrit pour faire battre son cœur. Comme leur voyage se poursuit en Allemagne, les deux hommes se rapprochent, mais l'arrivée de l'ancien partenaire de Robin pourrait bien prendre une mauvaise tournure.

Scanner le code QR ci-dessous pour commander

Tout
Pour Toi

ANDREW GREY

Le seul chemin vers le bonheur c'est la liberté : la liberté de vivre – et d'aimer – comme le cœur le désir. Revendiquer cette liberté nécessitera tout le courage que possède un jeune homme… mais il n'aura pas à l'affronter seul.

Dans la petite ville conservatrice de Sierra Pines en Californie, le Révérend Gabriel est la loi. Son fils, Willy, suit ses directives… jusqu'à ce qu'il rencontre un homme à Sacramento, et puis le croise à nouveau dans sa ville natale – juste sous le nez de son père.

Reggie est le nouveau shérif nommé à Sierra Pines. Son dévouement pour son travail signifie qu'il ne fait pas étalage de sa sexualité, mais quand il voit Will de nouveau, il ne peut échapper au sentiment qu'ils sont destinés à être ensemble. Il gardera le secret de Will jusqu'à ce que celui-ci soit prêt à laisser le monde voir qui il est réellement. Mais si aller à l'encontre de l'Église et des habitants de la ville n'est pas suffisant, les risques du métier que Reggie aime tellement pourraient signifier la fin de leur romance avant même qu'elle prenne son essor…

Scanner le code QR ci-dessous pour commander

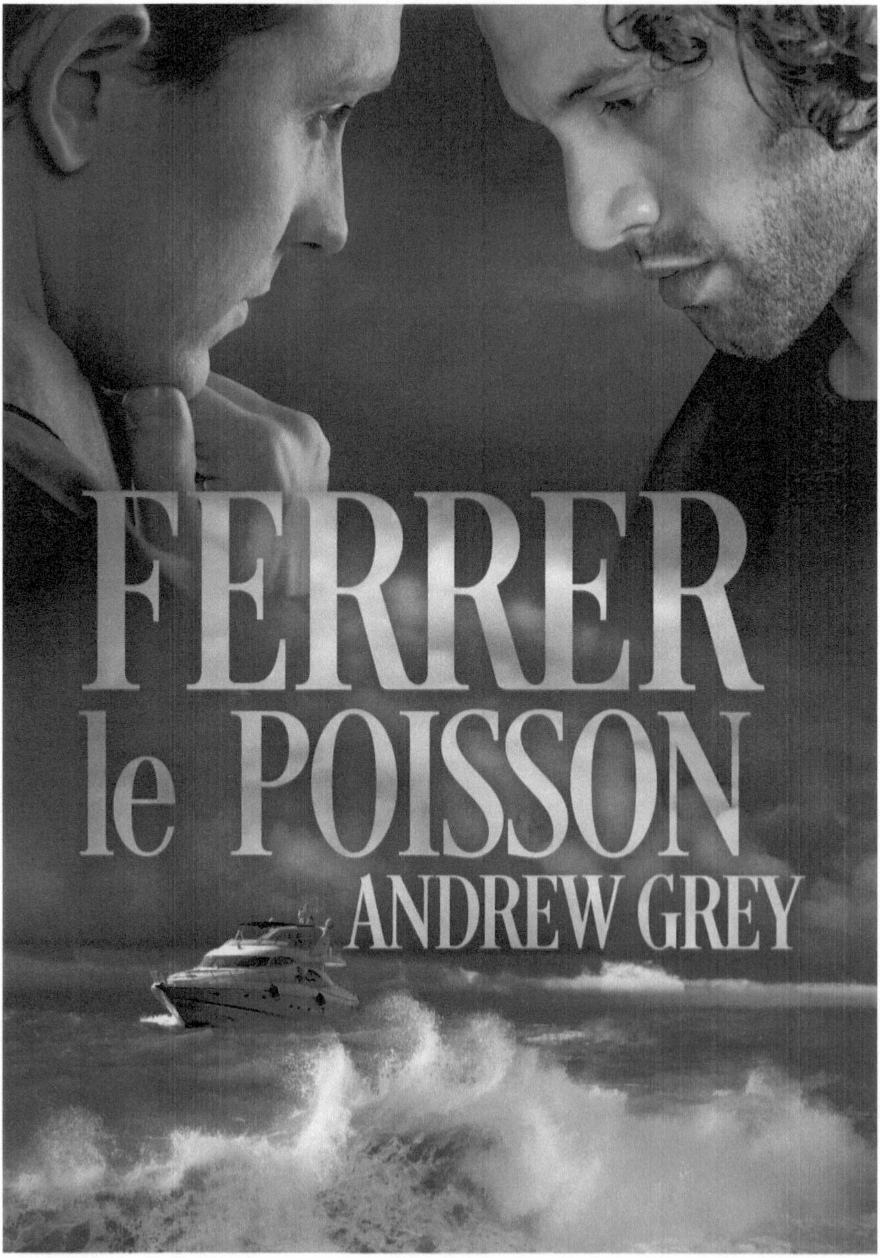
FERRER
le POISSON
ANDREW GREY

Série Love's Charter, tome 1

Cela pourrait être la chance d'une vie.

Deux fois par an, William Westmoreland échappe au sentiment d'insatisfaction que lui procure sa vie à Rhode Island en se rendant en Floride et louant le bateau de pêche de Mike Jansen pour une sortie dans le Golfe. L'eau bleue cristalline et les paysages tropicaux ne sont pas la seule vue qu'il aime, mais il n'est jamais passé à l'acte. Un amour de vacances n'est tout simplement pas à l'horizon.

Mike a commencé son service de location de bateau de pêche à Apalachicola comme un moyen de subvenir aux besoins de sa fille et de sa mère, faisant passer leur sécurité avant les besoins de son cœur. Niant son attirance, qui devient de plus en plus en plus forte à chaque visite de William.

La récente excursion de William et Mike commence par un temps magnifique, mais la course erratique d'un ouragan change tout, piégeant William. Alors que la pluie et le vent font rage à l'extérieur, la passion à laquelle les deux hommes ont tenté de résister depuis des années s'abat sur eux. Dans le sillage de la tempête, il ne reste que deux hommes qui aspirent à prolonger ce qu'ils ont trouvé. Mais la vie réelle ramène William à ses obligations. Peuvent-ils trouver un moyen de réduire la distance entre eux et découvrir un endroit où leurs âmes pourraient se retrouver ? La traversée sera mouvementée, mais l'avenir brillant qui se profile pourrait valoir la peine d'affronter la houle.

Scanner le code QR ci-dessous pour commander

FEU ET EAU

ANDREW GREY

LES FLICS
DE CARLISLE

1

Les flics de Carlisle, tome 1

L'agent de police Red Markham sait bien à quel point la vie peut être moche depuis qu'un accident de voiture l'a privé de ses parents et l'a laissé défiguré. Son métier, qui l'amène à sillonner les rues de Carlisle, en Pennsylvanie, ne fait qu'ajouter à l'horreur, d'autant plus que le nombre des overdoses a dernièrement considérablement augmenté. Puis, un après-midi, il est appelé au centre de loisirs pour une noyade impliquant un enfant. Arrivé sur les lieux, il découvre que le petit garçon a été sauvé par un jeune maître-nageur du nom de Terry Baumgartner. Red n'est guère surpris lorsque cet homme magnifique fait tout son possible pour ne pas avoir à regarder son visage couturé de cicatrices.

Quand Terry surprend un jour un commentaire de Red le décrivant comme un homme superficiel, il en vient à se dire qu'il n'est pas vraiment aussi généreux qu'il veut bien le croire. Son amie Julie lui suggère alors d'aider les plus démunis en livrant des repas aux personnes âgées. Cette action de bénévolat lui permet de faire la connaissance de Margie, une vieille dame au franc-parler, qui s'avère être par ailleurs la tante de l'agent de police.

Les mondes de Terry et de Red entrent en collision alors que Red s'efforce de découvrir la source du trafic de drogue et de protéger Terry d'un ex qui refuse leur séparation. S'ils parviennent à voir au-delà des apparences, il se pourrait que les bénéfices qu'ils retirent de l'aventure dépassent leurs plus grandes espérances.

Scanner le code QR ci-dessous pour commander

www.ingramcontent.com/pod-product-compliance
Lightning Source LLC
Chambersburg PA
CBHW031234260626
47169CB00007B/2286